Alice Berend
Spreemann & Co.

Die Berlin-Bibliothek
Bd. 5

ALICE BEREND, geboren 1875 in Berlin, begann als Theaterkritikerin fürs *Berliner Tageblatt*, gehörte 1901 zu den Mitbegründern des legendären Kabaretts *Schall und Rauch* und wurde gleich mit ihren ersten Romanen, die ab 1912 beim renommierten S. Fischer Verlag erschienen, zur Bestseller-Autorin. Sie schrieb zahlreiche Romane, Erzählungen, Märchen und Drehbücher. 1933 wurden ihre Werke auf dem heutigen Bebelplatz in Berlin verbrannt. Zwei Jahre später emigrierte Alice Berend nach Florenz, wo sie im Frühjahr 1938 mittellos verstarb. *Spreemann & Co.*, erschienen 1916, war einer ihrer größten Erfolge.

Spreemann & Co.

Roman

von

Alice Berend

Mit einem Nachwort von Arnt Cobbers

Jaron Verlag

Zu dieser Ausgabe:
Grundlage des Textes ist die 46. bis 48. Auflage, die 1928 im S. Fischer Verlag, Berlin, erschienen ist. Die Rechtschreibung wurde größtenteils der heute üblichen angepasst, offensichtliche Fehler wurden verbessert, manche Eigenarten und Altertümlichkeiten aber auch beibehalten.

1. Auflage 2022
Jaron Verlag GmbH, Berlin
www.jaron-verlag.de
Umschlaggestaltung: Bauer+Möhring, Berlin
Satz und Layout: Prill Partners | producing, Barcelona
Lithografie: Bild1Druck GmbH, Berlin
Druck und Bindung: GGP Media GmbH, Pößneck

ISBN 978-3-89773-974-1

ERSTER TEIL

Erstes Kapitel

Niemand weiß, was aus ihm werden kann. So ahnten auch die Bewohner von Berlin einmal nicht, in wie hohem Maße man sie zu Weltstädtern bestimmt hatte.

Selbst als draußen schon die Stränge der Eisenbahn die Welt zu verstricken begannen, barg sich die grüne Stadt an der Spree noch arglos im Netz der Behaglichkeit.

Neben den niederen Giebelhäusern reiften Kohl und Johannisbeeren. Unter schattigen Bäumen trank man seinen Milchkaffee. Und zwar in langsam bekömmlichen Schlucken. Tief waren die Tassen, groß die Semmeln, lang die Pfeifen. Ruhig die Straßen, friedlich die Plätze. Dick und fest die Grenzmauern.

Keinem Berliner wäre es damals eingefallen, durch die Luft fliegen zu wollen. Gemessen und sorgsam bewegte man sich über das holprige Pflaster. Im Sommer hatte man Gras und Wiesenblumen auszubiegen. Im Winter verboten Schlamm oder Glatteis jede übertriebene Eile. Keinem kam es in den Sinn, sich ängstlich zu berechnen, dass eine einzige Minute sechzig kostbare Sekunden umschloss. Aus dem einfachen Grunde, weil man von den Sekunden überhaupt noch keinen Gebrauch machte.

Trotzdem man sonst durchaus nicht verschwenderisch war. Auch wenn man das Geld dazu hatte, kaufte man nicht mehr, als man brauchte. Man verlangte von den Menschen sowie den anderen nützlichen Gegenständen nicht, dass sie schön und glänzend waren, sondern praktisch und dauerhaft.

In jenen Tagen war es, wo beinahe jeder in Berlin wusste, dass es die besten Kleiderstoffe bei Klaus Spreemann am Dönhoffplatz gab.

Das war einem ebenso gut bekannt, wie dass man wusste, dass mittwochs und sonnabends Markt war. Oder dass man seine Fische vor der Spittelkirche kriegte.

Alles Gute aber kündet sich vorher an. Man roch die Fische schon, ehe man die Leipziger Straße zu Ende war. Man bemerkte Spreemanns Laden, bevor man den Dönhoffplatz erreichte. Denn von dem Firmenschild über der Tür lächelte ein eleganter Herr weit über den Platz hinaus. Im besten Mannesalter, in großkarierten Beinkleidern, langem Rock, gelockten Bartkoteletten und breitkrempigem Zylinder zeigte er mit einem zierlichen Spazierstock auf die zwei bedeutungsvollen Worte: reell und billig.

Hinter ihm stand seine Familie. Eine hübsche Dame mit zwei wohlerzogenen Kindern. Wie sich's gebührte in sehr viel kleinerem Format als der Hausherr. Aber ebenfalls gut und gediegen angezogen. Denn auch aus diesen sechs hellblauen Augen sprach es bescheiden, aber deutlich: reell und billig.

Hatte man Klaus Spreemanns Laden betreten, wusste man noch mehr, dass man hier am rechten Ort war, um sich gut und würdig zu kleiden, über dem Ladentisch, wo neben Elle und Schere Herrn Spreemanns lange Pfeife glimmte, hing ein angenehm belehrender Spruch. Wie auf einem Haussegen stand da in goldenen Buchstaben:

In London nicht, noch in Paris,
In Brüssel nicht, noch Wien,
Kleiden Monsieur sich und Madame
So schick wie in Berlin.

Jetzt wusste man es also. Jeder Käufer richtete sich straffer auf, begann ängstlich an Krawatte oder Seidenband zu nesteln, wenn seine Blicke mit dem Buchstabengold zusammentrafen. Denn die Berliner waren zu allen Zeiten pflichtgetreu ...

Zwischen dem Wandspruch und dem Käufer aber bewegte sich Herr Spreemann selbst. Immer lächelnd und in unermüdlichem Eifer. Seine kurzen stämmigen Beine trabten zwischen Regal und Ladentisch rastlos hin und her. Wie die Sonne lief er seine täglichen Kilometer genau auf derselben Bahn ab.

Unverdrossen schleppte er seine Waren herbei. Lobte den hellgelben Nanking. Pries die karierten, echt englischen Stoffe. Die alle in dem nahen Sachsen gewebt waren, das wahrlich immer noch entfernt genug lag. Mit gespreizten Fingern bauschte er Mull und bunten Tarlatan auf. Fiel draußen der Schnee, riet er dringend zu den Schlafrockstoffen, warm und geblümt. Und holte schon den Samt zu ihrer Garnierung. Sogar Troddeln und Quasten gab es in jeder Couleur. Dicht neben dem Kachelofen klaffte der voll gehäufte Kasten. Ganz nach Belieben konnte sich jeder daraus wählen, was ihm gefiel.

Auf dem hohen Regal, unter blumigem Vorhang, verbarg sich die beste, gediegenste Seide. In den Mauern Berlins gewebt. Steif wie ein Brett. Und nach Klaus Spreemanns tröstlicher Versicherung: weit dauerhafter als ein Menschenleben.

Wenn man von dieser Seide etwas abhandeln wollte, stieß Klaus Spreemann einen kleinen Pfiff aus. Wie wenn er Zug auf einen hohlen Zahn bekommen hätte. Seine kurzen Finger fuhren Aufruhr stiftend in die eng gedrängte Schneckenherde der braunblonden Locken, die seinen dicken Schädel überkrausten. Oder er knebelte seine rotbraunen Bartkoteletten, die mit denen auf dem Firmenschild genau übereinstimmten. Aber kein Wort des Verdrusses entfuhr seinen Lippen. Er lächelte weiter. Geduld und Ausdauer sind die Wege zum Reichtum. Und reich wollte Klaus Spreemann werden, so lange er denken konnte.

Auch Hochmut wäre nur ein Hindernis gewesen. Darum führte Klaus Spreemann neben den vornehmen Stoffen auch die einfachsten. Neben der Ladentür, die an Markttagen weit geöffnet war, stapelten sich ganze Ballen von Flanell und Barchent auf. Selbst das lackglänzende Wachstuch für die Schutenhüte der Milchfrauen brauchte sich nicht zu verstecken.

Wie auf dem Rathaus waren alle Stände vertreten. Daher konnte auch hier jeder Stand etwas Passendes finden.

Und das wollte Klaus Spreemann.

Jeder Mensch hat seinen Wert. Jede Ware und jedes Geldstück. Darum machte Klaus Spreemann keinen Unterschied zwischen seinen Käufern. Für alle dasselbe Lächeln. Für alle die gleiche Fixigkeit. Ganz egal, ob es die Madame Bankier mit dem Schildpattlorgnon oder die Hökerfrau mit der Marktkiepe war.

Alles nach einer Elle, sagte er lächelnd, wenn Geld und Schere klapperten und er abwechselnd Seide, Flanell und Wachstuch rasch, reichlich und reell abmaß und durch einen flinken Galoppritt der blanken Schere vom Stück schnitt.

Gleichmäßig tief fielen dabei seine schnellen Verbeugungen aus, wenn die Glocke an der Ladentür meldete, dass ein Käufer kam oder ging.

Denn Klaus Spreemann hatte von früh an gelernt, dass man dem Geld nicht seine Herkunft ansieht.

Und vielleicht nicht nur dem Gelde …

Der Weg zwischen den gefüllten Regalen und der nicht leeren Kasse war jetzt schmal und kurz. Die Straße, die dahin geführt hatte, war lang gewesen …

Obwohl in Klaus Spreemann echtes Berliner Blut floss, konnte er doch nicht behaupten, dass seine Wiege an der Spree gestanden hatte, denn er hatte nie in einer Wiege gelegen. Auf einem alten Sack, der mit Lumpen aller Art gepolstert war, hatte er sich hineingeschlafen ins emsige Leben. Und dieses leicht bewegliche Lager war heute in dieser Herberge aufgeschlagen worden und morgen in jener. Denn Klaus Spreemanns Vater Friedrich wusste, warum es in den Mauern die Tore gab. Sein bunter Laden war die Landstraße gewesen.

Er hatte die neuen, glatten Stoffe, die sein tüchtiger Sohn jetzt führte, bewundernd und kopfnickend befühlt. Denn er selbst hatte sein Leben lang nur mit alten Kleidern gehandelt. In der Stadt erstand er sie. Vor den Mauern, in den Dörfern verkaufte er sie. Und mit Profit. Von ihm hatte es Klaus geerbt, dass man die Käufer nicht wählen, sondern nehmen sollte, wie sie kamen.

Er hatte mit vollem Eifer an den breiten Schanzen mitgeschaufelt, die man dem Erbfeind vor das Brandenburger Tor gebaut hatte. Aber als die Franzosen dann doch kamen, hatte er mit ihnen Geschäfte gemacht. Und keine schlechten. Denn wenn solch lustiger Welsche auch außen ein Franzmann sein musste, so konnte er unter der Uniform oft genug ein altes Berliner Wollhemd gebrauchen, das wenig kostete, so gut wie neu aussah, aber an den deutschen Winter gewohnt war. Und ebenso gereichte es keinem zu Schaden, wenn sich unter feindlichen Stulpstiefeln Strümpfe versteckten, die irgendeine kreuzbrave Berlinerin einmal gestrickt hatte. Wenn sie es auch nicht geahnt hatte, dass sie damit einem fremden Kriegsmann die Füße wärmen würde. Denn niemand weiß, was er tut.

Auch ein Feind ist schließlich ein Mensch. Besonders, wenn er nicht knausert. Ja, wenn's sein soll, kann uns ein Feind mehr nützen als ein Freund. Die Russen kamen als treue Verbündete. Aber sie wärmten sich mit Branntwein und Schnaps statt mit alten, durchaus noch gediegenen Kleidern.

Ein Patriot jedoch bleibt ein Patriot trotz alledem. Er versteht, dass man das persönliche Glück zur Kriegszeit zurückstellen muss.

Friedrich Spreemann war damals Bräutigam gewesen, aber

niemals hätte er früher geheiratet, als bis der Herr Napoleon wieder nach Haus gezogen war.

Denn diese fremden Soldaten hatten im Liebeshandel einen großen Kredit bei den Jungfern. Wär es nach den Mädchen gegangen, hätte Preußisch-Berlin bald kapituliert. Das war ein Gekicher, wenn die Herren Franzosen ihre raschen Kompliments machten. Man verstand nur wenig davon. Aber so viel merkten die schlauen Jüngferchen doch, dass sich's in dieser beweglichen Sprache dreimal so geschwind schwatzen ließ als im reellen, gediegenen Deutsch. Das gefiel den Plappermäulern natürlich.

Gefallen aber ist gegenseitig.

Die Beauté ist Internationale, sagte der spitzbärtige Hauptmann, wenn er die Mädchen küsste.

Nein, das war keine Konkurrenz für einen soliden Geschäftsmann.

Ehe muss auf sicherem Grund gebaut sein. Erst als Friede im Land war und die Straßen wieder den Preußen allein gehörten, hatte sich Friedrich seine Weggenossin geholt. Sie diente auf einer Ackerwirtschaft und war das Leben im Freien gewohnt. Sie hatte versprochen, sich weder vor Wind noch Wetter zu fürchten. Besonders nicht an der Seite ihres Fritz. Liebe, Lebensmut und Gesundheit waren ihr Brautschatz gewesen.

Aber als ein Ehejahr herum war, hatte sie dazu als erstes greifbares Besitztum den kleinen Klaus erhalten. In der Nikolaikirche war er mit Spreewasser getauft worden. In einer alten zerschossenen Pferdedecke des großen russischen Reichs gewickelt, ward er dem Schutzpatron des Handels, dem heiligen Nikolai, in besondere Obhut gegeben …

Er konnte einen Schutzpatron gebrauchen. Denn die Mutter sollte er nicht behalten. In der Ehe geht mancher Brautschatz verloren. Berthas hatte nur ausgereicht, bis der kleine Klaus laufen und sprechen konnte. Derselbe Winter, der ganz

Preußen die große Freiheit brachte, hatte auch sie von allen Lasten befreit.

Auf schief gelaufenen Hacken war Spreemann hinter ihrer Bahre hergerannt. Es ging im Trab. Berlin erwartete die Rückkehr seiner Sieger. Fahnen, Bänder und Banner wimpelten. Festlich gekleidete Menschen füllten die Straßen. Die Träger waren von einer Seitengasse in die andere geeilt, um nicht mit ihrer schweren Bürde zu stören. Aber man war überall im Wege.

Spreemann hatte niemandem übel genommen, dass man für seinen Schmerz keinen Platz hatte. Wer auf der Landstraße lebt, weiß, dass jeder an sich selbst denken muss. Und schon auf dem Rückweg vom Kirchhof hatte er wieder sein Warenlager auf der Schulter.

Auch neue Sieger konnten alte Kleider gebrauchen.

Zweites Kapitel

Manches aus dieser längst vergangenen Zeit spukte noch in Klaus' Erinnerung. Fetzen ohne Zusammenhang, die aus Erzählungen des Vaters übrig geblieben waren. Er selbst besann sich erst auf die Zeit, die er bei der Latrinen-Jule verbrachte. Diese lange, hagere Frau, die Mutterstelle an ihm vertrat, bis die Landstraße sein Heim wurde. Sie stand im festen Solde der Stadt Berlin. Sie übte das nützliche Amt aus, das man jetzt den finsteren Röhren der Kanalisation überlässt. Sie trug das Irdischste der Menschen aus der Stadt hinaus auf die Felder. Kein Wunder, dass sie nicht nach Flieder roch. Und Unrecht, dass man seinen Spott mit ihr trieb. Aber man tat's. Obwohl es Beamtenbeleidigung war.

Wenn am Abend alle miteinander durchs Tor der Herberge drängten, kehrte auch Jule heim. Denn sie erfüllte ihren Beruf unter dem Schleier der Dämmerung.

Kaum aber, dass sie zur Tür hineingeschwenkt war, hagelte Gespött auf sie. Man lobte ihr feines Parfüm oder fragte, ob sie auch nichts von der köstlichen Ware, die ihr anvertraut worden, beiseite geschmuggelt hätte.

Aber auch sie war aus Berlin. Sie verstand zu antworten. Sie rief, dass sie alle zusammen das Maul halten sollten. Der Mist sei am ganzen Leben das Wichtigste. Und sie würden sich tüchtig wundern, wenn's einmal alle damit wär.

Denn Jule war eine gebildete Frau, die von der Landwirtschaft etwas verstand.

Sie also wandte den Rest ihrer verkümmerten Gefühle dem kleinen Klaus Spreemann zu. Besser etwas als gar nichts. Das konnten beide voneinander sagen. Klaus bekam zweimal am

Tage eine warme Suppe und spielte dafür geduldig mit alten Knöpfen. Und Jule war froh, nicht allein zu sein. Sie hatte sich seit langem ein Hündchen gewünscht. Das war etwas Ähnliches ...

In der Herberge aber wurden die Leute nicht alt. Eines Tages war's vorbei mit der Jule. Es war der gewohnte Winterschnupfen gewesen. Von dem sie zu sagen pflegte, dass er drei Tage komme, drei Tage stehe und drei Tage gehe. Wohl fünfzigmal hatte sie recht behalten mit dieser Diagnose. Aber diesmal kam's anders. Nicht der Schnupfen ging, sondern die Jule. Doch ehe sie ihre übernommene Mutterpflicht aufgab, steckte sie dem Vater Spreemann ein kleines, schmieriges Säckchen zu. Einige sorgsam versteckte Groschen klirrten erschreckt darin auf. Für Klaus sollten sie sein. Begraben konnte die Stadt Berlin ihre treue Beamtin. Dienst gegen Dienst. Dreimal benieste Jule noch diese Wahrheit. Dann war sie ihres Berufs und allen Gespöttes enthoben. Sie sah zufriedener aus als je im Leben. Klaus' Vater aber steckte das Groschensäckchen tief in den Stiefelschaft und wunderte sich, dass selbst am einfachsten Geld kein schlechter Geruch bleibt ...

Von dieser Stunde an wanderte Klaus mit dem Vater mit. Sein sehnlichster Wunsch war, ebenso viel aufbuckeln zu können wie dieser. Ein dickes Bündel unter dem linken Arm, ein gleiches auf der linken Schulter, das schwerste aber in der rechten Hand. Bald konnte er's. Schwer beladen hielt er Schritt, in faltigen Hosen und einem alten Männerrock. Die Stiefel so weit und groß, dass die Füße darin immer noch einen Schritt allein für sich machten. Trotzdem sie doch reichlich genug zu laufen bekamen. Seit dem Tod der Mutter hatte Klaus keine Kleider mehr getragen, die für ihn selbst bestimmt waren.

Begreiflich, dass er manchmal mit sämtlichen Packen haltmachte, wenn er einen Altersgefährten in neuen Kleidern sah; dass er weit hinter dem Vater zurückbleiben konnte, um mit weit aufgerissenen Augen zuzustarren, wie ein Dickbauchiger, der des Vaters Angebot ärgerlich abgewinkt hatte, seinem Hunde ein großes, richtiges Fleischstück zuwarf.

Ja, reich musste man sein. Reich. Die Reichen waren die Starken.

Und des Abends, wenn Vater und Sohn den Stadttoren zueilten und rings in den dunklen Wiesen die Kobolde kauerten, träumte Klaus, dass er schon solch ein reicher Mann sei. Der im Sommer im Schatten sitzen und süße Getränke gegen den quälenden Durst trinken konnte. Der im Winter durch die Scheiben der warmen Stuben die Schneeflocken zählte. Der sogar seinen Hund mit gebratenem Fleisch füttern konnte, das manche Jungen nicht einmal sonntags bekamen.

Und blinkten die ersten Lampen auf, war die Wirklichkeit wieder da, sagte Klaus sich's immer aufs neue: Reich muss man sein. Reich.

Dieser zähe Wunsch war sein erstes Kapital, das ihm Zinsen brachte wie jedes Vermögen.

Erstaunlich schnell begriff Klaus die alten Hosen und Jacken so vorzulegen, dass Flicke und Risse auf der anderen Seite waren. Verstand er mehr zu verlangen, als selbst der Vater als Bezahlung wünschte. Lernte er, dass Kunden angelächelt sein wollten, gleichviel ob man fror oder schwitzte.

In den ersten Jahren seines Umherwanderns sprach man noch viel vom Krieg. In den Schilderungen von Raub- und Beutezügen hockte der Neid über das rasche Soldatenglück. Klaus wünschte sich neue Kriege. Er wollte Soldat werden. Gewiss, es würde Gefahr geben, aber auch ebenso viel Wege zu Geld und zu Glück.

Wenn er dergleichen dachte, machten seine Beine so große Schritte, dass sie den humpelnden Füßen des Vaters lange vorauskamen.

Aber es wurde nicht wieder Krieg.

Es kamen bessere Zeiten für die Berliner. Gute Tage. Sehr

gute Jahre. Aus der Ruhe des Friedens hob sich der Wohlstand. Auf blutgedüngtem Boden wogte Erntesegen.

Neue Zeiten – neue Kleider.

Mancher, der nie eine neue Jacke getragen, konnte sich, wenn's ihm gefiel, jetzt zwei auf einmal anmessen lassen.

Viele, die jeden Lumpenfetzen verkauften, um einen Sechser in die leere Tasche zu kriegen, erinnerten sich gar nicht mehr, je dergleichen Handel getrieben zu haben, und klapperten mit Geld im gut gefütterten Rock.

Friedrich Spreemanns Geschäft war gehemmt.

»Die Konjunktur der Landstraße steht faul.« Er sagte es immer häufiger unter der rauchenden Funzellampe am Wirtstisch. Und manches vom Hunger modellierte Gesicht nickte ihm schweigend Beifall.

Sonderbar war nur, dass Spreemann bei solchen Reden wohl schmerzlich das Gesicht verzog, doch nicht sonderlich von Sorgen gehetzt schien.

Man kann auch ein Übel bedauern, ohne selbst davon betroffen zu sein. Denn nicht jeder ist ein Egoist.

Viel stärker als die Zeit drückten Friedrich Spreemann seine hohen gefüllten Stiefel. Selbst wenn er die Füße still unter dem Tisch hielt, geschweige denn bei jedem Schritt, fühlte er die harten Taler, die Rubelchen und Napoleons, die sich in den Tagen der guten Konjunktur dort angesammelt hatten. Und unter der linken Zehe, in der tausend Stecknadeln stachen, wenn sich das Wetter ändern wollte, und die er darum sein Barometerchen nannte, lagen die Scheine. Die ersten Zettel, die der preußische Staat seinen Bürgern gegen Bargeld gegeben. Das erste Papiergeld.

Der Mensch ist immer mehr, als sein Nachbar von ihm glaubt.

Der siegreiche, preußische Staat war Friedrich Spreemanns Schuldner.

Und an Klaus sollte er zurückzahlen.

Friedrich Spreemann war zu sparsam und praktisch, um von seinen Schätzen noch etwas für sich auszugeben. Er war ein zu gewiefter Geschäftsmann, um nicht zu wissen, dass ein verbrauchtes Leben nichts wert war. Abgetragene Sachen auszubessern, das lohnte sich nicht.

Aber das Leben von Klaus war noch neu, war ein glattes, gediegenes Stück, aus dem sich noch alles schneidern ließ. Er konnte in Wirklichkeit haben, was sich sein Alter nur gewünscht hatte.

Klaus war pfiffig, gut und geduldig. Er würde erst einen kleinen Laden haben. Dann einen größeren. Und schließlich einen großen. Er würde eines Tages so viel Steuern zahlen, dass ihm der König gnädig zuwinken würde, wenn er ihm Unter den Linden begegnete. Mancher, der das sieht, wird dann vielleicht sagen: Sein Vater war noch Händler. Allerdings ein tüchtiger …

So hatte auch Friedrich Spreemann seine heimlichen Träume. Trotz seines guten Geschäftssinns naschte auch er von dieser goldenen Arznei. Sie kostete gar nichts. Und war doch das beste Mittel gegen knurrenden Magen und wunde Füße.

Klaus war nicht wenig erstaunt gewesen, als der Vater eines Tages mit ihm in eine Schneiderstube bog und dem Schneider befahl, dem Jungen hier Hose und Rock anzumessen.

In der warmen Werkstatt saß neben dem Ofen des Schneiders Vater und hämmerte Schuhe. Da waren zwei schöne Gewerbe friedlich beisammen.

»Ihr habt's gut«, sagte Friedrich Spreemann, als er sich ächzend auf einen Stuhl plumpsen ließ. Seine tränigen Blicke blinzelten von Schuster und Schneider zu Klaus hinüber und dann an sich selbst nieder.

Ja, ja. Um das Stubenhocken zu lernen, war nicht mehr Zeit genug übrig. Er hatte zu viele Menschen dem Leben Adieu sagen sehen, um nicht zu wissen, was die dicke Schwere in Kopf und Beinen bedeute.

Der Bader hatte schon recht: Fünfzig Jahre lang immer zu wenig Brot und immer zu viel Schnaps, das rächt sich. Es geht alles ganz natürlich im Leben zu ...

Der Schneider – ein Stück Kreide hinterm Ohr, zwei Stecknadeln im Mund, die Elle in der Hand – drehte kichernd mehrmals Klaus herum, bevor er mit dem Maßnehmen begann.

Er sagte, dass er das junge Herrchen gar nicht herausfinde aus dem großen Rock, und meckerte wieder.

Aber der Alte am Ofen, der neugierig zusah, stocherte mit dem gebogenen Zeigefinger in die Luft und krächzte, dass man dem Bürschchen da noch manchen neuen Anzug anmessen werde. Hunger und Entbehrung machen die Schlauköpfe.

»Das ist wahr«, sagte der Schneider und sah sich in den Spiegel.

Kleider machen Leute. Spreemann hatte es oft genug versichert, wenn er seine Waren anpries. Überzeugt von der Wahrheit dieser Worte aber wurde er erst, als er seinen Klaus im neuen Anzug sah. So wohlgewachsen und stämmig hatte er sich seinen kleinen Ableger gar nicht gedacht. Er hatte alle Mühe, seinen Stolz zu unterdrücken.

Denn erst hieß es, Schneider und Schuster noch einige Silbergroschen vom Preise zu handeln. Freude braucht nicht gleich übermütig und verschwenderisch zu machen.

Alles zu seiner Zeit. Stolz und Wichtigkeit breiteten sich erst über sein Gesicht, als man den niederen Laden betrat, wo Klaus als Lehrling eintreten sollte.

Hier begann Spreemann, seinen Sohn aus vollem Halse zu rühmen. Es wurde ihm leicht. Es war eins der seltenen Male, dass ihm das Lob über den angepriesenen Gegenstand von Herzen kam. Es war das erste Mal, dass er etwas anzubieten hatte, das nicht nur wie neu aussah, sondern auch wirklich nicht abgenutzt war.

Doch Klaus' künftiger Prinzipal, der in den Kriegsjahren eine Zeit lang Spreemanns Weggenosse gewesen, unterbrach ihn lächelnd. Er klopfte ihm auf die Schulter und sagte: »Er ist dein Sohn, Spreemann, das genügt mir.«

So trennten sich die Wege von Vater und Sohn. Spreemann wanderte allein hinaus ...

Klaus fegte den Laden, verschnürte Pakete, sprang schnell über die Straße, um seinem Herrn das heimliche Schnäpschen zu holen, zog die Wassereimer aus dem Brunnen und kaufte Eier und Brot für die Frau Prinzipalin. In der Mittagsstunde aber, wenn der Herr Chef sein Nickerchen machte, durfte er selbst die Kunden bedienen und den Stoff an der Elle abmessen.

In seiner Schlafkammer war es nicht wärmer als draußen auf der Landstraße. Im Winter war das Wasser in der Kanne gefroren. Wie Feuer brannte das Eis nach dem Waschen auf Gesicht und Händen. So lebte Klaus – trotz aller Bescheidenheit – auf vertrautestem Fuß mit zwei der mächtigsten Elemente.

Am Nachmittag kam sogar etwas Sonne zu ihm. Wenn auch nicht auf dem geradesten Wege. Ehe sie unterging, brach sich ihr blankes Licht in den gegenüberliegenden Fenstern. Die warfen einen warmen Widerschein hinüber zu Klaus. Und oft genug brockte er sich sein Vesperbrot bei schönstem Sonnenschein in die dampfende Tasse.

Zu all diesem bekam er in jedem Monat noch zwei runde Taler ausgezahlt.

Als er sie zum ersten Mal erhalten hatte, wollte er sie dem Vater geben, der ihn des Sonntags fast immer besuchte, denn er wusste, wie viel Geld seine neuen Kleider gekostet hatten. Aber Spreemann wehrte würdig ab. Er sagte:

»Du hast nun Anzug und Schuhe. Du wirst also bald an ein Hemd denken müssen. Und über kurz oder lang sogar an ein zweites. Auch die beiden Paar Strümpfe werden nicht ewig reichen. Verschwende nicht, aber kaufe, was sich als nötig erweist.«

Als er dann in der Dämmerung des Sonntags durch die ruhigen Straßen, vorbei an den erhellten Fenstern der Giebelhäuser, dem Stadttor zuwanderte, wo seine Herberge lag, blieb er häufig stehen, um heftig mit dem Kopf zu nicken. Auf Schritt und Tritt war ihm etwas anderes eingefallen, was sich sein Klaus wird anschaffen müssen, um so nach und nach ein Herr zu werden ...

Er hätte gern mit angesehen, wie der König den Klaus Unter den Linden grüßen würde. Immerhin erlebte er noch, dass Klaus mit einem weißen Kragen und großer Seidenkrawatte, die widerspenstige Lockenfülle mit wohlduftender Pomade vornehm geglättet und gescheitelt, als »junger Mann« hinter dem Ladentisch stand. Dass er nicht mehr zu fegen brauchte, sondern nur mit einem Federpuschel die Waren abstäubte und zu jeder Tageszeit die geehrten Kunden artig lächelnd bedienen durfte.

So weit war Klaus gekommen, als eines rauen Novembersonntags nicht mehr die eigenen Füße, sondern mitleidige Menschen den Vater zum Sohn brachten. Er war einige Straßenecken vorher zusammengebrochen.

Klaus bewohnte noch dieselbe kleine Kammer. Nur dass jetzt ein paar Handelsbücher darin standen und Seife, Kamm und Pomade dazugekommen waren. Der kleine, kalte Raum borgte sich gerade wieder den allerletzten Sonnenfunken vom Nachbarhause, als man Friedrich Spreemann auf seines Sohnes Bett legte.

»Die schöne Sonne«, sagte er bewundernd.

Als er sich ein wenig erholt zu haben schien, befahl er dem weinenden Klaus, ihm die hohen Stiefel von den geschwollenen Beinen zu schneiden. Und drückte ihm das Messer dazu in die Hand.

Klaus sammelte fassungslos die herausspringenden Münzen zusammen, auch das Wachstuchpaket unter dem Barometerchen fand er.

»Alles für dich«, sagte Spreemann. »Mit einem kleinen Laden fang an.»

Dann schien seine Kraft zu Ende zu sein. Klaus schluchzte und begann mechanisch das Geld zu zählen.

Da hob Spreemann noch einmal mühselig den Kopf und flüsterte unruhig, dass Klaus nun etwa nicht unnützes Geld für das Begräbnis verschwenden solle.

»Sparsamkeit ist halber Profit.«

Bei diesen Worten war Klaus seines Vaters gesetzlicher Erbe geworden.

Drittes Kapitel

Man kann in niemand hineinsehen. Möglich, dass der freundliche Herr Spreemann noch heute an die vergangenen Zeiten zurückdachte. Anzumerken war es ihm nicht.

Er war nun längst gewohnt, dass sein Lehrling den Laden fegte und dass sein junger Mann die Waren und den Wandspruch mit einem Federpuschel abstäubte. Dass über der Ladendecke eine hübsche Wohnung lag, mit Mullgardinen an den Fenstern und einem breiten Lehnstuhl davor, mit warmem Ofen und hohem Federbett. Und dass Klaus Spreemann darin der Hausherr war.

Was dem Vater der Krieg gewesen, war dem Sohn der Frieden geworden. Von allen Seiten war man durch die friedenbehüteten Tore gezogen, hatte sich sesshaft gemacht und war Berliner geworden. Und da man – so wohl sich's auch lebte im werdenden Wohlstand – doch nicht im Paradiese war, so hatte man Kleider gebraucht. Kleider und wieder Kleider. Trotz aller Sparsamkeit.

Klaus Spreemann hatte nicht nach Käufern zu suchen gebraucht. Er hatte nur reell und billig zu sein. Zumal auf dem Firmenschild.

In den zwanzig Jahren, die seit seiner Jünglingszeit verflossen waren, hatten sich die Berliner um das Doppelte vermehrt.

Dazu hatte Klaus Spreemann allerdings nichts beigetragen. Aber auch das war verzeihlich.

Er hatte keine Zeit für Ehe und Liebe gehabt. Alle seine Tage hatten der Arbeit gehört. Einer wie der andere. Denn damals war es noch keine Sünde, auch sonntags ein gutes

Geschäft zu machen. Erst zu vielen Jahren gereiht, hatten alle diese zähen Stunden diesen heimlichen Wohlstand geschaffen.

Doch auch ohne um Amors Reich zu streichen, hatte Klaus Spreemann mehr Freuden genossen als die meisten seiner Mitbürger.

Man kann seine Abstammung vor anderen verbergen, aber nicht vor sich selbst.

Keiner, wie Klaus Spreemann selbst, konnte ganz und voll ermessen, was es heißen wollte, des Morgens in sonniger Stube ein kühles Leinenhemd über die gepflegte Haut rieseln zu lassen. Oder sich an einen Tisch zu setzen, der sauber gedeckt war, wo Messer und Gabeln blank, mit reinlichen Horngriffen – und später sogar mit Elfenbeinenden – neben dem guten Berliner Porzellan lagen und Speisen aufgetragen wurden, die auf dem eigenen Herde gekocht waren. Wer begriff, was es sagen wollte, dann mit vollem Magen, die lange Pfeife im Mund, in der Ladentür zu stehen und sich von den besten Bürgern höflich grüßen zu lassen.

Wer von seinen Nachbarn wusste, was es bedeutete, des Abends, wenn draußen der Regen rauschte und die Hunde die müden Schritte eines nächtlichen Wanderers umkläfften, unter das hohe Federbett zu kriechen und an das Dunkel der Landstraße, an die schmutzigen Strohsäcke der Herberge zu denken.

Ruhe und Zufriedenheit gab das.

Selbst die schmerzlich süßen Vorfrühlingstage, wo die weiche Luft mit Veilchenduft gemischt ist, obwohl sie noch nirgends blühen und jeder sich wünschevoll fragt: »Was wollen alle die schönen Tage, wird einer auch mir etwas bringen?«, erregten Klaus Spreemann nicht. Er wusste genau, was sie ihm bringen würden: eine gute Saison.

Und ebenso wenig beunruhigten sein Gemüt die ungewohnten Pfiffe der neuen Eisenbahn, die dann und wann vom Potsdamer oder Anhalter Tore über die Stadtmauer schrillten. Er sagte, dass man auch in Berlin Sonne und Mond sehen könne. Er konnte sich überhaupt nicht vorstellen, dass es irgendwo in der Welt schöner sein könne als hier.

Ganz früher, ehe er das war, was er heute geworden, war er wohl manchmal an sommerlichen Sonntagsabenden mit irgendeinem runden Mädchen durch die Kornfelder nach Tempelhof und Schöneberg gewandert. Oder hatte auf dem Stralauer Fischzug eine rotbäckige Schöne einige Runden hindurch auf dem klingelnden Karussell begleitet auf hochgebäumtem und doch sicherem Pferde. Aber nie hatte er solche Ausfälle mit den Gedanken an seine Zukunft verbunden.

Zu dieser gehörte eine Dame.

Zwischen die Mullgardinen und die buntbemusterte Tapete hätte nur eine von den hübschen Demoisellen gepasst, die an der Seite ihrer Mama den duftigen Tarlatan für die Ballkleidchen bei ihm kauften.

Aber im Privatverkehr mit seinen Kunden fühlte sich Klaus Spreemann unsicher. Besonders den jungen Damen gegenüber, die immer über etwas Unbekanntes kicherten und lachten, sodass man ängstlich nach allen seinen Knöpfen zu fassen begann.

Mit den Herren und auch mit den älteren Damen war es leichter gewesen, auf dasselbe Niveau zu kommen. Dazu hatte beinahe der einzige Erziehungslehrspruch zugereicht, den er aus seiner Kindheit behalten hatte. Und den er der Latrinen-Jule verdankte.

»Guter Ton ist nichts weiter als Katzenfreundlichkeit«, hatte sie mehr als einmal gesagt, wenn sie mit den anderen städtischen Beamtinnen ihres Berufs beisammen saß und Strümpfe strickte oder sich mit einer der langen Stricknadeln hinterm Ohr kratzte.

Mit diesem Satz konnte man weiter kommen, als man glaubte.

Nur bei den jungen Damen reichte er nicht aus.

Darum hatte sich Spreemann, als seine Wohnung immer gemütlicher wurde, sogar verleiten lassen, ein Buch anzuschaffen, von dem jetzt viel die Rede war, weil es über den Umgang mit Menschen belehrte.

Aber was da an Nachsicht, Höflichkeit und Geduld seinen Mitmenschen gegenüber gefordert wurde, hatte Klaus Spreemann im Blut sitzen. Dass man sich vor weichen, verworrenen Wünschen hüten sollte, war ihm ebenfalls selbstverständlich.

Über die Liebe jedoch fand er nur etwas Bemerkenswertes: Dass man dem geliebten Gegenstand nicht stundenlang ins Gesicht starren dürfe. Das wäre Klaus Spreemann ohnedies niemals eingefallen. Einzig neu war ihm, dass man auch seine ernsten Absichten nicht dem geliebten Gegenstand anvertrauen dürfe, sondern nur dem infrage kommenden Papa.

Das war ein unsicheres Geschäft. Denn es war natürlich leichter, einem vernünftigen, älteren Herrn zu gefallen als einem wetterwendischen Mädchen voll Spaß und heimlichem Schnickschnack. Nachher hatte man das Auslachen, konnte blamiert für alle Zeit hinter dem Ladentisch stehen. Ein solider Geschäftsmann aber lässt sich auf keinerlei Risiko ein.

Vielleicht ging Klaus Spreemanns löbliche Vorsicht hier zu weit, denn manche der Mütter, besonders solche, die schon drei Winter hindurch Ballkleider einkauften, oft sogar für mehrere Töchter, lächelten den offenbar recht gut situierten Herrn Spreemann, der im besten Mannesalter hinter dem Ladentisch stand, sehr gütig und nachsichtig an. Spreemann aber kam es gar nicht in den Sinn, dieses Lächeln auf seine Privatperson zu beziehen. Er war überzeugt davon, dass die Damen nur lächelten, weil sie möglichst billig einkaufen wollten. Sankt Nikolai schützte sein Patenkind vor Amors Hinterlist.

Trotzdem stand Klaus Spreemann nicht mehr allein auf der Welt.

Seit es ihm gut und reputierlich ging, hatte es sich herausgestellt, dass auch er, wie alle anderen soliden Bürgersleute, Verwandte besaß. Onkel, Tanten, Vettern und Basen. Ganz wie sich's gehörte.

Man sagte damals häufig: dass Unglück zusammenleime. Sicherlich klebten auch schon zu jener Zeit Glück und Gelingen bedeutend fester.

Denn auf Onkel Emil, den Gerbermeister Ziehlke und dessen Frau, die Tante Minna, die nun beide meist noch mit ihrer Verwandtschaft seine gewohnten Feiertagsgäste waren, konnte er sich aus seiner Kindheit her nur wenig erinnern. Auch dass er mit ihren Kindern, seinen Cousinen, reizend gespielt haben sollte, war ihm ganz etwas Neues.

Er wusste nur noch, dass Ziehlkes zu fein gewesen waren, um mit ihnen zu verkehren. Vater und er wurden stets mit wenig Freude aufgenommen, wenn sie einmal des Sonntagnachmittags in der Splittgerbergasse einkehrten. Ihre Besuche dauerten nicht lange. Wenn die Kaffeetasse ausgetrunken war, wischte man sich den Mund und ging weiter, worüber Klaus allerdings sehr zufrieden gewesen war. Denn hier musste er sich immerfort die Nase zuhalten, trotzdem er durch die Latrinen-Jule gewiss nicht verwöhnt war. Er konnte sich nicht genug wundern, dass es etwas Feines war, zwischen diesen stinkenden Fellen zu wohnen. Er konnte gar nicht begreifen, wie man das aushielt.

Jetzt war er natürlich lebensklüger geworden. Wenn er jetzt Pfeife rauchend mit Onkel Emil über gute und schlechte Konjunkturen sprach, wusste er: Geschäft ist Geschäft.

Aber auch mütterlicherseits hatte Klaus Spreemann Angehörige. Das war die Tante Karoline, die er früher überhaupt nicht gekannt hatte. Erst als sie Witwe geworden und Klaus schon zum zweiten Mal den Laden vergrößerte, war sie eines Sonntagnachmittags zum Kaffee gekommen. Mit ihrem Mariechen, das nicht viel jünger als ihr Vetter Klaus war, aber noch verschämt auf alles Liebesglück der Welt wartete. Zu diesem Zweck vermietete Tante Karoline ihr bestes Zimmer an einzelne Herren, Studenten oder Sekretäre. Einstweilen noch ohne den gewünschten Erfolg.

Klaus hatte sie mit freundlicher Zufriedenheit ausgenommen, als sich die schmale Dame mit Kapotthut, Seidenumhang und goldener Brosche zu seinem Erstaunen als nahe Angehörige bekannte. Und er hatte auch Mariechen, die er ein wenig vertrocknet fand, kräftig die Hand gedrückt. Sodass sie errötet war und »O, Vetter!« gelispelt hatte. Und als dann Ziehlkes hinzukamen, hatte er mit großer Genugtuung die neuen Verwandten miteinander bekannt gemacht und ohne Ärger eine zweite Portion Streuselkuchen holen lassen. Er fand es durchaus richtig und standesgemäß, dass man an festlichen Tagen Verwandtenbesuch zu erwarten hatte. Es war gleich, ob man den Ofen für zwei oder zehn Personen heizte. Nur der Taugenichts gehört zu niemand.

Und der gute Hausgeist, der den Ofen zu heizen und den Kaffee zu brauen hatte, murrte doch nie über ein Zuviel an Arbeit.

Nach manchen Jahren des Ärgers, Aufpassens und doch Übervorteiltwerdens hatte Herr Spreemann auch in der Wahl seiner Wirtschafterin das Rechte getroffen. Mamsell Lieschen schien eigens für diesen Beruf erschaffen zu sein. Sie hatte alle Tugenden des sparsamen Weibes. Auch die, das Herz eines einzelnen Herrn nicht eine Sekunde lang zu beunruhigen. Im Waisenhaus groß geworden, ging stets ein Strom praktischen Gleichmuts und bescheidener Geduld von ihr aus.

Wenn der Frühling kam, band sie sich keine bunten Schleifen ins Haar, sondern sie freute sich, dass nun die Frostbeulen heilten, die Eier billiger wurden, dass es Radieschen gab, die Herr Spreemann schätzte, und jungen Schnittlauch und duftenden Dill. Wenn die Sommersonne ihr Blut zu erhitzen versuchte, hatte sie vor Arbeit überhaupt nicht Zeit, dies zu bemerken. In jeder Woche beinahe hatte eine andere Obstart ihre preiswerteste Zeit und musste als Winterkompott eingekocht und in Gläser gepackt werden. Und mit der größten Akkuratesse. Im Herbst aber drehte sich Lieschens ganzes Denken um die Gans. Geschunden, gepökelt, gefüllt, gebraten wand sich dieser nützliche Vogel in ihren fleißigen Händen. War doch an jedem Sonnabend dicht vor der Haustür großer Gänsemarkt. Stundenlang durchschritt Mamsell Lieschen die Reihen der blauen Leiterwagen, zwischen deren Latten die langen Gänsehälse die schnatternden Köpfe heraussteckten.

»Kommen Sie her, Jungfer Lieschen, ein schönes Gänschen für den reellen Herrn Spreemann.«

»Brät sich im eigenen Fett wie die reiche Madame«, lockten die Marktfrauen.

Aber ehe Mamsell Lieschen nicht mindestens dreißig Gänsebrüste befühlt hatte, kaufte sie nicht. Das war sie dem ehrenvollen Vertrauen Herrn Spreemanns wohl schuldig. Sie trug manch blutigen Riss der unvernünftigen Gänse an Armen und Händen. Aber mit dem gleichen Stolz wie der Student seine Schmisse.

Im Winter waren die kurzen Tage auch reich mit Arbeit beladen. Da heizte Mamsell Lieschen die Öfen, briet sie Schweineschmalz aus, zart und weiß wie Himmelsschnee, hatte sie in der eiskalten Speisekammer immer etwas Gesülztes und Gepökeltes zu drehen und zu wenden.

Strickte sie Strümpfe und Pulswärmer für Herrn Spreemann, faltete sie Fidibusse, briet sie in der einen Ofenröhre kleine, runde Äpfel braun, wärmte sie in der anderen Herrn Spreemanns hellgrüne, von ihren Händen mit Rosen bestickte Hausschuhe und kannte von morgens sechs bis abends neun kein Ausruhen. Dann aber sank sie träumelos in Schlaf.

Für alles dies erhielt sie Ende jedes Monats drei runde Silbertaler. Und wenn jetzt das dritte Jahr herum sein würde, sollte sogar ein vierter, ebenso runder hinzukommen.

Aber schon die drei Taler ärgerten Tante Karoline, die sehr rasch heimisch bei ihrem Neffen geworden und ihn viel häufiger besuchte als die Familie Ziehlke. Sie machte Klaus oft genug darauf aufmerksam, dass dieser Lohn geradezu auf die Straße geworfen sei. Und gab ihm zu verstehen, dass sie selbst von Herzen gern bereit wäre, Mamsell Lieschens Amt zu übernehmen. Aus reiner Verwandtenliebe, ohne die geringste Entschädigung. Und Mariechen bekäme er ebenso gratis dazu. Das liebe Kind spielte so reizend Piano. Und würde die ganze Wohnung mit Wohllaut erfüllen. Sogar das Piano würde sie mitbringen. Es war die stumme und doch geräuschvolle Bezahlung eines Mieters, der ohne Abschied zu nehmen ausgezogen war.

Frauen sind schlau. Und Klaus war kein Praktikus ihnen gegenüber. Aber er gehörte zu den glücklichen Menschen, die stets von selbst das Richtige finden. Wenn Tante Karoline von diesen heiklen Dingen sprach, sah er so eifrig zur Decke auf, wie wenn er dort eine vielziffrige Rechnung zu addieren hatte, und dazu zog er so kräftig aus seiner Pfeife, dass er sehr bald hinter einer Wolke von Tabak allen irdischen Wünschen entschwand. Erst wenn Tante Karoline hustete und spuckte und sich die Wolken wieder zu verteilen begannen, fragte er ruhig:

»Und dein neuer Mieter, gefällt er euch, seid ihr zufrieden miteinander?«

Er konnte fast immer nach einem neuen Mieter fragen. Tante Karolines Hausgenossen wechselten rascher als der unbeständige Mond. Sie hatten es zu gut bei Tante Karoline, und das können die Menschen bekanntlich nicht vertragen. Wohl zehnmal des Tages klopfte Mariechen an die Tür und fragte, ob der junge Herr vielleicht etwas nötig habe. Sobald sich aber der Herr Student oder Sekretär zum Ausgehen rüstete, kam Karoline selbst heraus, fragte, wohin des Weges und wann zurück, und erinnerte daran, dass jung gefreit noch niemanden gereut habe und dass das wahre Glück nur im eigenen Herzen zu finden sei. Man also nicht dazu auszugehen brauche.

Die leichtsinnigen Jünglinge eilten zwar trotzdem davon, aber Tante Karoline sagte sich hier wie bei Klaus, dass noch nicht aller Tage Abend sei. Und das war recht von ihr. Denn Hoffnung muss sein.

Auf diese Weise war man wieder einmal in den März gekommen. Wo der Mensch ganz insbesondere neuen Wünschen geneigt ist. Man heizte zwar noch, aber wenn man die Fenster geöffnet hatte, blieb noch lange ein frischer, belebender Hauch im Zimmer zurück.

Klaus Spreemann hatte schon die ganze neue Sommersaison im Lagerraum. Einen Bleistift hinterm Ohr und einen in der Hand, notierte er die Preise, klebte er die Etiketten, rechnete er die wünschenswerten Überschüsse aus.

Oben in der Küche putzte Mamsell Schmidt die ersten Radieschen und bemerkte dabei mit Staunen die erste Fliege. Die Fliegenklappe, eine Schuhsohle an ein Holzstück gebunden, lag noch wohlverwahrt bei den Sommersachen. Aber Lieschen versuchte trotzdem, sich des geflügelten Insekts zu bemächtigen, denn sie hatte auch für die Mahlzeiten eines Laubfroschs zu sorgen. Sie selbst hatte sich erlaubt, ihn Herrn Spreemann als Weihnachtsgabe zu überreichen.

In Ausdauer geübt, hielt Lieschen auch schließlich diese weltfremde erste Fliege zwischen Daumen und Zeigefinger, um sie so dem Laubfrosch zu überreichen.

Zugleich wollte sie sehen, wie es mit dem Wetter stand.

Es lag eine merkwürdige Unruhe in der Luft. Am Himmel wie zwischen den Häusern. In den Straßen war ein Lärmen, Rennen, ein Gejohle und Gesinge, als wäre die ganze Stadt ein Jahrmarkt. Es war nicht klug zu werden aus alledem.

Aber auch der Laubfrosch schien ratlos zu sein. Er schnappte zwar eilig die Fliege, aber kaum dass er oben auf der Leiter saß, hüpfte er wieder herab. Und war er unten, hopste er wieder hinauf. Heute war irgendetwas nicht richtig in Berlin.

Mamsell Schmidt beschloss, in den Hof hinunter zu gehen und Wasser zu holen. Vielleicht traf man dort am Brunnen diese oder jene, die mehr wusste. Während sie mit den klappernden Eimern die Treppe hinunterstieg, zog draußen wieder ein lärmender Schwarm Studenten vorbei. Sie sangen:

»Gegen Demokraten helfen nur Soldaten.«

Lieschen schüttelte den Kopf. Das ging nun schon seit Tagen so. Herr Spreemann hatte wirklich recht. Hatte man ihnen dazu ein ganzes Schloss eingerichtet? Dieses Prachtgebäude am Kastanienwäldchen? Als Lieschen den Brunnen wieder zuklappte, kam gerade die Sonne noch einmal hervor. Ihr tiefroter Abendschein spiegelte und bewegte sich in den gefüllten Eimern.

Wie Blut, dachte Lieschen und wusste nicht, was sie auf solche dummen Gedanken brachte.

Hastig griff sie nach den Eimern, um ins Haus zu gehen.

Da kam Anna, die Magd von Herrn Kreisrat Giesecke, der mit seiner Familie das obere Stockwerk bewohnte, eilig herausgelaufen.

Herr Kreisrat ließ Herrn Spreemann raten, nicht wie gewöhnlich zu Klausing an den Stammtisch zu gehen, sondern sich sein Weißbier rechtzeitig ins Haus holen zu lassen. Denn heute wäre die Straße kein Aufenthalt für anständige Leute. Er selbst ginge auch nicht aus.

Wieder schrillten draußen Pfiffe, und laufende Schritte jagten über das Pflaster.

»Was wollen denn die verrückten Menschen nur«, fragte Mamsell Schmidt und war ganz blass im Gesicht.

Die runde, saftige Magd zuckte die Achseln.

»Ich glaube Gleichheit, das rufen sie wenigstens immer«, sagte sie dann.

»Wie denn, was denn?« Mamsell Lieschen riss den Mund auf. »Was soll denn gleich sein?«

Anna schnäuzte die Frühlingsfeuchtigkeit in der kurzen Nase hoch und sagte:

»Mir ist alles gleich, wenn sie nur nicht schießen tun. Vor den Soldaten fürchte ich mich nicht, nur vor ihren Gewehren.«

Aber da rief man sie, und die Unterhaltung war zu Ende.

Lieschen schleppte die Eimer so rasch es ging die Treppe hinauf. Dann verriegelte sie die Tür.

Gegen Demokraten helfen nur Soldaten, sang man draußen aufs neue. Dann pfiff und heulte es und war wieder vorüber.

Kaum dass es still geworden, klopfte es an der Tür.

»Hier ist niemand«, schrie Lieschen Schmidt und warf willenlos ein Handtuch über die fertig geputzten Radieschen.

»Nu, da machen Sie nur unbesorgt auf, Mamsell Niemand!«, antwortete draußen eine gutmütige Stimme.

Lieschen hatte sofort erkannt, dass da der kleine Herr Hirschhorn vor der Tür stand. Er kam in jedem Monat einmal, um Herrn Spreemanns Hühneraugen zu schneiden. Eine der wenigen Jugenderinnerungen, die Klaus von der Landstraße und den zu großen Schuhen zurückbehalten hatte.

Mamsell Schmidt mochte den kleinen Juden nicht, der jedem Christenmenschen bis unter die Sohlen sah und mit seinem reichen Wissen von Haus zu Haus ging. Aber heute war er ihr von Herzen willkommen. Rasch riegelte sie die Tür auf und ließ ihn hinein.

»Nur schnell, Jungfer Lieschen, schnell«, sagte er. »Ich hab schon dem Herrn Spreemann zugerufen, dass ich da bin.

Heute muss es schnell gehen. Heute soll mit Gottes Hilf noch mancher loswerden, was ihn drückt.«

Damit hatte er schon mit seiner schwarzledernen Handwerkstasche den ihm bekannten Weg zu Herrn Spreemanns sauber gehaltenem Schlafzimmer zurückgelegt.

Mamsell Schmidt folgte ihm in Eile und ergriff noch unterwegs einige frischgewaschene Tücher, die sie vor Herrn Spreemanns Lehnstuhl auf den Boden breitete.

»Versprengen Sie nur nicht wieder die Nägel in alle Zimmerecken, Herr Hirschhorn«, sagte sie ermahnend.

»He, he, Mamsellchen, heute wird vielleicht noch etwas anderes in alle Ecken gesprengt«, antwortete der kleine Mann und packte eifrig seine Scheren und Messer aus.

Lieschen starrte ängstlich auf das geriebene Lächeln und seinen Mund.

»Was ist denn nur los«, sagte sie, »soll denn die Welt untergehen?«

Aber da schloss Herr Spreemann die Tür auf, und Mamsell Schmidt huschte bescheiden aus dem Zimmer.

»Ich hab mich ein wenig verspätet«, fing Hirschhorn sofort an, als er Herrn Spreemanns kräftigen Fuß zwischen den Händen hatte. »Ich war in den Zelten, bei den Versammlungen. Ei weih, da kriegt mancher die Wahrheit zu hören. Da schwillt einem der Mut in der Brust. Das hätten Sie auch mit anhören sollen, Herr Spreemann. Weiß Gott, das hätten Sie tun sollen.«

»Ich hab meine Arbeit«, knurrte Spreemann. Er liebte es nicht, dass Hirschhorn sprach, während er mit den scharfen Messern an seinen Füßen hantierte.

»Wir sollten Söhne haben, Herr Spreemann«, fuhr Hirschhorn fort. »Jeder sollte jetzt Söhne in der Wiege haben, Herr Spreemann. Eine neue Zeit kommt, eine große.«

»Au!«, rief Herr Spreemann. »Passen Sie doch auf, Hirschhorn.«

»Pardon, pardon, Herr Spreemann. Ich bin heute ein bisschen erregt, sozusagen. Ich bewundere Herrn Spreemanns Ruhe.«

»Ich weiß nicht, warum die Leute stets missvergnügt sind. Es wird schon alles von selbst zurechtkommen«, sagte Herr Spreemann ärgerlich.

»Das teure Brot, die Missernten in Schlesien«, warf Hirschhorn dazwischen, tief über Herrn Spreemanns kleiner Zehe gebückt.

Herr Spreemann meinte, dass sich jeder um sich selbst kümmern müsse. Dass für Herrn Hirschhorn das Wachsen der Hühneraugen wichtiger sei als das des schlesischen Korns.

Hirschhorn erwiderte, dass alles in der Welt seinen Zusammenhang habe. Es wäre schon recht, wenn es auch das Volk besser bekäme. In der Wiege und im Sarge sähen alle Menschen gleich aus. Da könnten sie es auch zwischendurch ein bisschen ähnlicher haben.

Herr Hirschhorn hatte nicht umsonst stundenlang unter den kahlen Bäumen des Tiergartens gestanden, Reden gehört und kalte Füße bekommen. Kalte Füße, warmes Herz.

Spreemann sagte, dass er vor zwanzig Jahren solchen Aufruhr begriffen hätte. Aber jetzt wäre doch alles schön und gut.

»Jeder hat es, wie er sich's macht«, schloss er. »Wer arbeitet, hat auch zu essen.«

Hirschhorn maß mit schiefem Kopf sein begonnenes Werk an der kleinen Zehe, griff nach einem anderen Messerchen und sagte:

»Nu, es gibt auch noch höhere Güter, Herr Spreemann. Der Magen regiert nicht allein. Das Volk will und muss auch …«

Da glitt das Messer ab und bohrte sich tief in die fleischige Zehe. Herrn Spreemanns rotes Blut strömte über die sauberen Tücher.

Denn im Eifer des Disputs hatte man überhört, dass ein dumpfes Murren, ein schrilles, sausendes Geheul näher und näher schwoll.

Jetzt kam es plötzlich über den Platz gejagt.

Kreischende Stimmen von Weibern und Männern, Pfiffe, Schreie, Flüche, Drohungen ballten sich zum Gebrüll eines Raubtiers zusammen.

Mit einem Freudenruf war Hirschhorn aufgesprungen und hatte im gleichen Augenblick seinen Kram von Scheren, Messern und Feilen in die alte Ledertasche geworfen. Ohne einen Blick, ohne eine Entschuldigung für Herrn Spreemanns blutende Zehe.

»Sie kommen!«, schrie er, »sie kommen!«, und hatte mit einem Ruck zwischen seinen Salben und Pomaden eine schwarzrotgelbe Kokarde hervorgerissen.

Dann rannte er hinaus. Im Flur hatte er die Kokarde schon an seinem großen, abgenutzten Hute stecken.

»Freiheit! Gleichheit!«, schrie er. »Mein Lebtag hab ich drauf gewartet.«

Und dann riss er die Tür auf und stürzte hinaus.

Er rannte beinahe den Lehrling um, der von unten heraufgejagt kam.

»Sie bauen Barrikaden! Barrikaden bauen sie!«, kreischte er mitten in Lieschens entsetztes Gesicht. »Ich geh mit, ich geh mit.«

Und er packte einen Küchenstuhl und rannte hinter Herrn Hirschhorn her.

Und der blonde junge Mann, den man immer nur lächeln gesehen und »Sehr wohl, Herr Spreemann« sagen hörte, hatte eine Kokarde an die Staubpuschel gebunden und eine Holzbank unterm Arm. Das Gesicht verzerrt voll Wut, warf er sich ins Gewühl.

Herr Spreemann war ans Fenster gehumpelt und sah es mit Entsetzen.

Immer unheimlicher steigerte sich das rasende Raubtiergebrüll.

Erstarrt sah Spreemann Hirschhorns lange Rockschöße in der stoßenden, stampfenden Menge verschwinden. Sah er den kleinen Lehrling beinah allen voran davonstürmen. Eine Sekunde lang blitzte eine Erinnerung in ihm auf. Sein Vater wäre auch mitgelaufen, die hohen Stiefel voll heimlicher Schätze. Und er selbst? Wenn es damals gewesen wäre ...

Da schmetterte ein Trompetensignal. Das Militär. Die Menge stieß ein Wutgeheul aus, das allen, die hinter den klirrenden Fenstern lauschten, Eiskörner über den Rücken jagte. Einen Augenblick lang staute sich alles. Dann drängte man mit verdoppelter Wut und Anstrengung vorwärts.

»Der Laden!«, schoss es Spreemann beim Trompetenstoß durch den verängstigten Kopf. Der Laden mit der ganzen Sommersaison im Lagerraum. Wenn sie ihn plünderten. Wenn sie ihn stürmten.

Mamsell Lieschen flatterte im Zimmer herum wie ein Huhn ohne Kopf. Sie sah das Blut aus Herrn Spreemanns Zehe quillen, sie hörte das furchtbare Geheule, sah den Lehrling und den »jungen Mann« unter die Räuber gehen, hörte Militärgetrappel, Signale, Pfiffe. Jetzt begannen auch alle Glocken zu läuten. Sie wusste nicht ein noch aus.

Als Herr Spreemann »Der Laden, der Laden!« schrie, stürzte sie in gewohntem Diensteifer hinaus. In ihrer Todesangst vergaß sie, Angst zu haben.

Sie drückte sich zwischen die tobend Vorwärtseilenden und legte mit zitternden Händen, ohne zu wissen, dass sie's tat, die schweren Holzplanken vor die Ladentür. Noch ein kurzer Augenblick und auch die schweren Eisenstangen fielen schützend vor Herrn Spreemanns Sommersaison. Keinen der wahnwitzig Erregten hatte die schmale Gestalt im waisengrauen Hauskleid gestört. Gerade als ein Schuss fiel, keuchte

Mamsell Lieschen ins Haus zurück. Die Tür schlug zu. Sie war gesichert.

Über das Treppengeländer beugte sich Herr Kreisrat. Im Schlafrock, die runde, samtene Hausmütze auf dem Kopf, aber die Pfeife erloschen zwischen den blassen Lippen.

»Die Haustür fest verriegelt, Mamsell Lieschen?«, flüsterte er fragend. »Nicht besser, noch einmal nachzusehen?«

»Ich muss hinauf, Herr Spreemann blutet«, schrie Lieschen in zappelnder Erregung.

»Blutet – woher – wieso – im Laden – in der Wohnung – verwundet von wem?«

Herr Kreisrat flüsterte es erregt und schaudernd.

»Von Herrn Hirschhorn, in demselben Augenblick, als die Horde über den Platz kam«, stieß Mamsell Lieschen eilig hervor und sprang atemlos die Stufen hinauf.

»Ich sage ja, die Juden, die Juden. Sie sind bei allen Schlächtereien die ersten.«

Empört raffte Herr Kreisrat den langen Schlafrock und eilte, so schnell es die lose sitzenden Pantoffel erlaubten, die Treppe zurück. Das musste Frau Kreisrat, die mit Weinkrämpfen auf dem Sofa lag, so schnell als möglich erfahren.

Die Türen klappten. Oben und unten. Die Riegel schnappten vor. Unten und oben. Man war geborgen.

Herr Spreemann starrte immer noch hinter der Gardine in den kreischenden, brüllenden Haufen. Ein schmaler Blutstrom rann von seiner kleinen Zehe ins Zimmer.

»Sie rennen ins sichere Verderben. Sie opfern ihr Leben, als wenn es nichts wert wäre«, murmelte er und wusste nicht, dass auf seinem Gesicht der große Respekt lag, der sich bei ganz besonders guten Kunden doch in seine Mienen zu schleichen pflegte. Nur, dass er jetzt nicht lächelte.

»Denken Sie vor allen Dingen an Ihr eigenes teures Leben«, rief Mamsell Lieschen aufschluchzend. Und kam mit Pflaster, Arnikawasser und Leinwandstreifen.

Als Herr Spreemann im Lehnstuhl saß, den Fuß gekühlt und verbunden, fühlte er sich ruhiger werden.

Mamsell Lieschen hatte die Holzladen vor die Fenster gelegt, das dämpfte den Lärm ein wenig.

Die Menge schien weiterzueilen. Allmählich wurde es ruhiger vor den Fenstern. Nur aus der Ferne klangen Trommelwirbel und Geschrei.

Lieschen zündete die Öllampe an. Der helle, ruhige Schein gab neuen Mut.

»Wenn ich an die Funzellampen denke, die man in meiner Kindheit brannte«, sagte Herr Spreemann, der nachdenklich in die freundliche Helle blickte. »Man hat es doch wirklich gut, jetzt in der Neuzeit. Ich weiß nicht, warum die Leute immer und immer unzufrieden sind.« Er seufzte. Mamsell Lieschen stand unschlüssig im Zimmer. Zu setzen wagte sie sich nicht. Aber draußen allein zu sein, fürchtete sie sich.

Herr Spreemann schien auch nicht allein bleiben zu wollen.

»Wo meine Verwandten heute sein mögen«, fing er wieder das Gespräch an.

»Gott schütze sie alle«, antwortete Mamsell Lieschen demütig.

Und dann fragte sie, ob sie vielleicht den Abendtisch hier aufdecken sollte.

Herr Spreemann kam in Verlegenheit. Appetit hatte er nicht. Im Gegenteil. Aber er wollte jemanden um sich haben.

Er zog eine Weile schweigend an seiner Pfeife. Dann sagte er: »Sie können mir kühlende Umschläge auf meinen Fuß machen, Mamsell. Alle fünf Minuten einen anderen.« Wieder hatte er das Richtige gefunden. Beiden war geholfen.

Auch in der Familie des Herrn Kreisrat schien man wieder im Gleichgewicht zu sein. Sanfte Klaviermusik tönte herunter. Die beiden Töchterchen spielten vierhändig und genau im Takt das hübsche Lied von dem guten Monde, der so stille durch die Abendwolken zieht.

Mamsell Lieschen summte es leise mit. So friedlich hätte alles sein können.

Aber da – Herr Spreemann horchte auf – von Neuem wälzte sich das Grauenhafte näher.

»Wenn sie nur nicht die Stadt in Brand setzen«, ächzte Mamsell Lieschen, die wieder ins Flattern gekommen war.

»Die Berliner stecken ihr Berlin nicht an«, sagte Spreemann fest.

Wieder klirrten die Fensterscheiben.

Herr Spreemann löschte die Lampe und öffnete die Fensterladen um einen schmalen Spalt.

Man trug schon Verwundete zwischen sich.

Mamsell Lieschen schluchzte auf.

Aus Spreemanns Augen tropfte es. Er hätte gern den Arm um Lieschens Schulter gelegt. Er spürte etwas Sonderbares – weiche, schmerzliche Wünsche, wie er sie seit seiner Kindheit nicht mehr gekannt hatte. Freiheit, Gleichheit, Brüderlichkeit ...

Da zeigte jemand aus der Menge auf den gemalten Herrn auf Spreemanns Firmenschild. Die einzige Laterne, die am gurgelnden Rinnstein brannte, warf ihren matten Schein auf seine Beinkleider, schick und kariert. Gelächter erscholl. Ein Haufen Steine hagelte gegen das Schild. Man hörte es splittern. Dann stürmte man weiter.

Herr Spreemann atmete auf. Nun hatte auch er seinen Tribut gezahlt. Er untersagte Mamsell Lieschen das Jammern über diesen Vorfall. Der Lärm verhallte. Das rasende Gebrüll dämpfte sich zu dem befriedigten Geknurr des gesättigten Tieres.

In den Zimmern flammten wieder die Lampen auf. Alles wurde still.

Herr Spreemann gähnte. Die Spannung ließ nach. Er blinzelte nach seinem hohen Federbett. Zum ersten Mal in seinem Leben begriff er, dass die Ehe ihre guten Seiten haben konnte.

Wenn da noch so ein Bett im Zimmer stände, hätte man es wagen können, unter das hohe Deckbett zu kriechen …

So aber blieb er im Lehnstuhl und ließ sich weiter die Zehe kühlen.

Bis draußen ein Hahn krähte. Wahrhaftig, über den Dächern dämmerte der erste Morgenschein.

Eilig verabschiedete Herr Spreemann Mamsell Lieschen. Wenige Augenblicke später lag er im Bett.

Nötiger, als dass man weiß, was die anderen wollen, ist zu wissen, was man selbst will.

Viertes Kapitel

Mamsell Schmidt hatte nur eine kurze Stunde zu schlummern gewagt. Als die Sonne richtig am Himmel stand, war auch sie wieder am gewohnten Werk. Leise öffnete sie die Fenster des Wohnzimmers und spähte hinaus. Das Firmenschild hing schief. Zerbrochen aber schien es nicht. Platz und Straße waren leer und still. Alle Arbeit schien zu ruhen. Lautlos lag die Stadt im neuen Morgenrot. Nur aus den Schornsteinen stieg ein leichter Rauch und verriet, dass Leben in den Häusern war. Die Sonne war ebenso blutig zurückgekommen, wie sie gegangen war. Aber nun war es Tag. Mamsell Lieschen erschauerte nicht. Sie sah noch zu, wie drüben auf dem Dach des Eckhauses der alte Herr Jung mit einer weißen Fahne seine Tauben zu einem Morgenflug anregte, dann ging sie an ihre Arbeit. Auf leisen Filzschuhen räumte, reinigte und heizte sie.

Herr Spreemanns Ofen war vom Nebenzimmer aus zu heizen. Vorsichtig, ohne Lärm zu machen, schichtete Lieschen das glatte Buchenholz auf, um es dann mit einem Kienspan aufprasseln zu lassen. Von oben drang wieder der gewohnte brenzlige Qualm herunter. Diese Geizhälse heizten mit Torf. Das hatte man bei Herrn Spreemann nicht nötig. Zufrieden schloss Mamsell Schmidt die Ofenklappe, lauschte einen Augenblick an Herrn Spreemanns Tür und eilte dann lautlos zu neuer Tätigkeit.

Man schien wirklich in einer Zeit des Umsturzes zu leben. Trotzdem Ofen und Sonne längst für ihn wirkten, schlief Herr Spreemann bis in den Mittag hinein. Das war in seinem ganzen Leben noch nicht vorgekommen. Mamsell Schmidt hatte sich schon Sorgen gemacht, und als er das Frühstückszimmer betrat, begrüßte sie ihn wie einen, der von weit her zurückkommt. Sie berichtete sofort, dass das Firmenschild schief hinge, aber keineswegs zerbrochen sei. So beschloss Herr Spreemann, erst eine belebende Tasse Kaffee zu trinken, ehe er den Laden öffnete. Mamsell Lieschen bestärkte ihn in diesem Entschluss, denn die Straßen waren immer noch leer und still. Selten, dass ein eiliger Schritt vorüberklappte.

Vor einigen Augenblicken war allerdings die Zeitung gekommen.

Herr Spreemann öffnete sie, und was er da las, ließ seinen Kaffee kalt werden. Eine lange Reihe von Toten war aufgezählt. Und auch der Name des kleinen Herrn Hirschhorn war dabei. Er hatte, bald nach seinem Davonstürzen, die Freiheit und Gleichheit gewonnen, die allen Menschen gewiss ist.

Mit Rührung besann sich Herr Spreemann, dass ihn der kleine, geschickte Mann bis auf den gestrigen Unfall kein einziges Mal geschnitten. Und dass er niemals mehr als vier Groschen für alle zehn Zehen genommen hatte. Auch Mamsell Lieschen schluchzte und vergaß vollständig, dass sie ihn nicht hatte leiden mögen.

»Wenn ich denke, dass er gestern noch lebendig in meiner Küche stand«, sagte sie und putzte sich wieder heftig die Nase.

Nur gut, dass von dem Lehrling und dem »jungen Manne« nichts in der Zeitung zu finden war.

Es war ein heller, klarer Tag. Man spürte es durch die geschlossenen Fenster, dass es zum Frühling ging. Während sich Herr Spreemann gedankenerfüllt die Pfeife stopfte, eilte Mamsell Schmidt zum Laubfrosch, um zu sehen, was er zu diesem Wetter sagte. Erschreckt prallte sie zurück. Er lag tot auf dem Boden seines Glashauses. Ob ihn die Aufregung getötet oder die einzige Fliege nicht genug Nahrung gewesen, war nun nicht mehr zu enträtseln. Von Grauen und Ekel gepackt, spähten Herr Spreemann und Mamsell Lieschen durch das Glas. Er lag auf dem grünen Rücken und zeigte einen gelben Bauch. So war er also nur auf einer Seite so hübsch grün gewesen? Auch die Natur lackierte also nur die obere, dem Käufer zugewandte Seite? Das gab beiden eine gewisse Beruhigung. Es tut immer wohl, sich mit der Schöpfung im Einverständnis zu wissen ...

Milde und bewegt griff Spreemann zum Schlüsselbund und verließ die Wohnung, um endlich seinen Laden zu öffnen. Als er noch das Firmenschild musterte und mit Freude feststellte, dass ein wenig Tischlerleim hier alles kurieren könne, bogen zögernde Schritte um die Ecke. Und ehe Herr Spreemann sich noch selbst bemühen konnte, hoben sein Lehrling und sein »junger Mann« Eisenstange und Holzplanke von der Ladentür.

Der Lehrling hinkte, und der »junge Mann« trug einen Arm in der Binde. Statt der Kokarden hatten sie wieder ihre höflichen Mienen aufgesteckt. Aber die Kokarden waren noch da. Sie lagen in der Tasche, bereit, beim ersten Anlass wieder hervorgeholt zu werden. Nur musste man auch inzwischen leben und essen.

Die gegenseitige Begrüßung fiel etwas gezwungen aus. Der Lehrling begann sofort, alte Bindfäden aufzuknoten, und der »junge Mann« beeilte sich, mit dem gesunden Arm einen neuen Staubpuschel in Bewegung zu setzen.

Aber Herr Spreemann war sich schon vorher klar geworden, Milde walten zu lassen. Leute zu finden, die gestern nicht dabei gewesen waren, wäre gewiss nicht leicht. Ein Wechsel aus diesem Grunde hätte also keinen Sinn gehabt. Dagegen konnte es den einfachen Kunden gegenüber, vielleicht auch sogar den besseren, beinahe als Empfehlung gelten, dass man sein Personal an der großen Gefühlsaufwallung hatte teilnehmen lassen.

So sagte er nur »Vorüber ist vorüber« und begann im Lagerraum weiterzuarbeiten, wo er gestern aufgehört hatte.

Mochten sich seine guten Mitbürger auch noch so wild gebärden, die Sommersaison wird trotzdem unbeirrt heranrücken. Man würde tüchtig schwitzen müssen, hätte Klaus Spreemann nicht wie stets auf seinem Posten gestanden und für sie alle vorausgesorgt. Reich an innerer Freude, ließ er den gespitzten Bleistift über die Etiketten spazieren.

Wenn sich nicht jeder von uns viel zu wichtig nähme, könnte die Welt nicht weiter bestehen ...

Auch am Nachmittag war Spreemann in eifriger Tätigkeit, als die Ladentür heftig aufgerissen wurde. Er wollte schon seine Verbeugung machen, als er erkannte, dass es seine Tante Karoline war, die hereingestürmt kam.

»Gottlob, da bin ich«, sagte sie. Worauf Klaus einstweilen noch nichts erwiderte.

»Bist du vielleicht auch gestern zu Biere gewesen?«, fragte sie nun.

Sie sah auf Spreemanns verbundenen Fuß, der im Filzschuh steckte, und bemerkte ebenso rasch, dass auch der Lehrling wie der »junge Mann« nicht ganz intakt waren.

»Ihr wart wohl alle dabei?«, schrie sie auf. »Ist das eine Welt, ist das eine Welt, ich weiß nicht, wo mir der Kopf sitzt. Mein Mariechen ...«

Klaus unterbrach sie, weil er nicht gern Unangenehmes hörte, und sagte:

»Ich habe die Nacht friedlich mit Mamsell Schmidt verbracht.«

Tante Karoline, die sich nicht hatte unterbrechen lassen wollen und gleichzeitig geschrien hatte, dass Mariechen, dieses sanfte, immer gehorsame Kind, auf den Barrikaden gestanden habe, brach ab, als hätte ihr jemand die Kehle durchschnitten.

»Wir waren bis zum Morgengrauen in meinem Schlafzimmer«, erzählte Klaus arglos weiter, mit der bescheidenen Ruhe eines Menschen, der die Wahrheit spricht.

Der Lehrling knotete Bindfäden, und der »junge Mann« puschelte ...

Erst als Klaus wieder viele ruhige Pfeifenzüge getan, quoll aus Karolines Mund die Frage, ob er verrückt sei oder sie.

Die Rückwirkungen der schlaflosen Nacht mit ihren verschiedenen Schrecken überstiegen alle Vorsicht für Zukunft und Hoffnungen. Außerdem hatten Mariechen und der Herr Sekretär einen verwundeten Russen von den Barrikaden heimgebracht, der sehr reich war und den man gesund pflegen würde.

Darum ließ sie alle Beherrschung zum Teufel fahren und fragte noch einmal, ob Klaus oder sie den Verstand verloren habe.

Aber ehe Klaus noch sein Gutachten abgeben konnte, klingelte die Ladentür, und Spreemanns andere Tante, Madame Ziehlke, kam herein. Im Pelzschal und großem Skunksmuff erkundigte sie sich, wie ihrem Neffen der gestrige Schreckenstag bekommen sei. Auf ihrem runden Gesicht, das einem reifen Apfel glich, der schon ein wenig zu schrumpeln begann, sah man keine Spuren des ausgestandenen Schreckens. Mit breiter Neugierde wandte es sich jetzt der Tante Karoline zu.

»Ich hörte, dass dein Mariechen – aber das ist doch wohl nicht möglich ...«

Tante Karoline wurde rot vor Ärger. Leugnen konnte sie die schon stadtbekannte Tatsache nicht, aber beschönigen. Das ist das Recht der Mutter. So sagte sie schnell und mit erhobenem Kopf:

»Mariechen begleitete nur ihren heimlichen Bräutigam.«

Sie dachte bei diesen Worten, die ihr selbst überraschend kamen, schnell zu dem jungen Russen hin. Er war noch bewusstlos, aber er würde es wohl nicht ewig bleiben.

»So, so, wieder einmal eine Aussicht, das ist ja nett«, antwortete Madame Ziehlke, die Hände tief in dem großen Muff. Sie war durch diese Neuigkeit nicht erschüttert; denn

Karoline machte diese geheimnisvollen Anspielungen stets, wenn sie einen neuen Mieter bekommen hatte.

Karoline lenkte auch selbst das Gespräch sofort ab, indem sie der pelzverbrämten Madame Ziehlke zuflüsterte, was sie soeben aus Spreemanns eigenem Munde erfahren hatte.

Madame Ziehlke neigte nicht so zur Erregung wie Karoline. Sie hatte gar keinen Grund dazu. Ihre beiden Töchter waren verheiratet, ihre Schwiegersöhne hatten zusammen eine recht rentable Mühle am Mühlendamm. Brot brauchten die Leute nun mal zu allen Zeiten, und ihr eigener Sohn bekam einmal die wohl renommierte Gerberei und hätte längst um die beste Bürgerstochter freien können. Aber sie hatte auch Enkelkinder. Schließlich war es kein Verbrechen, wenn Spreemanns Geld in der Familie bliebe.

Sie rückte daher ihre stattliche Fülle näher an die schmale Karoline heran und ließ sich das eben Gehörte noch einmal sagen.

Spreemann merkte nichts davon; denn er gab dem Lehrling Auftrag, Kuchen mit Schlagsahne zu holen und Mamsell Lieschen mitzuteilen, dass man Kaffeegäste habe.

Als Spreemann die Damen nach oben begleiten wollte, kamen die ersten Kundinnen dieses Tages. Es waren zwei Milchfrauen, denen gestern die großen Schutenhüte abhandengekommen waren.

Madame Ziehlke und Karoline gingen allein hinauf, was ihnen nicht ungelegen kam; denn sie wollten diese Mamsell da ein wenig aufs Korn nehmen.

Lieschen hatte einen ungeheuren Respekt vor Herrn Spreemanns Verwandtschaft. In demütiger Zuvorkommenheit befreite sie Madame Ziehlke von Samt und Pelz, nahm der Tante Karoline ihren leicht wiegenden Umhang ab, dann eilte sie davon, um den Kaffee zu bringen.

Als sie die dickbauchige Kanne auf den Tisch setzte, meldete sich der Lehrling und berichtete, dass der Herr Konditor sagen lasse, dass es heute keinen frischgebackenen Kuchen gebe und dass die süße Sahne heute sauer sei.

Um des Lehrlings Mund lag bei der Erledigung dieser Bestellung etwas, das im Kontakt stand mit der Kokarde in seiner Tasche. Aber die Damen hatten keine Gelegenheit, dies zu beobachten.

»Das sind doch ganz ungeheuerliche Zeiten, in denen wir leben«, sagte Tante Karoline. »Am helllichten Tage kein Krümchen Streuselkuchen in ganz Berlin.«

»Ach, es ist zu verstehen«, sagte da unglücklicherweise Mamsell Lieschen. »Nach solcher Nacht.«

»Ja, alles Gesindel hat sich diese furchtbaren Stunden zunutze gemacht«, sagte Tante Karoline und maß Mamsell Schmidt von oben bis unten.

Lieschen merkte, dass man ihr böse war, und weil sie keinen Grund dafür wusste und heute ohnehin zum Weinen geneigt war, holte sie ihr weißes Taschentuch hervor.

»Ich habe nichts Unpassendes getan«, sagte sie und drehte ihre kurze, bescheidene Nase im Tuch herum.

Tante Karoline sagte, dass sie nichts Näheres über diese heikle Angelegenheit zu erfahren wünsche und sie nur ihren armen, unschuldigen Neffen bedaure. Und dann fügte sie hinzu, ob man nicht wenigstens ein Stück Brot mit Butter zum Kaffee bekommen könne.

In schnellem Gehorsam eilte Mamsell Lieschen davon.

Madame Ziehlke war von Lieschens Tränen bewegt worden. Sie teilte nicht mehr Karolines Argwohn und sagte es ihr auch.

»Wer ist heute nicht müde«, sagte sie. »Auch ich kann meine Arme kaum heben.«

»Warum sagst du denn immer Arme?«, antwortete Karoline gereizt.

»Nun, weil es doch zwei sind«, antwortete Madame Ziehlke, nun auch aus ihrer Ruhe gebracht. Diese magere Person konnte wirklich den freundlichsten Menschen in Wut bringen. Madame Ziehlke hatte gerade etwas in diesem Sinne auf der Zunge, als Mamsell Schmidt hereingestürzt kam und voll Erregung ausrief:

»Ruhe ist die erste Bürgerpflicht.«

Und dann in bebender Eile erklärte, dass man drüben, an der Hausecke, ein Manifest des Königs angeschlagen habe, worauf man vom Schlafzimmerfenster des Herrn Spreemann deutlich lesen könne, dass Ruhe die erste Bürgerpflicht sei.

»Aha, das sollte gewiss schon gestern fertig sein«, sagte Madame Ziehlke und trank befriedigt den Rest des guten Kaffees aus.

»Ich weiß nicht, was Sie immer in Herrn Spreemanns Schlafzimmer zu suchen haben«, sagte dagegen Tante Karoline, die aufgestanden war. »Man kann die Manifeste des Königs wohl auch von anderswo lesen, scheint mir.«

Sie nahm sich selbst den Umhang um; denn sie wollte nun rasch nach Haus. Sie verstand nicht viel von Politik und fürchtete neue Aufregungen durch Mariechen und den Herrn Sekretär.

Auch Madame Ziehlke ging. Die Dämmerung nahte, und man konnte nicht wissen, was geschah.

Erregende äußere Vorgänge hemmen die Innenpolitik. Beide Tanten vergaßen, ihrem lieben Neffen Lebewohl zu sagen.

Spreemann hatte sich mit seinen Kundinnen ein wenig verschwatzt. Man hatte auch hier des Königs Aufruf erörtert, wovon ein Abdruck gerade neben Spreemanns Ladentür geklebt worden war. Spreemann sah darin eine Auszeichnung. Sein Selbstbewusstsein hob sich, als er sich darauf als »Lieber Berliner« angeredet sah. Familiäre Fäden zogen sich vom Dönhoffplatz nach dem Schloss.

Darüber hätte Spreemann auch mit seiner engeren Verwandtschaft gern einige Worte ausgetauscht. Er war sehr erstaunt, niemanden mehr am Kaffeetisch zu finden.

»Etwas Unangenehmes?«, fragte er; denn er hatte wohl bemerkt, dass Mamsell Schmidt bei seinem Kommen rasch die Nase aus dem Taschentuch geholt hatte.

»Nicht dass ich wüsste«, antwortete die Mamsell und stopfte das nasse Schnupftuch in die Tasche. Aber sie konnte doch nicht hindern, dass ein letzter Schluchzer aus ihrem unruhigen Gemüt in das stille, behagliche Zimmer sprang.

»Was ist das? Sind Sie krank?«, fragte Spreemann und bedachte im gleichen Augenblick, dass dies sowohl Kosten wie Störung mit sich bringen würde.

Lieschen schüttelte den Kopf.

Spreemann dachte nach. Einen Todesfall in der Familie konnte sie auch nicht zu beklagen haben, da sie allein in der Welt stand. Er hatte dies stets besonders an ihr geschätzt. Seine früheren Wirtschafterinnen benötigten beständig Urlaub zu Begräbnissen oder Taufen.

Lieschen schluchzte weiter. Gedämpft und ruckweise, wie ein Kind, das in der Ecke steht. Spreemann sog an seiner Pfeife.

»Ist es der Laubfrosch?«, fragte er vorsichtig.

Lieschen schüttelte den Kopf.

»Oder der arme Herr Hirschhorn?«

Lieschen verneinte.

»Überhaupt so das Unglück im Allgemeinen?«

Jetzt antwortete Lieschen, dass sie doch Herrn Spreemann gesund und munter vor sich sähe und es somit eine Sünde sein würde, über fremdes Unglück zu weinen.

Und der Sprache nun wieder habhaft, stotterte sie weiter hervor, dass Madame Karoline sie nicht für wert befunden habe, sich den Umhang von ihr zureichen zu lassen.

»Woran haben Sie es fehlen lassen?«, fragte Spreemann.

Lieschen stieß ruckweise hervor, dass Madame Karoline – der Meinung zu sein scheine – dass sie – Mamselle Schmidt – in der verflossenen Unglücksnacht – nicht ihre Pflicht erfüllt habe.

»Und dabei ist die Zehe doch geheilt«, sagte sie zum Schluss, das Gesicht vergraben in dem durchweichten Tuch.

Spreemann räusperte sich und stand auf.

Er hatte Tante Karoline besser verstanden.

Er fand es plötzlich sehr warm im Zimmer. Schwül. Unangenehm.

»Öffnen Sie das Fenster, Mamsell Schmidt«, befahl er.

Voll Diensteifer gehorchte Lieschen. Als sie auf den Stuhl stieg, um den oberen Riegel zu öffnen, fiel es Spreemann zum ersten Mal auf, dass auch mit ihr viel Rundliches verbunden war. Er war erstaunt.

Als Lieschen mit bescheidenem Sprung wieder auf dem Teppich stand, sagte er:

»Ich bin nicht unzufrieden mit Ihnen, das genügt.«

Lieschens Tränen waren getrocknet. Mit dankbarem Blick fragte sie, ob sie Herrn Spreemann zum Abend Radieschen vorsetzen dürfe, die schon gestern geputzt wären.

Herr Spreemann genehmigte es, und jeder ging an seine Arbeit.

Lieschen hatte sich den ganzen Tag über noch nicht aus dem Hause gewagt, aber nun war der Wasservorrat zu Ende. Sie musste auf den Hof hinunter, da half nichts. Kaum, dass sie unten mit den Eimern klapperte, kam Kreisrats Anna dazu.

Sie sah ebenso verweint aus wie Mamsell Lieschen.

»Haben Sie auch einen dabei?«, fragte sie und schnäuzte die Nase am rotwollenen Ärmel entlang.

»Wo?«, fragte Mamsell Lieschen und zog mit aller Kraft die Eimer in die Höhe.

»Bei den Soldaten natürlich. Alle müssen sie mit Wrangeln aus der Stadt heraus. Meiner auch. Hätte ich nur gestern mitgemacht. Solch hochmütiges Bürgerpack. Alle Soldaten wegzugraulen.«

»Wer weiß, wozu es gut ist«, sagte Mamsell Schmidt.

»Gut ist?«, äffte Anna nach. »Gut ist, wenn ich meinen Fritz bei mir habe.«

Sie warf den Eimer mit solcher Wucht in den Brunnen, dass das Wasser beide überspritzte. Mamsell Lieschen schleppte die schweren Eimer in würdigem Schweigen ins Haus.

Die Dämmerung kam, und aus den Häusern fiel der Lampenschein auf die leeren Straßen. Draußen war es ruhig, aber in den Stuben hämmerte die zitternde Erregung, die bei allen großen Geschehnissen erst hinterher kommt. Die Pfeifen waren mit Pulver geladen, die Stricknadeln sprühten Funken.

Durch die Hirne galoppierten Gedanken, an die man nie früher gedacht hatte. Trockene, wunschlose Lippen verlangten in heimlicher Gier nach Küssen und starkem Wein. Die sausenden Ohren forderten wilde, laute Worte, die die innere Unruhe überschrien.

»Es ist das Wetter«, sagte Spreemann zu seinen invaliden Angestellten und wischte sich mit dem Taschentuch über die Stirn.

»Gewiss, das Wetter«, wiederholten Lehrling und »junger Mann« und schnitten ein Gesicht, sobald ihnen Herr Spreemann wieder den Rücken kehrte.

Bei den vielen Zahlen, die Spreemann zu notieren hatte, sprang in seinem Kopf immerfort die Frage auf: Wie alt mochte diese Mamsell Schmidt eigentlich sein? Er kalkulierte einige Ziffern und sagte sich dann gereizt, dass ihm dies höchst gleichgültig sein könnte. Die Person war tüchtig, verstand vorzüglich Karpfen zu kochen und Gänse zu braten, alles andere war nebensächlich. Aber als er 2,80 Mark auf ein Etikett kritzelte, musste er sofort wieder denken, dass Mamsell Schmidt ungefähr 28 Jahre haben könne. Gedanken sind eine unangenehme Sache.

Er schloss den Laden früher als sonst.

Draußen sickerte ein kühlender Regen aufs Pflaster.

Vielleicht beweinte der Himmel die tapferen Herzen, die

sich zum Opfer gebracht. Schlafenden Wiegenkindern zum Heil. Vielleicht wollte er auch nichts weiter als seine alte Pflicht erfüllen: neue Keime, neue Veilchen tränken. Wer kann dergleichen wissen …

»Da haben wir's«, sagte Spreemann befriedigt. »Der Regen hat uns in den Gliedern gesteckt, das war's.«

Er saß beim Abendbrot und lagerte Radieschen scheibenweise auf eine Butterstulle.

»Mir war es auch heute so kribblig«, antwortete Mamsell Schmidt, die noch ein Schüsselchen mit Wurst und Bratkartoffeln auf den Tisch stellte. »Ich hoffe nur, dass morgen wieder Markt ist. Man kommt aus aller Ordnung.«

Es klopfte an die Wohnungstür, und bald darauf führte Mamsell Schmidt den Herrn Kreisrat ins Zimmer.

Er war nicht im Schlafrock, sondern in Hut und Mantel. Die lange Pfeife guckte aus der Tasche.

Er sagte, wenn Ruhe die erste Bürgerpflicht wäre, sei Ordnung gewiss die zweite. Daher wollte er vorschlagen, dass man heute wieder pünktlich am Stammtisch erscheine. Spreemann fragte mit gefüllten Backen, ob man es wagen könne. Mamsell Schmidt seufzte hörbar und räumte noch dies und das vom Tisch, ehe sie das Zimmer mit einem zweiten, warnenden Seufzer verließ.

Giesecke hatte sich gesetzt, und indem er eifrig den Tisch musterte, um seiner Madame genau erzählen zu können, was der Herr Spreemann zu Abend gegessen, sagte er, dass auch seine Frau ihn nicht gern fortgelassen habe, dass man aber ein Mann sein müsse, weil man doch hören wolle, was es Neues gab.

So säuberte sich Spreemann mit der großen Serviette Lippen und Bart und erhob sich.

Mamsell Schmidt nahm den großen Hausschlüssel von der Wand, versenkte ihn in ein wollenes Beutelchen, damit er keinen Schaden in Herrn Spreemanns Tasche anrichte und reichte ihn dann ergeben dem Hausherrn. Die Herren verließen das Haus. Mamsell Schmidt sah hinter der Gardine, wie sie unter ihren großen Regenschirmen die breiten Pfützen umsegelten, in die der Regen prasselte. Gerade kam der Nachtwächter um die Ecke und blies die achte Stunde aus. Mamsell Schmidt seufzte. In später Nacht noch fortzugehen in dieser Zeit, bei solchem Wetter! Ein rechter Leichtfuß war Herr Spreemann manchmal. Hätte er eine Frau, sie würde dies sicher nicht zugeben.

»Sie haben es gut«, sagte inzwischen der Herr Kreisrat zu Spreemann.

»Inwiefern?«, sagte dieser, die Blicke vorsichtig auf dem glitschenden Boden.

»Ich meine nur so – mein Hausschlüssel hängt nicht so lose an der Wand.«

Spreemann kannte diese Klagen des Herrn Kreisrat. Darum lenkte er ab und sagte, dass die Ehe dafür andere Vorzüge habe. Darauf schwieg der Herr Kreisrat.

Wahrscheinlich weil ihm so viel Gutes einfiel, dass er es nicht aufzuzählen vermochte ...

Man war nun in der Zimmerstraße und sah die Laterne vor Klausings Bierstube. Vor der Tür klaffte ein tiefes Loch im Pflaster, eine Wunde von gestern.

Drinnen ging es lebhaft zu. Durch den säuerlichen Bierdunst und den steifen Tabaksqualm sausten die Stimmen.

Heute gab es keine umständliche Begrüßung. Keiner wollte unterbrochen werden.

Herr Lehrer Pritzel war feuerrot im Gesicht und schon heiser. Er schrie, dass es der alte Herr Jung nicht wert sei, Enkel zu haben, die einmal stolze, freie Bürger sein würden, weil er nicht einsehen wollte, dass der gestrige Tag notwendig gewesen.

Herr Jung aber, von dessen hoher Stimme die Jahre nur noch eine dünne Schicht übriggelassen hatten, blieb dabei, dass er keinen Segen darin finden könne, wenn ihm zwanzig Tauben ertränken. Die wilde Menge hatte alle seine Wasserbehälter demoliert und dadurch den Taubenstall überschwemmt.

»Dann hätten Sie eben Enten halten sollen«, schrie Herr Lehrer Pritzel, »dann hätte sich die ganze Sache aufs Glücklichste erledigt.«

»Andermal werde ich Sie vorher um Rat fragen, Sie Mann der Wissenschaft«, rief Herr Jung mit einer Stimme hoch wie ein Kirchturm.

Spreemann bestellte sich erst mal eine große Weiße mit Himbeer. Dann sagte er:

»Die Herren sprechen von gestern?«

»Allerdings«, antwortete der Lehrer und stieß eine Wolke Tabaksqualm aus.

»Ja, der gestrige Tag wird uns lange im Gedächtnis bleiben«, beeilte sich der Kreisrat einzuschalten.

»Das walte Gott«, sagte der Lehrer und qualmte wie die neuen Lokomotiven vorm Tor.

Der Kreisrat hüstelte, und dann sagte er, dass er bei aller Achtung vor dem Herrn Lehrer nicht zu begreifen vermöge, wie man, als ein Mann von Bildung, ein Parteigänger des Radaus sein könne, und fügte noch hinzu, dass er zum Beispiel das eigenmächtige Vorgehen des Volkes keineswegs billige.

»Das sehe ich nicht ein«, mischte sich nun Herr Gerbermeister Ziehlke, Spreemanns beleibter Onkel, ins Gespräch. »Wenn man recht hat, kann man auch dreinhauen. Recht muss sein.«

Der Lehrer sagte, dass dies das erste Vernünftige sei, was er heute Abend gehört habe.

Spreemann behauptete darauf, dass er das nicht auf sich beziehen könne; denn er hätte sich überhaupt noch nicht geäußert. Aber bedauerlich fände er die gestrigen Vorgänge auch. Und er wiederholte, was er schon gestern zu Mamsell Schmidt gesagt hatte, dass er überhaupt nicht begreife, warum die Leute immer unzufrieden wären.

»Na, zum Beispiel aus Hunger, werter Herr Spreemann«, knurrte der Lehrer und zerrte an seinem schwarzen Bart, als risse er damit allen seinen Tischgenossen die Haare aus.

»Dann müssen sie arbeiten. Wer arbeitet, kommt vorwärts.«

Spreemann sah bei diesen Worten seine eigenen Züge ruhig und würdig im Weißbier schaukeln.

»Besonders wenn man eine Frau und fünf Kinder hat und der Lohn kaum für einen selbst ausreicht«, antwortete der Lehrer. Und dann drehte er sich ganz zu Herrn Spreemann und sagte ihm mitten ins Gesicht hinein, dass ein Junggeselle überhaupt nicht über Volkswirtschaft mitreden könne, ein Mann, der sich der allereinfachsten Bürgerpflicht entziehe.

Darüber lachte Gerbermeister Ziehlke laut auf. Dieser Lehrer war ein Kerl. Der gab es ihm.

Schadenfreude ist zwar nicht die edelste aller Freuden, aber sie macht Spaß. Nur ist sie, wie alle Laster, gefährlich und überrumpelt leicht ihre Anhänger. Ziehlke vergaß in diesem vergnüglichen Augenblick vollkommen, dass es der Erbonkel seiner Enkel war, den man da zum Heiraten aufreizte.

»Großartig«, gluckste er. »Allereinfachste Bürgerpflicht. Großartig.«

Aber Spreemann war nun auch heftig geworden und erklärte mit lauter Stimme, er würde sich in jeder Lebenslage zu benehmen wissen. Er würde genau wie jetzt in seinem Haushalt für alles eine Reservekasse anlegen. Auch für die fünf Kinder. Man erfahre doch immer eine geraume Zeit vorher, dass man Nachwuchs zu erwarten habe.

»Dass ich nicht lache«, sagte der Lehrer, kehrte ihm den Rücken zu und nahm eine Zeitung.

»Er hat's zu gut«, sagte der Kreisrat, der am Stammtisch durchaus nicht parteifest war. »Er hat's zu gut, der Herr Spreemann.»

Jetzt hatte sich aber der alte Herr Jung wieder zusammengerafft.

»Natürlich, man hat's zu gut«, piepste er. »Wenn einem zwanzig Tauben ersaufen, hat man's zu gut. Wenn dem soliden Herrn Spreemann, der gar keine Kinder hat, für jene große, neue Zeit, von der da trompetet wird, sein Ladenschild eingeschlagen wird, hat er's zu gut. Ich gratuliere Ihnen zu dieser Anschauung, meine Herren.«

Seine Stimme war in solche Höhe geraten, dass sie nicht weiter konnte. Herr Jung verstummte, nahm seine Weißbierschale und schmatzte Schluck für Schluck über seine dünnen Lippen, als schlürfe er heiße Medizin.

Nur eine Tabakswolke verriet, dass der Lehrer noch hinter der Zeitung saß.

Spreemanns Onkel aber sagte:

»Was ich hör, sie haben dir dein Ladenschild eingeschmissen, Kläuschen, das wusste ich ja noch gar nicht.«

»Eingeschmissen ist zu viel gesagt«, dämpfte der Herr Kreisrat sofort diese verwandtschaftliche Anteilnahme. »Ein wenig lädiert. Leicht wieder geleimt.«

»Ach so«, sagte Onkel Ziehlke.

Spreemann aber schwieg. Er war beleidigt. Den krausen Kopf zwischen die breiten Schultern gezogen, trommelte er mit den Fingern auf den Tisch. Er ärgerte sich, dass er diesem Lehrer, diesem Federfuchser, nicht schon morgen beweisen könne, dass er auch mit fünf Kindern, mit sechs, mit neun, ja mit zwölf und dreizehn ordentlich auskommen würde.

»Er hat's zu gut, unser Spreemann«, wiederholte inzwischen Kreisrat Giesecke. Er war immer neidisch auf seinen Nachbarn. Heute reizte ihn insbesondere die große Weiße mit Himbeer. Seine Rätin hatte nur den Groschen für eine kleine ohne bewilligt. Alles wurde für die Mitgift der Mädchen auf die hohe Kante gelegt. Recht hatte der Lehrer. Was wusste solch Junggeselle vom Leben?

»Wenn Ihre Mamsell Schmidt Sie verlässt, werden Sie doch noch Hals über Kopf in die Ehe springen«, sagte er aus diesem Gedanken heraus. »Solche Wirtschafterin finden Sie nicht zum zweiten Mal.«

»Na, na«, sagte Onkel Ziehlke, dem endlich die Verfänglichkeit dieses Themas aufzufallen begann.

Spreemann hörte auf zu trommeln.

»Warum soll Mamsell Schmidt mich verlassen?«, fragte er.

Kreisrat Giesecke zuckte die Achseln und sagte, dass es allerdings nur eine bescheidene Hypothese von ihm sei, aber er wäre nun mal überzeugt davon, dass Mamsell Schmidt, sobald sie genug erspart habe, einen jungen Mann oder auch einen älteren Witwer heimführen werde. Das sei das Ziel jeder Haushälterin.

Der Lehrer steckte den Kopf hervor und bemerkte, dass dabei durchaus nichts Lächerliches sei. Jeder wolle sein Tröpfchen Liebe vom Leben.

Onkel Ziehlke schüttelte den Kopf und erklärte, dass er weder in Mamsell Schmidts Aussehen noch in ihrem Benehmen je etwas bemerkt hätte, was auf solche Vermutungen schließen ließe.

Spreemann atmete durch die Nase vor Erregung. Er sagte, dass es einfach eine Gemeinheit sei, einer hochanständigen Person solche lüsternen Frivolitäten anzudichten.

Herr Kreisrat blieb ruhig und erwiderte ganz langsam, dass er sich, bei aller Freundschaft für Herrn Spreemann, gegen das Wort Gemeinheit verwahren müsse, und dass er es leider bedeutend unpassender fände, wenn jemand die Ehe als lüsterne Frivolität hinzustellen versuche.

»Nee, mein Junge, da hast du einen ganz falschen Begriff von der Sache«, sagte Onkel Ziehlke einlenkend.

Spreemann trommelte. Kreisrat Giesecke, der keinen Hausschlüssel hatte, sagte, dass es nicht seine Absicht war, den geschätzten Herrn Spreemann zu kränken.

Eine Höflichkeit erzeugt die andere.

Spreemann hob sein Glas und stieß mit seinem Nachbar an.

»Nichts für ungut«, sagte Herr Kreisrat noch einmal, als seine kleine Schale an das große Weißbierbassin des anderen pochte.

Die anderen Herren kamen nach.

»Auch Prost ist'n Trost«, knurrte der Lehrer versöhnlich, als er mit Herrn Jung anstieß.

»Man muss die Meinungsverschiedenheiten nicht übertreiben«, antwortete dieser und gähnte.

Gähnen steckt an. Man wurde ruhiger.

Als man sich erhob, einigte alle die gleiche Zufriedenheit. Man war müde und wusste sich nicht weit von seinem guten Bette.

»Es war doch wieder mal recht gemütlich«, sagte Gerbermeister Ziehlke, als er aufstand, seinen schweren Körper streckte und zum Pelz griff.

Spreemann und der Herr Kreisrat tappten vorsichtig über den schlammigen, dunklen Platz. Der Regen hatte aufgehört, aber die Pfützen waren größer geworden.

Als Spreemann die Haustür aufschloss, fragte Giesecke, schon halb im Schlaf:

»Wie viel Tauben sind dem Herrn Jung eigentlich ertrunken? – Sie verstehen – meine Frau – ich muss da genau berichten können.«

»Fünfundzwanzig, soviel ich weiß«, sagte Spreemann. Er war ganz mit seinen eigenen Gedanken beschäftigt. So machte er auch bei dieser Summe den gewohnten, kleinen Aufschlag, ohne sich bewusst zu werden, dass es hier nicht nötig gewesen wäre. Aber Gewohnheit ist eine Macht.

Womit nicht gesagt sein soll, dass es ein Unrecht ist, mehr zu tun, als die Notwendigkeit verlangt.

Fünftes Kapitel

Wenige Tage können viel verändern.

Preußen ging einer neuen Verfassung entgegen. Herr Spreemann aber war ganz außer Fassung geraten.

Sein Heim war anders geworden. Mamsell Schmidt hatte sich verändert. Er selbst war nicht mehr der Gleiche. Die ganze Welt lief in einem anderen Schritt.

Zwischen großen und kleinen Aufregungen war man schwindelnd schnell in den April geschoben worden. Wo die ersten Stare kommen und ihre Nester bauen. Der Mai stand schon bereit. Die Sommersaison war aus dem Lagerraum in den Laden gerückt.

Während Spreemann die ersten leichten Stoffe anpries, abmaß und von den vollen Stoffen schnitt, hämmerte und polterte es vor seiner Ladentür, dass sie zitterte. Die neue Zeit klopfte draußen. Man pflasterte den Dönhoffplatz.

Mamsell Schmidt war wenig erbaut über den Staub, der in die sauberen Stuben flog. War es durchaus nötig, Herrn Spreemann den Weg zur Bierstube zu ebnen? Aber sie äußerte sich nicht darüber. Seit jenem furchtbaren Märztage musste man auf alles gefasst sein.

Auch Herrn Spreemann waren diese Tage nicht gut bekommen. Er war vollkommen verändert. Mamsell Schmidt verstand ihn nicht mehr.

Wenn sie die Speisen austrug, starrte er sie unverwandt an. Die ersten Tage war sie jedes Mal, kaum dass sie wieder draußen war, vor den Spiegel gestürzt. Vielleicht hatte sie Kohlenruß im Gesicht. Herr Spreemann war sehr eigen. Aber auf ihren Wangen lag nichts als eine sanfte Röte.

Sie begann nun sich aufs Sorgfältigste zu kleiden, ehe sie vor Herrn Spreemann erschien. Zu ihrer Freude bemerkte sie, dass sich aus dem vielen hellbraunen Haar, das sie in einen kleinen Knoten zusammengezwirbelt am Nacken trug, sehr leicht die hübsche Puffenfrisur herstellen ließ. An Hals und Ärmelausschnitt heftete sie sich weiße Spitzenrüschchen. Außerdem nähte sie sich eine zierliche Tändelschürze mit einer hellblauen Seidenschleife. Damit Herr Spreemann bei seinem häufigen Hinsehen nicht etwa unangenehm berührt werde.

Aber auch dies schien ihm nicht recht zu sein.

»Wo haben Sie denn auf einmal alle die Haare her? Für wen putzen Sie sich mit einmal so schön heraus. Sie, Mamsell, Sie?«, schrie er plötzlich und schlug auf den Tisch.

Mamsell Schmidt hatte vor Schreck laut aufgeschrien. Unter einer Flut von Tränen versicherte sie, dass sie die Haare immer besessen hätte. Dass sie sich nur für Herrn Spreemann ein wenig nett zu machen versuche, weil doch niemand gern etwas Unangenehmes sähe. Und weil doch Herr Spreemann sie ohnedies immer anstarre, als wäre ihm gar nichts mehr recht an ihr.

Herr Spreemann schrie, dass man sich bei drei Taler monatlichem Gehalte wohl seine Wirtschafterin ansehen dürfe, so oft es einem passe.

Aber als Mamsell Schmidt flehte, dass er ihr verzeihen solle und sie wieder genau wie früher aussehen wolle, wenn er es wünsche, wurde er plötzlich sanft.

Er räusperte sich mehrmals und sagte dann:

»Meinetwegen lassen Sie den Kram, so wie er ist. Es sieht ja ganz nett aus.«

Leider regte dies Mamsell Schmidt zu dem Einkauf eines schwarzen Sammetbandes an, woran sie ihr einziges Schmuckstück um den Hals binden wollte. Nämlich das goldene Kreuzchen, das man ihr im Waisenhaus als einziges Erbe ausgehändigt hatte.

Als sie die duftende Frühlingssuppe, sorgsam bereitet aus allen jungen Gemüsen, auf den Tisch setzte, bemerkte Herr Spreemann Sammetband und Kreuzchen.

Niemals hätte Mamsell Schmidt geglaubt, dass Herr Spreemann im Beisein eines so herrlichen Suppenduftes derartig wütend werden konnte.

»Was haben Sie da wieder angerichtet«, schrie er.

Lieschen dachte im Augenblick nur an die Suppe. Zitternd schnurrte sie das Rezept, eine halbe Seite Kochbuch, fehlerlos herunter, und endigte aufatmend:

»Dazu ein walnussgroßes Stück Butter und eine Mehlschwitze.

»Mehlschwitze«, wiederholte Herr Spreemann wütend. »Haben Sie mich nicht zum Narren. Woher das Kreuz, das da herumschwippelt bei jedem Schritt?«

»Von meinem Papa«, stammelte Lieschen.

Nichts scheint oft weniger wahrscheinlich als die Wahrheit.

Da Herr Spreemann um Lieschens Waisenschaft wusste, konnte ihn diese Antwort nicht zufriedenstellen.

Er erhob sich mit einem Ruck.

»Mit den Spitzen und Löckchen sind auch sofort die Lügen da«, schrie er und sah mit dem Ausdruck des höchsten Abscheus auf die hübschen Haarpuffen, die heute gerade besonders gut geraten waren.

Dann rannte er, ohne das Essen auch nur anzusehen, zurück in den Laden.

Hier schreckte er den Lehrling auf, der als einziger Ladenhüter in der Sicherheit mittäglicher Ruhe auf dem Kontorstuhl saß und Herrn Spreemanns Pfeife rauchte.

Spreemann gab ihm eine Ohrfeige und riss ihm die Pfeife aus dem Mund. Der Junge heulte.

Wer sich nicht an die übliche Zeiteinteilung hält, macht sich und seinen Mitmenschen Verdruss …

Spreemann erkletterte den hohen Kassenstuhl, der rund und drehbar war wie die Welt. Er schlug das Hauptbuch auf, das ihm keine unangenehme Lektüre geboten hätte, aber er sah nicht hinein. Seit ihm sein Vater den ersten Anzug bestellt hatte, war kein Tag mehr ohne Mittagbrot vergangen. Sein Magen knurrte.

Er rief nach dem heulenden Jungen und befahl ihm, eine Tasse heißen Kaffee mit Sahne und Kuchen aus der nächsten Konditorei zu holen. Der Junge lief.

Nun war es wenigstens um ihn herum ruhig. In seinem Innern tobte es noch.

Er sah von seinem hohen Sitz auf den Platz hinaus. Da pflasterten sie. Steinchen nach Steinchen reihten sie nur und kamen doch vorwärts. So wie er Geldstück für Geldstück beiseite gelegt hatte. Er fühlte einen Stich in dem heilenden Zeh und musste plötzlich an den toten Herrn Hirschhorn denken. Was hatte er gesagt?

»Sie sollten einen Sohn in der Wiege haben. Eine neue, eine große Zeit wird kommen.«

Etwas, was erst kommen sollte, war eine unsichere Sache. Dafür gab Spreemann nichts. Aber er dachte an sein Geld, das schon da war. Wer sollte es einmal kriegen? Wenn man so sah, wie jemand, der von einer ganzen neuen Zeit gesprochen hatte, einen Augenblick später wegrasiert war, konnte man sich schon allerlei Gedanken machen. Sollte er nur gelebt haben, um Ziehlkes Enkel zu mästen? Oder Tante Karolines Kindeskinder? Denn schließlich würde sie wohl welche erreichen. Ein Verwundeter ist rasch verlobt. Ein Gesunder überlegt sich dergleichen ganz anders.

Der heiße Kaffee kam. Mit vorzüglicher Sahne. Das schmeckte. Feuer rannte ins Blut.

Spreemann fühlte, wie jung er noch war. Er würde einfach zugreifen und heiraten.

Mit Behagen stellte er sich die Gesichter seiner Tanten

vor, wenn er ihnen eine hübsche Braut präsentieren würde. Es war schade, dass er nicht schon zu gleicher Zeit in jedem Arm einen Erben halten konnte. Damit sie begriffen, dass sie sich das Mehl für ihre Enkel selbst mahlen mussten. Auch Aufruhr steckt an, nicht nur Gähnen.

Die Ladentür klingelte, und Spreemann verbeugte sich.

Frau Jung mit ihrer Jüngsten kam herein. Womit nicht gesagt ist, dass diese Jüngste auch jung war. Ein einzelnes Wort kann nicht alle Wahrheit enthalten.

Mit dem breiten Lächeln, das der neue Entschluss auf sein Gesicht gepflanzt, fragte Spreemann nach dem Begehr der Damen.

Frau Jung wünschte einen Sommerstoff für ihr Töchterchen. Vielleicht einen Musselin mit Rosen.

Herr Spreemann bauschte einen Musselin mit Rosen auf, versicherte, dass er die Damen vollkommen befriedigen werde, und kondolierte zu dem Verlust der reizenden Täubchen.

Frau Jung dankte und sagte, dass die Tauben den Schaden schon wieder wett gemacht hätten.

»Es ist ja Frühling«, fügte sie hinzu und bat Herrn Spreemann, den hübschen Stoff einmal ihrer Tochter um die Schultern zu legen.

Herr Spreemann tat es. Vorsichtig, mit gespreizten Fingern.

»Unsere Tauben girren jetzt so süß«, sagte die Jüngste. »Sie sollten einmal zu Papa kommen, Herr Spreemann.»«

Herr Spreemann überhörte den Sinn der Worte. Er dachte im gleichen Augenblick, dass sich bei Mamsell Schmidt alles viel rundlicher bauschte.

Daher sagte er:

»Mit weißen Spitzenrüschchen an Hals und Ärmeln müsste es reizend sein.«

Die Jüngste legte den Kopf nachdenklich auf die Seite. Dabei glitt ihre Haut über Herrn Spreemanns Fingerspitzen, die den Stoff hielten.

Herr Spreemann zuckte zusammen. Die Jüngste bemühte sich zu erröten und lächelte.

Auch Herr Spreemann lächelte.

Ihm war etwas Kurioses eingefallen. Er dachte, wenn sich solch altes Mädchen noch so weich anfühlte, dann ...

Und wieder sprangen seine Gedanken zu der Stelle, wo das goldene Kreuzchen heute gehangen hatte. Sapperlot. Man lernt nicht aus.

Der Musselin mit den Rosen wurde gekauft.

Und nun hatte Herr Spreemann einstweilen keine Zeit mehr für Privatgedanken. Die Ladentür klingelte ohne Unterbrechung, und Geld und Schere klapperten.

In der Dämmerstunde kam Herr Kreisrat Giesecke. Er wollte nur ein Troddelchen für seinen Schlafrock. Ein haltbares, in der Farbe passendes Quästchen. Das ein langes Kramen und Wählen erforderte.

Denn der Herr Kreisrat wollte in Wirklichkeit etwas anderes herausholen.

Man war nicht blind. Man hatte bemerkt, wie niedlich sich Mamsell Schmidt herausgemacht hatte. Ganz als ob eine Madame Spreemann aus ihr werden sollte. Frau Kreisrat war aufs heftigste beunruhigt.

Heute aber hatte Mamsell Lieschen gar geweint am Brunnen. So viel Kreisrats Anna herausbekommen hatte, zweifelte Mamsell Schmidt an Herrn Spreemanns Verstande.

Frau Kreisrat triumphierte. Sie hatte es immer gewusst. Wer mit seiner Haushälterin schön tat, obwohl ihm selbst gute Beamtenfamilien eine ihrer Töchter anvertrauen würden, der konnte nicht normal sein.

Ein Ehepaar, zwei Meinungen.

Herr Kreisrat war anderer Ansicht. Er konnte nichts Verrücktes darin finden, dass man ein Wesen heiratete, von dem man genau wusste, dass es vorzüglich kochen konnte, sparsam und ohne jeden Familienanhang sei. Das war ein Handel, wo man einmal nicht die Katze im Sack kaufte. Und sah Herrn Spreemann durchaus ähnlich.

Frau Kreisrat erwiderte, dass sie sich erstmal den Vergleich von der Katze im Sack verbitte. Dann befahl sie ihrem Manne, die Troddel zu kaufen, nicht etwa aber mit der leeren Troddel allein zurückzukehren. Sie wollte wissen, mit wem sie unter einem Dache lebte.

Gesagt, getan.

Herr Kreisrat Giesecke kramte im Troddelkasten und beobachtete dabei Herrn Spreemann. Dieser lächelte. Er hatte zur üblichen Kaffeestunde noch eine Tasse getrunken. Er war gefüllt mit Lebensmut.

Herr Kreisrat sagte sich: Der Mann hat schon das Aufgebot bestellt. Allerdings, auch die Irren lächeln beständig.

Er schob auf jeden Fall den Troddelkasten zwischen sich und seinen Freund.

Dann sagte er:

»Na, Herr Spreemann, wann heiraten Sie?«

Spreemann schlug sich an die Stirn. War da ein Loch? Konnte man in ihn hineinsehen? Er klopfte sich noch einmal erschreckt an die Stirn.

Wahrhaftig, er ist nicht normal, dachte Herr Kreisrat.

Er rückte den Troddelkasten noch ein Stück weiter vor. Dann fing er wieder an:

»Wer hätte geahnt, dass Mamsell Schmidt so niedlich ist? Sie sind ein Schlauer. Sie haben recht, die Perle selbst einzufassen.«

Spreemann riss den Mund auf. Er verstand Herrn Kreisrat plötzlich. Und manches andere auch.

»Das ist ein großartiger Gedanke«, schrie er nach einer Weile. »Ein großartiger Gedanke.«

Er schwieg und starrte vor sich hin.

»Glauben Sie, dass man ein goldenes Kreuzchen von seinem Papa haben kann, auch wenn man keinen Papa hat?«, fragte er plötzlich und packte Herrn Kreisrat erregt an einem Rockknopf.

»Nur nicht aufregen, ganz ruhig«, sagte der Kreisrat bebend. »Alles ist möglich auf dieser Welt, alles.«

Er maß mit aufgerissenen Augen den Abstand bis zur Tür.

Aber Herr Spreemann hielt immer noch den Knopf fest. Den Frau Kreisrat angenäht hatte und der also noch ganz anderes aushalten würde.

»Sie glauben – auch eine Waise?«, fragte Herr Spreemann, das Gesicht dicht vor Herrn Kreisrats Nase.

»Warum nicht. Als Kind, zum Beispiel«, stotterte Herr Kreisrat. »Einmal muss sie doch einen Papa gehabt haben, wenn es sich um eine halbwegs anständige Waise handelt.«

»Um eine tadellose«, sagte Herr Spreemann streng.

Aber dann lachte er hell auf, wie ein übermütiger Junge. Ließ aber, Gott sei's gedankt, Herrn Kreisrats Knopf dabei los.

»Gewiss, das war es. Als Kind hatte sie das Kreuzchen bekommen«, dachte er.

»Ich Narr, ich Narr«, sagte er laut und lachte schon wieder schallend auf. »Meine Verwandten werden ihre Freude haben.«

Er lachte wahrhaftig schon wieder und lief, die Hände in den Hosentaschen, mit großen Schritten durch den Laden.

Nie hatte ihn der Kreisrat so beweglich gesehen.

Es war klar. Der Mann war verrückt oder verliebt. Das war nicht leicht zu unterscheiden.

Er bezahlte seine Troddel und konnte seiner Frau nur dieselben Zweifel zurückbringen, die er mitgenommen hatte.

Frau Kreisrat sagte, dass es eine Schande sei, dass sie hier im Hause alles selbst tun müsse. Sie holte ihren Kapotthut mit den langen Bändern hervor und wollte selbst gehen.

Aber als der Kreisrat das sonderbare Wesen Spreemanns näher beschrieb, verschob sie ihren Besuch bis morgen. Über Nacht kann manches zu Tage kommen …

Mit Grauen hörten sie eine Weile später Herrn Spreemann laut und singend die Treppe hinaufsteigen. Auch Mamsell Schmidt erbebte. Sie hatte gar nicht gewusst, dass Herr Spreemann singen konnte.

Spreemann ließ sich die Frühlingssuppe auftischen und speiste mit großem Behagen alles, was ihm schon als Mittagbrot bestimmt gewesen war. Jedes Gericht war aufs vorzüglichste geraten. Ja, seine junge Frau verstand zu kochen. Das war sicher.

Jedes Mal, wenn Mamsell Schmidt hereinkam, lächelte er sie bedeutungsvoll an. Was Mamsell Lieschen seinem beschädigten Geisteszustand zuschrieb. Zwischen jedem Gericht betete sie in der Küche.

Nach den Preiselbeeren nickte ihr Spreemann sogar dreimal zu. Sie nickte nicht zurück, sondern jagte hinaus.

Da fiel es Spreemann ein, dass sie noch nichts von der ganzen Sache wüsste. Leider. Vor der Auseinandersetzung mit dieser Mamsell war ihm unbehaglich. Sehr unbehaglich. Dass auch bei allem, was mit Weibern zusammenhing, so viel Gerede nötig war.

Eigentlich hatte er schon nach der Suppe sprechen wollen. Jetzt war er schon bei der Pfeife, ohne dass ein Wort gesagt war. Er war satt und wohlig müde. Wenn er nun zu reden anfing, würde sie aller Wahrscheinlichkeit nach erst ein wenig weinen. Das tat sie leicht. Sehr unangenehm würde das sein.

Er rauchte und dachte nach.

Mamsell Schmidt hatte inzwischen den Tisch abgeräumt und war bescheiden hinausgeglitten. Sie war froh, dass alles ganz glücklich verlaufen war.

Spreemann grübelte weiter. Er wurde immer heiterer. Die Freude auf ein Vergnügen ist auch ein Vergnügen. Und er dachte unaufhörlich an Tante Karoline. Nichts sollte sie vorher zu wissen bekommen. Nichts. Erst die fertige Madame

Spreemann würde man ihr mit Knicks und Verbeugung vor Augen führen.

Nur wenn er wieder an Mamsell Schmidt dachte, dämpfte sich seine Freude. Sie musste es gewiss einige Zeit vorher wissen. Die Weiber brauchten zu solchen Dingen besondere Kleider. Das wusste er nur zu gut. Und hatte keinen Grund, ärgerlich auf diesen Fehler zu sein.

Wenn man nur diese verflixten Tränen umgehen könnte.

Er sah nach der Uhr und gähnte. Nein, für heute war es auf jeden Fall zu spät. Schade. Er hätte gern schon morgen früh das Aufgebot bestellt. Dringliche Angelegenheiten soll man nicht verschieben.

Da fiel ihm ein, dass er selbst Mamsell Schmidts Papiere verwahrte. Zum Aufgebot waren nur die Papiere nötig. Das hatte er schon neulich, so ganz nebenbei, von dem Herrn Lehrer erfahren.

Er ging an seinen Schreibtisch und holte die Bogen heraus. Wort für Wort studierte er die Aufzeichnungen. Erstens erfuhr er da, dass Lieschen erst dreißig Jahre alt war. Dann, dass ihr Papa, der, von dem sie also das Goldkreuzchen hatte, mit einem Apfelkahn auf der Spree untergegangen war. Sie war mithin die Tochter eines ehrbaren Schiffers. Ihre arme Mutter war gestorben, als sie die Kleine der Welt und dem Waisenhaus übergeben hatte.

Spreemann seufzte. Was es alles für Unglück gab.

In diesem Augenblick kam Mamsell Schmidt zur Tür herein.

Spreemann fuhr zusammen und bedeckte seine Lektüre mit einem Zeitungsblatt.

»Was wünschen Sie denn noch?«, fragte er barsch.

Mamsell Schmidt bat um Entschuldigung, dass sie gestört habe. Sie wolle nur fragen, ob Herr Spreemann noch etwas befehle. Oder ihr erlaube, sich zur Ruhe zu begeben.

»Legen Sie sich nur ruhig schlafen«, sagte Herr Spreemann

wieder ganz sanft. Er dachte mit Rührung, was für eine ernste Unterredung dem niedlichen Wesen morgen bevorstand. Ihr, der der Vater mit einem Apfelkahn untergegangen war.

»Gute Nacht, Herr Spreemann«, sagte Mamsell Lieschen höflich.

»Gute Nacht, Mamsell«, antwortete Spreemann feierlich.

Am anderen Morgen steckte Herr Spreemann seine und Lieschens Papiere, die er schon am Abend sorgfältig zusammengebunden hatte, in die Tasche und ging damit schnellen Schritts zum Pfarrer. Er selbst kannte den Geistlichen wenig. Er versprach sich nichts von Kirchenbesuchen, bei denen man leicht einen guten Kunden versäumen konnte. Aber Mamsell Lieschen verfehlte keine Predigt. Was ihrem Hausherrn durchaus recht war, denn da man über alle diese Dinge nichts Bestimmtes wusste, war es immerhin gut, dass einer aus dem Haushalt einen gewissen Zusammenhang mit den unbekannten Mächten aufrecht hielt.

Der Empfang bei dem Herrn Pfarrer fiel zunächst kühl aus. Erst als der Geistliche hörte, um was es sich handelte, wurde er freundlicher. Hochzeit, Taufe und Nebeneinnahmen durchkreuzten sein Hirn.

»Nichts Edleres als die Gründung einer Familie. Meinen aufrichtigen Glückwunsch«, sagte er und drückte dem gutsituierten Manne kräftig die Hand.

»Vor allen Dingen ist Eile geboten. Höchste Eile«, sagte Spreemann.

Der Pfarrer zuckte zusammen, beherrschte sich aber amtlich.

Er erklärte, dass ein dreimaliges Aufgebot an drei Sonntagen nötig wäre und dass nur in besonders dringenden Fällen eine Ausnahme gestattet sei. Wenn dieser Notfall vorliege …

»Er liegt vor«, sagte Spreemann bestimmt.

Der Pfarrer räusperte sich. Dann sagte er streng und gemessen, dass er Herrn Spreemann aus Rücksicht für Mamsell

Schmidt entgegenkommen würde. Am zweitfolgenden Sonntag konnte die Trauung sein.

Höchst zufrieden trabte Herr Spreemann ab.

Der Geistliche schüttelte den Kopf. Er dachte an Mamsell Lieschens frommes und bescheidenes Wesen. Er sagte sich, dass auch ein Seelsorger manchmal blind und unwissend sei.

Inzwischen putzte Mamsell Lieschen fürsorglich die ersten Karotten. Ohne zu ahnen, welchen Schaden ihr Ruf erlitten. Sie bedachte fröhlich, dass man wahrscheinlich schon am zweitfolgenden Sonntag die Mohrrübchen mit den ersten grünen Erbsen mischen können würde. Dazu ein wenig gehackte Petersilie und eine kleine Zwiebelschwitze, wie es der gute Herr Spreemann so liebte. Denn nun ging es vorwärts mit dem Frühling und seinen Gemüsen.

Kein Mensch kennt sich selbst. Nicht eine Ahnung sagte ihr, dass sie Braut war.

Spreemann aber sorgte weiter für sie.

Er stand in seinem Laden auf der hohen Leiter und holte die teuerste Brautseide herunter. Prima Qualität. Die Madame Bankier hatte als Braut keine bessere getragen. Reichlich maß er ab und machte ein Paket daraus. Der Lehrling sprang hinzu und fragte, wohin er die Seide zu tragen habe.

Spreemann befahl ihm, das Maul zu halten, und als die Mittagsstunde kam, nahm er selbst das Paket unter den Arm und trug es hinauf in seine Wohnung.

Er aß sehr wenig zu Mittag. Die neuen Karotten blieben unberührt. Mamsell Schmidt sagte sich mit Bangigkeit, dass sie auch heute wieder etwas nicht recht gemacht haben müsste. Sie kostete immer aufs neue die Speisen, aber sie konnte nichts Versalzenes oder Missratenes daran finden.

Das Herz klopfte ihr bis zum Hals, als Herr Spreemann sie gleich nach dem Essen in die gute Stube rief.

»Setzen Sie sich«, sagte er.

»Zu viel der Ehre«, flüsterte Lieschen und blieb stehen.

Sie war überzeugt davon, dass ihr Herr Spreemann den Dienst aufsagen würde. Sie war nun drei Jahre da und hätte von nun an den vierten Taler bekommen müssen.

»Ich verzichte gern auf die Zulage, wenn mich Herr Spreemann nur behalten wollen«, stammelte sie.

»Da haben wir schon die Tränen«, rief Spreemann und stampfte mit dem Fuß auf.

Er fühlte, nun müsste die Sache eins, zwei, drei erledigt werden.

»Ich werde Ihnen überhaupt keinen Lohn mehr geben, sondern ich werde Sie heiraten, Mamsell. Das Aufgebot ist schon bestellt«, schrie er.

Nun war es heraus. Er atmete auf.

»Wie belieben?«, fragte Mamsell Schmidt. Sie lehnte sich an den blanken Mahagonitisch. Die ganze gute Stube drehte sich im Kreise. Ein Wunder, dass die große Vase aus Berliner Porzellan noch nicht heruntergestürzt war.

»Wie belieben?«, stammelte sie noch einmal.

Herr Spreemann riss das Paket auf und bauschte mit dem gewohnten und geschickten Griff die glänzende Brautseide auf.

»Diese herrliche Seide«, schrie Lieschen, »ach, ist die schön!«

»Prima Qualität«, sagte Herr Spreemann. Er hob den knisternden Stoff vom Tisch und legte ihn um Mamsell Schmidts Schultern. Genauso wie gestern den Musselin um die Demoiselle Jung. Dann prüfte er sein Werk. Richtig, viel rundlicher bauschte sich hier alles. Viel netter und hübscher.

Seine Finger glitten, ganz von ungefähr, an Lieschens rosiger Wange vorbei. Auch hier hatte er richtig kalkuliert. Alles war bedeutend weicher und zarter …

Allmählich fand er sich immer besser in Mamsell Lieschens Gesicht zurecht. Wenn man erst weiß, wo man etwas zu suchen hat, findet man es auch.

Als er Mamsell Lieschen fragte, ob sie ihm böse sei, sagte

sie, dass sie ihn viel zu gern dazu habe. So wurde man vollkommen einig …

Erleben heißt sich verändern.

Madame Kreisrat, die vom Küchenfenster aus beobachtete, wie Mamsell Lieschen mit leisem Sang die Eimer aus dem Brunnen zog, sagte, dass die Mamsell nicht wiederzuerkennen sei. Es war unbegreiflich, woher sie auf einmal die hellen Kleider und die vielen Bänderchen habe. Auch der Ausdruck ihres Gesichts hatte sich vollkommen verändert, wenn sich Madame Kreisrat nicht irrte. Sie sah verjüngt und fröhlich aus. Jedenfalls war es sicher, dass Herr Spreemann nicht verrückt war.

Sich wundern ist der Anfang jeder Weisheit. Madame Kreisrat wäre vielleicht für alle Zeiten klug geworden, hätte sie auch in des Nachbars Wohnung sehen können. Auch da geschah viel Wunderbares.

Wenn Mamsell Schmidt Herrn Spreemann die süße Nachspeise gebracht hatte, glitt sie nicht wieder schweigend zur Tür heraus, sondern setzte sich dem Hausherrn gegenüber.

Am ersten Tage hatte Herr Spreemann zugleich mit den vorzüglichen Speisen einen bösen Ärger durchzukauen gehabt. Eine gute Kundin hatte durchaus ein abgeschnittenes Stück Stoff wieder umtauschen wollen. Sie war der Ansicht, dass man bis auf seinen Mann alles in der Welt auswechseln könne. Spreemann aß daher ganz versunken in Gedanken, und als sich Lieschen setzte, fuhr er auf und sagte erschreckt:

»Was erlauben Sie sich?«

Aber sogleich war ihm wieder alles eingefallen. Er rief rasch: »Ach so, natürlich«, und beugte sich vor, um sie am Ohrläppchen zu ziehen.

Man hatte sehr viel miteinander zu besprechen.

Auch Lieschen war nicht aller menschlichen Regungen bar. Sie fragte bald, wann Herrn Spreemanns liebe Verwandtschaft die Neuigkeit erfahren würde. Als sie hörte, dass dies noch eine Zeit lang dauern sollte, war sie sehr enttäuscht, und aus vollster Seele wünschte sie den Hochzeitstag herbei.

Das Brautkleid war schon in Arbeit. Sonst waren nicht viel Vorbereitungen zu treffen. In der Wohnung konnte alles beim Alten bleiben. Wenigstens beinah. Herrn Spreemanns Schlafzimmer war sehr geräumig. Man konnte dort bequem noch allerhand hinstellen.

Aber unsere eigenen Entschlüsse können unsere Feinde werden. Herr Spreemann hatte für diese Neuanschaffung keine Reservekasse.

Darum betrat er eines Morgens, als Lieschen auf dem Markt war, vorsichtig die enge, schiefe Mädchenkammer. Sie war sehr sauber gehalten, kein Stäubchen war zu sehen. In dem Glashaus des verstorbenen Laubfrosches lagen Stecknadeln und zusammengerollte Bindfadenendchen. Wie im Weltenhaushalt ging auch in Herrn Spreemanns Wirtschaft nichts verloren. Er sah es mit Befriedigung. Aber zugleich bemerkte er mit Betrübnis, dass dieses Gesindebett sein vornehmes, in grünem Rips gehaltenes Schlafzimmer vollkommen entstellen würde. Es war unbrauchbar für seine künftigen Zwecke.

Wenn die Verwandten nicht gewesen wären, hätte Mamsell Lieschen einfach weiter in der Kammer schlafen können, aber sie sollten Respekt vor der Madame Spreemann bekommen. Das sollten sie.

Spreemann begriff, dass einem Verwandte teuer werden können ...

Mamsell Lieschen war es gewohnt und geübt, ihres Hausherrn Wünsche zu erraten.

Sie sagte schon am gleichen Abend, dass sie Herrn Spreemann keinerlei Unkosten verursachen wolle.

Herrn Spreemanns Antwort war, dass sich dies allem Anschein nach leider, leider nicht vermeiden lassen würde.

Darauf erwiderte Mamsell Lieschen stockend, dass sie den

betreffenden fehlenden Gegenstand selbst anschaffen werde. Sie habe sich ein wenig erspart.

»Erspart? Wo? In meinem Haushalt?«, fuhr Herr Spreemann auf.

Lieschen nickte.

»Das ist ja furchtbar«, rief Herr Spreemann.

»Ich dachte, Sie, ich meine du, würdest dich darüber freuen.«

»Freuen, wenn man mich bestiehlt – wenn mich meine Wirtschafterin und meine Frau bestehlen?«

»Das ist doch nur so das Körbchengeld«, beschwichtigte Lieschen. »Was man so abhandelt vom üblichen Preis.«

»Und dann für sich behält?«

»Natürlich.«

»Ist es viel?«

»Eine ganze Masse.« Lieschen wurde unsicher. Sollte sie weinen?

»Taler?«, rief Spreemann.

Lieschen nickte zustimmend.

Spreemann seufzte.

Seufzer sind die Begleiter des Schmerzes wie der Freude. Spreemanns Seufzer galt seinem Bräutigamsglück. Das ihn mit Dank und Freude erfüllte. Was wäre geschehen, hätte ein Fremder Mamsell Lieschen heimgeführt?

Beherrscht von diesen Glücksgefühlen konnte er natürlich den ersten Wunsch seiner Braut nicht abschlagen. Lieschen erhielt die Erlaubnis, sich das notwendige Möbelstück selbst zu besorgen.

Am Sonntag kam Tante Karoline. Sie war lange nicht dagewesen, weil Mariechens Russe ihrer speziellen Pflege bedurfte. Die alten Hausmittel sind immer noch die besten. Er hatte Mariechen schon einen Türkisring verehrt. Heute aber wollte Karoline gern zu einem hellen Sommerstoff für Mariechen gelangen. Sie bat Klaus häufig um solche »Restchen«.

Klaus fürchtete, dass sie das Aufgebot erfahren habe. Lieschen hoffte es.

»Ich bin ja außer mir«, sagte sie auch wirklich, sobald sie sich gesetzt hatte. »Ganz außer mir bin ich.«

Klaus horchte auf.

»Über kurz oder lang wird die ganze Erde erfroren sein.«

»Wie?«, sagte Klaus und beugte sich vor. Wenn man im Begriff war, eine Familie zu gründen, musste diese Nachricht beunruhigen.

»Jetzt im Mai? Wo hast du denn das her?«

»Aus der Zeitung unseres Russen«, sagte Karoline.

»Wann soll denn das sein?«, fragte Spreemann.

»In einigen Millionen Jahren, sei doch nicht so umständlich«, rief Karoline gereizt. Sie hatte das nur erzählen wollen, um möglichst bald das Gespräch auf den Russen zu bringen, um den sich ihre Gedanken ebenso gleichmäßig drehten wie die Erde um die Sonne.

Als Spreemann von den Millionen gehört hatte, wurde er beruhigt.

»Und sonst geht's dir gut? Dein neuer Mieter?«, fragte er.

»Ist mit Mariechen und einer ihrer Freundinnen in der Narzissenausstellung. Ja, das ist ein Gentleman.«

Da kam Lieschen mit dem Kaffee herein. Zum ersten Mal sah Tante Karoline die neue Haarfrisur.

»Wer ist denn das?«, sagte sie scharf.

»Ich«, flüsterte Lieschen. Vor diesen Blicken erstarrte die neuerworbene Sicherheit.

»Ich dachte eine Seiltänzerin«, sagte Madame Karoline und wandte sich dem Kuchen zu.

Lieschen sah zu Klaus. Er rauchte. Draußen begannen die Kirchenglocken zu läuten, sie ermahnten Lieschen zur Geduld. Es würde wieder ein Sonntag kommen, Madame Karoline.

»Du hast ihr wohl den vierten Taler zugelegt?«, fragte Karoline, als Lieschen draußen war.

Ein Lärm in der Straße verhinderte eine Antwort. In das Glockengeläut mischte sich lautes Räderrollen, überall lief man an die geöffneten Fenster. Auch Herr Jung beugte sich weit vom Dach herunter. Die Tauben flatterten erschreckt in die Höhe.

Ein Kremser hielt vor Herrn Spreemanns Haus. Aus ihm heraus winkte die ganze Familie Ziehlke mit Kind und Kindeskindern. Sie wollten in den Grunewald, denn Gerbermeister Ziehlke war sehr für die Natur.

»Wir gratulieren«, schrien sie zu den Fenstern hinauf, und dann kletterten sie aus dem Wagen und kamen doch einen Augenblick herauf.

Ehe Madame Ziehlke eine lange Wagenfahrt unternahm, pflegte sie in die Kirche zu gehen. Sie hatte das Aufgebot mit eigenen Ohren gehört.

»Darum wollen wir uns den schönen Sonntag nicht verderben lassen«, hatte Herr Onkel Ziehlke gesagt. »Man muss das Unvermeidliche mit Würde tragen. Wir gratulieren ihm mit Hurra.«

Und da war man.

Frau Kreisrat war auch nicht taub. Sie hörte den Lärm. Sie hatte ihr Sonntagskleid an und konnte flink einen nachbarlichen Besuch abstatten. Der Frau Jung ging es nicht anders.

Wie ertappte Sünder standen Klaus und Lieschen inmitten der guten Stube. Umringt von Gratulanten.

»Ich danke nur Gott, dass mich nicht der Schlag getroffen hat«, sagte Tante Karoline.

Ziehlkes hatten Papiertüten und eine Harmonika mit. Es wurde so vergnügt, dass sie den Kremser wegschickten, nachdem sie die Esskörbe heraufgebracht hatten.

Spätabends ging Herr Spreemann singend, Arm in Arm mit Onkel Ziehlke, über den neugepflasterten Platz zum Stammtisch.

Lieschen hatte bis weit in die Nacht hinein Tassen und Teller abzuwaschen. In tiefem Glück ruhte sie endlich auf dem Gesindebett aus. Denn die sanfte Müdigkeit nach vollerfülltem Tagewerk, die frohe Hingabe an den Schlaf des innerlich Friedlichen, das ist das wahre Glück.

Und wie sie eingeschlafen war, erwachte sie auch.

Herr Spreemann aber erhob sich am anderen Morgen voll von Missmut und Ärger. Er hatte geträumt, dass er ein kostbares Hochzeitsessen gegeben hatte. Der Schreck darüber lag ihm noch in allen Gliedern.

Aber man ist im Traum rascher als in der Wirklichkeit.

Sechs unruhige Tage mussten noch vergehen, bis es so weit war. Es gab störende Besuche und unnütze Anfragen, und hätte nicht auch das Geschäft infolge der Neugierde ganz besonders floriert, Spreemann würde die ganze Sache zum Teufel gewünscht haben.

So sagte er sich, dass man durchführen müsse, was man sich vorgenommen habe.

Die Bäume waren grün, das neue Pflaster glänzte auf dem Platz, und heller Sonnenschein fiel auf Herrn Jungs flatternde Tauben, als endlich die breite Hochzeitskutsche um die Ecke bog.

Aus allen Fenstern reckten sich die Köpfe.

Onkel Ziehlke und Herr Kreisrat waren die Trauzeugen.

»Verlier deinen Orden nicht«, rief die Kreisrätin ihrem Mann nach und beugte sich weit aus dem Fenster. Sodass alle es hören mussten. Sie selbst war auch schon im Feststaat.

Feierlich stieg das Brautpaar in den Wagen.

Herr Spreemann sah sehr stattlich aus mit den weißen Handschuhen und dem Myrtensträußchen im Knopfloch. Mamsell Lieschen verschwand ganz unter einem duftigen Schleier, zu dem das Körbchengeld auch noch ausgereicht hatte.

Der kleine Lehrling, in einem schwarzen Anzug, in den er zu seiner eigenen Hochzeit gewiss hineingewachsen sein würde, trug Lieschens schwere Seidenschleppe. Sie war überstreut mit Myrtenblüten. Genau wie im Modejournal. Die Nachbarn waren zufrieden. Der Wagen fuhr fort.

Die kleine Spittelkirche war vergoldet mit Maiensonne. Der Fischmarkt ringsum war sonntäglich gescheuert. Aber in den Rinnsteinen segelte noch mancher Heringskopf ins Unbekannte, und über den Kirchstufen schwebte noch der Duft des Wochentags.

»Wir könnten bald einmal wieder Seezunge haben, in brauner Butter gebacken«, sagte Spreemann zu Lieschen.

»Wenn sie nur nicht so teuer wären«, flüsterte sie hinter ihrem dichten Schleier.

»Was mögen sie miteinander getuschelt haben«, dachten die Leute, die sich angesammelt hatten, um ein Brautpaar zu sehen.

In der Kirche drinnen war alles versammelt, was schwarzseidene Kleider und Goldbroschen besaß.

Tante Karoline hatte den Russen zwischen sich und Mariechen gesetzt. Dicht vor den Altar. Ein gutes Beispiel hat oft schon Gutes getan.

Alles verlief aufs Feierlichste.

Der Herr Pfarrer erwähnte in seiner Rede nicht nur das Waisenhaus und den versunkenen Apfelkahn, sondern auch den sichtbaren Wohlstand des geschätzten Bräutigams. Die Tränen der Verwandten flossen.

Das Festessen fand auf Herrn Spreemanns Kosten, aber in der Mühle einer seiner Nichten statt.

Damit die junge Madame Spreemann heute Abend nicht wieder so viel zu tun haben würde als am vergangenen Sonntag.

Lieschen hatte erst nichts davon wissen wollen, der Unkosten wegen. Sie meinte, wenn man im Hause koche, würde man von den Resten noch eine Woche leben und dadurch wieder manches einsparen können.

Spreemann aber sagte, dass man in diesem besonderen Falle schon einmal eine Ausnahme machen könne. Einmal sei keinmal.

Die Kosten bestritt er aus der Reservekasse für nicht vorhergesehene Unfälle.

Sechstes Kapitel

Jede Ehe ist ein Sprung ins Unbekannte.

Wohl hört man über diesen Stand so vielerlei reden, raunen und munkeln, spotten und loben, dass man schon vorher klug zu sein glaubt. Das ist ein Irrtum, auch hier macht nur die eigene Erfahrung gescheit.

Eins glaubte Spreemann mit Sicherheit im voraus zu wissen. Er würde in seiner Ehe keinen Gesindelohn zahlen müssen.

Aber kaum dass der Mai vorbei war, sagte Madame Spreemann, dass es ihr selbst zwar gleich wäre, sie es aber um Spreemanns willen nicht mehr recht fände, wenn sie die Eimer selbst aus dem Brunnen zöge, dass sie sich auf dem Hof dem gewöhnlichen Gerede von Kreisrats Dienstmagd aussetze.

Spreemann erwiderte, dass es allerdings schöner wäre, wenn das Wasser aus der Wand heraus in die Kannen und Töpfe liefe; aber solange die Wagen noch nicht ohne Pferde rennen könnten, müsste sie wohl auf dieses Kunststückchen Gottes warten.

Er lachte über sein Späßchen, ahnungslos und vergnügt, denn er rauchte eine neue Sorte Tabak, die ihm vorzüglich schmeckte.

Er wusste nicht, dass Frauen für alles einen Ausweg wissen, wenn sie etwas ernstlich wollen.

Lieschen sagte, dass sie an kein Wunder, sondern an eine bescheidene Magd zu zwei Taler Lohn gedacht habe. Die Gesindestube stände doch leer. Es lag kein Grund vor, Herrn Spreemanns Ansehen weiter zu schädigen.

Spreemann versank in Nachdenken.

Er wollte nicht, dass sein Ansehen Schaden litte. Nein.

Aber gerade, dass die Gesindestube frei war, hatte ihm in den letzten Tagen eine große Beruhigung gewährt.

Heimliche Wünsche quälen die Besten.

Er wollte, dass Lieschen dahin zurückkehrte.

Zuerst hatte er gar keinen Anstoß an dem neuen Möbelstück in seinem Zimmer genommen. Aber mit der Zeit störte ihn Lieschens frühes Aufstehen, sie nieste manchmal, räusperte sich, sie störte.

Schon häufig hatte er des Morgens gesagt, dass er sich immerfort an dem neuen Möbelstück stoße, das seiner Meinung nach das ganze Zimmer verunglimpfe.

Aber Madame Lieschen antwortete, dass er gestern wieder zu lange beim Biere gewesen und darum missgelaunt sei. Sie werde ihm am heutigen Abend keinesfalls den Hausschlüssel mitgeben.

Spreemann verstummte dann. Er hatte zu lange alleine gelebt, um geschickt antworten zu können. Er konnte sich nur innerlich ärgern.

Auch die Ehe will gelernt sein. Das hätte Spreemann sich sagen müssen.

Stattdessen hatte er sich vorgenommen, Madame Lieschen mitzuteilen, dass ein Geschäftsmann mehr Zeit für sich allein brauche, dass es ihn störe, immer jemand um sich zu haben. Sie sollte zurück in ihre Kammer. Sonst könnte alles beim Alten bleiben. Er war ihr nicht böse. Sie störte ihn nur.

Aber das war noch schwerer hervorzubringen als die Brautbewerbung, trotzdem er gegen Tränen schon etwas abgehärteter war.

»Überlegst du noch?«, unterbrach Lieschen vorsichtig das Schweigen.

»Ich will keine Magd«, sagte Spreemann. Zu Weiterem fehlte ihm noch der Mut.

Madame Lieschen blickte erschreckt auf. Sie vermutete, dass Spreemanns große Sparsamkeit hinter dieser Absage stände.

Sie seufzte schwer. Denn auch sie hatte viel mehr zu sagen, als sie wagte.

Wie aber konnte sie diesem sparsamen Manne mitteilen, dass man im nächsten Jahre doch zu dreien sein würde. Auch ohne Magd.

Sie hatte keine Mutter, keine Schwester, keine Freundin.

Allein und ratlos saß sie dem rauchenden Manne gegenüber. Tränen liefen über ihr schmaler gewordenes Gesicht.

Frauen lernen viel rascher, was die Ehe bedeutet.

Lieschen sagte sich, dass Spreemann nichts so sehr liebe als sein Geschäft. Sie musste also versuchen, die schwere Mitteilung mit dieser Liebe zu verknüpfen.

So sagte sie leise, dass über kurz oder lang vielleicht ein Kompagnon für sein Geschäft kommen würde, den er doch brauchen könnte, wenn er alt wäre. Der also keine Verschwendung sein würde.

Sogleich begriff Spreemann nicht.

Erst sagte er noch, dass sich Frauen nicht ins Geschäftliche mischen sollten. Aber als sich Lieschen dann etwas deutlicher auszudrücken wagte, verstummte er plötzlich. Vor Freude, vor unbändiger Freude. Aber um dieser Ausdruck geben zu können, fehlte ihm auch die Gewohnheit. Er schwieg.

Lieschen nahm dieses Verstummen als heimlichen Ärger. Sie hob den Kopf und sagte:

»Etwas ganz Großes hat Gott damit den Menschen gegeben. Wer hat mich je geliebt, als ich Kind war? Wer wird mich einfache Frau je lieben? Er wird es.«

Ihr Gesicht war ganz in Gold getaucht. Wohl nur vom Licht der Öllampe.

Oder sollte aus dem Grau des lächerlichen Alltagslebens plötzlich ein Glorienschein aufstrahlen können?

»Er wird mich lieben«, wiederholte Lieschen fest, und ihre Blicke gingen weit über Spreemann hinweg.

»Du glaubst also, dass es ein Junge wird?«, sagte Spreemann.

Lieschen fuhr zusammen. In dieser Stimme hatte kein Ärger gelegen.

Und plötzlich hatte sie Mut. Erregt sprach sie weiter. Alles, was sie hoffte. Und Klaus antwortete. Alles, was er hoffte. Noch nie hatten sie so schön miteinander geschwatzt. Als sich Spreemann des Stammtisches erinnerte, war es viel zu spät dafür.

In die Gesindestube kam die bescheidene Magd zu zwei Talern.

Und schon am nächsten Tage wurde noch ein besonderer halber Taler verausgabt, für den Besuch des Herrn Sanitätsrats.

Sanitätsrat Knapp machte seine Besuche mit dem Stock in der Hand und der Pfeife im Munde und verordnete seinen Patienten Gorellas Brustpulver oder Baldriantee. Mit teuren Medizinen schreckte er sie nicht. Zahlten sie schon den Arzt, sollten sie wenigstens vom Apotheker verschont bleiben. Er war ein Feind aller Gifte und ein Freund alles Angenehmen. Er hatte wohl dem Tod noch keinen Menschen entrissen, denn er war ein Gegner aller Gewalttätigkeit, aber er hatte ihm auch noch nie einen mit Eilpost zugeschickt. Und das will auch etwas sagen bei einem beliebten und beschäftigten Arzt.

Madame Lieschen verordnete er Baldriantee. Kalt aufgegossen, jeden Abend eine Tasse. Alles andere würde sich von selbst ergeben. Eine Diagnose, die sich vollständig als richtig erwies und seinem Wissen als Mensch und Arzt alle Ehre machte.

Sofort nach seinem Besuch legte Spreemann zwei Reservekassen an. Noch eine dritte hinzuzufügen, hatte Sanitätsrat

Knapp als übertriebene Vorsicht, also als nicht für nötig, erklärt.

Nie hatte das Leben dem Herrn Spreemann mehr Spaß gemacht als jetzt.

Wenn aus der Küche der angenehme Duft des schmorenden Sommerobstes kam, musste er sofort an kleine, feine Schleckermäuler denken.

Als der erste Schnee fiel, dachte er nicht zuerst an die Pulswärmer, sondern an Schneemänner. Mit zwei alten Knöpfen als Augen, einem Fetzen Siegel als Mund und einem Stück Holz als Pfeife. So wie sie Jungens an den Rand der Landstraße bauten, um sich dann bebend vor Frost in warme Stuben zu sehnen. Wie sie aber auch Jungens bauen könnten, die nach einer solchen kalten Arbeit eine kleine Tasse Schokolade und ein größeres Stück Kuchen bekommen sollten.

Aber wie sich auch draußen das Wetter gestaltete, das Beste war, wenn der Abend kam und die Kasse gezählt wurde. Welch ein liebliches Klingen und Klirren gab es, wenn alle die Reservekassen ihren Anteil schluckten.

Die Verwandten kamen jetzt selten. Sie sagten, dass sie in einer jungen Ehe nichts zu suchen hätten.

Man sucht nicht gern, wo man nichts mehr zu finden weiß.

Aber Klaus und Lieschen vermissten niemanden. Die gleichen Hoffnungen, Wünsche und Besorgnisse hatten sie auf einmal ganz miteinander vertraut gemacht. Als ob sie sich immer gekannt hätten. Wenn Lieschen in den Laden hineinguckte, wurde Klausens Gesicht breit vor Freude. Kam Klaus in die Küche geschlichen, lachte Lieschen ihn an.

Munter sprangen die Tage ins neue Jahr, einem neuen Frühling entgegen.

Schon gab es wieder Schnittlauch. Schon lagerte im Warenraum die neue Sommersaison. Schon steckte seit vielen Tagen Herr Sanitätsrat Knapp an jedem Morgen Kopf und Pfeife in den Laden und fragte:

»Nun, wie geht's der Madame Spreemann?«

Schon jährte sich der Tag, an den man mit trübem Grauen und doch schon mit ein wenig Dank zurückdachte und dessen Wiederkehr Herr Sanitätsrat Knapp bei einem Frühschoppen feiern und beschwatzen wollte. Aber gerade heute kam ihm der Lehrling des Herrn Spreemann schon weit über den Platz entgegengelaufen.

Ein Arzt muss manches Opfer bringen. Politik und Frühschoppen blieben den anderen. Sanitätsrat Knapp musste seine Pfeife ausklopfen und eilig versuchen, auf seinen runden, kurzen Beinen den schnellen, langen des Lehrlings zu folgen.

Oben sagte ihm die zitternde Magd, dass die Madame noch gerade Herrn Spreemann das Gewehr hatte geben und Herrn Spreemann nachwinken können, als sie auch schon schnellstens nach Herrn Rat rufen musste.

»Gewehr, wieso?«, fragte der Sanitätsrat und nahm eine Prise als Entschädigung für die Pfeife.

Die Magd fragte zurück, ob denn Herr Rat nicht das Alarmsignal gehört hätte. Die ganze Bürgerwehr sei zusammengeblasen worden, und der Herr Spreemann gehöre doch dazu.

»Kein Unglück kommt allein«, murmelte Sanitätsrat Knapp, nahm noch eine Prise und klopfte an die Tür der guten Stube, die zum Schlafraum umgewandelt worden und nun die beste Stube werden sollte.

Es war schwer zu sagen, ob Herr Sanitätsrat Knapp mit dem ersten Unglück Spreemanns nahe bevorstehende Vaterschaft gemeint hatte oder das Aufgeben seines eigenen Frühschoppens. Aber da er als Arzt und Stadtrat für die Erhöhung der Einwohnerzahl sein musste, scheint die zweite Hypothese glaubhafter.

Jedenfalls marschierte Spreemann, während zu Haus so Wichtiges für ihn vorging, mit geschultertem Gewehr nach dem Schlossplatz, in Reih und Glied mit anderen Bürgern, die ebenso friedlich gesinnt waren wie er, die ebenso wie er direkt vom Schlafrock in den Waffenrock gerutscht und alle bedeutend geübter waren, eine Pfeife zu entzünden als ein Gewehr.

Es war eine große Ehre, zur Bürgerwehr zu gehören. Man marschierte in der besten Gesellschaft.

Trotzdem hatte Spreemann jedes Mal eine Heidenangst, dass sein eigenes, schweres, großes Gewehr oder gar das seines Vorder- oder Hintermannes von selbst losgehen könne, und noch mehr fürchtete er, dass er selbst einmal damit schießen sollte.

Der Mann, der das Pulver erfunden hatte, der hätte vor allen anderen das Hängen verdient. Das war auch so ein Streitpunkt am Stammtisch. Der Lehrer nannte den Pulvererfinder einen Wohltäter. Herr Jung meinte ganz wie Herr Spreemann, dass der Mensch nicht umsonst Schwarz geheißen habe. Er war ein Teufelskerl.

Dieses Schritt und Tritt und Schritt und Tritt zwischen den Gewehrmündungen entfernte Spreemanns Gedanken also ganz von der Angst um Madame Lieschens Befinden. Aber zum Glück war auch heute niemand mehr da, als die Bürgerwehr angerückt kam. Der Schlossplatz war leer wie eine Kirche am Wochentag. Nur zwei Gendarmen gaben sich dem boshaften Märzwind preis und meldeten dem Führer der Wehr, dass zwei Männer, die sich mit roter Krawatte angesammelt hatten, den Beweis aufbringen konnten, dass sie nur ihre Frauen erwarteten, die bei einer Schneiderin waren und daher ganz natürlicherweise ihre Ehemänner stundenlang warten ließen.

Die Bürgerwehr stand stramm und machte kehrt.

Auch Herrn Spreemanns Gedanken drehten sich. Was mochte inzwischen bei ihm zu Haus geschehen sein?

Eilig polterte er mit seinem schweren Gewehr die Treppe hinauf.

Schon auf dem ersten Absatz hörte er ein Geschrei wie von

jungen Katzen. Grauen beschlich ihn! War das Lieschen? War ihr Verstand gestört? Hätte er nicht solche Angst vor dem Gewehr gehabt, er hätte sich auf der Stelle ein Leid angetan.

So lief er weiter. Im Flur stand der Sanitätsrat und ließ sich von der Magd einen Fidibus geben, um endlich wieder seine Pfeife anzuzünden.

»Da sind Sie ja«, rief er vergnügt bei Spreemanns Anblick, »ich gratuliere. Verwendung für beide Reservekassen. Zwei kräftige Berliner.«

»Richtige Jungen? Männliche?«, stammelte Spreemann.

Die Magd fing angstvoll ihres Dienstherrn Gewehr auf, das er achtlos von der Schulter rutschen ließ.

»Natürlich, mit allem, was dazu gehört«, antwortete der Sanitätsrat lachend.

»Wohin mit dem Gewehr«, schrie Spreemann die Magd an, »dass es jene Jungen nicht etwa in die Finger bekommen? Auf den Boden damit.«

Der Sanitätsrat verschluckte sich vor Lachen.

»Unbesorgt. Die sind noch lange nicht reif zur Bürgerwehr«, gluckste er hervor. Und dann beeilte er sich fortzukommen. Da hatte er einen fertigen Spaß für seine Patienten.

Er riet nur noch Spreemann, rasch zu Madame Lieschen zu gehen, die schon besorgt um ihn wäre. Dann lief er prustend davon.

Spreemann hatte nie gewusst, dass Menschen so klein sein können. Aber er gewöhnte sich daran. Als ihm versichert wurde, dass selbst Könige in diesem jugendlichen Zustand nicht größer waren, gefiel es ihm sogar. Er fand es drollig, dass sie stets die Händchen ballten, wie wenn sie etwas darin versteckt hielten. Dass es zwei waren, fand er ganz natürlich. Er hatte oft genug zwei Taler verdient, wo er nur auf einen gerechnet hatte. Von nichts kommt man nicht vorwärts.

Aber er wurde furchtbar erregt, wenn sie schrien, und hatte eine grenzenlose Hochachtung vor Lieschen, die diese zappelnden Zwerge zu drehen und wenden und zu beruhigen verstand. Er flüsterte nur noch, aus Furcht, sie zu wecken. Er wurde ein Akrobat, was das Gehen auf Fußspitzen betraf.

Lieschen aber lächelte. Sogar im Schlummer.

Zum ersten Mal spürte sie, dass sie um ihrer selbst willen da war. Begriff sie, dass sie kein herrenloser Hund mehr war, sondern eine reiche Frau, die geborgen in einem breiten Bette liegen konnte, wenn sich draußen die Unruhe der Frühe regte und der neue Tag schonungslos zur Arbeit rief …

ZWEITER TEIL

Erstes Kapitel

Doch auch auf Zehenspitzen geht die Zeit ihren Weg, nimmt und gibt, färbt und feilt, schenkt und stiehlt. Ohne Hände, ohne Werkzeug. Sodass wir oft genug erst lange nachher spüren, dass sie am Werk gewesen.

Bald konnte Spreemann seine Zwillinge mühelos unterscheiden. Denn Hans, der seine Weltreise etwas früher begonnen als sein Bruder und darum der Ältere genannt wurde, hatte plötzlich einen dicken Haarschopf auf dem kahlen Köpfchen. Braun wie Manchestersamt. Über Christians zarter Stirn aber flockte sich auf einmal ein blonder Flaum. Gelb wie Nankingseide. Sie waren nicht mehr zu verwechseln.

Sie gaben sich alle Mühe, komplette Bürger zu werden.

Als der gute Bratenduft der Martingans durch die warme Wohnung zog, streckten sich aus den kleinen Gaumen die ersten weißen Zähne hervor.

Die waren allerdings nicht heimlich gekommen.

Einen ganzen Monat lang war Spreemann die Nächte hindurch auf und ab marschiert und hatte einem schreienden Leinenbündel killekill zugewispert. War er unermüdlich bemüht gewesen, durch den tanzenden Zipfel seiner Nachtmütze oder die hüpfende bunte Quaste seines Schlafrocks lächelnde Ruhe bei seinem Nachwuchs zu erzwingen.

Sein Lieschen hatte dieses Los redlich geteilt, nur dass sie ein klingelndes Glöckchen anwandte und türüllülü flötete.

Der ganze Profit dieser Mühen waren vier Zähne gewesen. Es fehlten somit noch dreißig pro Mund. Summa summarum sechzig.

Sanitätsrat Knapp steckte seinen tabakbraunen Zeigefinger

in die kleinen Münder und stellte wenigstens den Besitz dieser ersten Zähne wissenschaftlich fest.

»Ein Wunder ist diese menschliche Maschine«, sagte er und nahm befriedigt eine Prise. »Ein Wunder an Feinheit und Zuverlässigkeit«, fügte er hinzu und musste niesen.

Spreemann sagte: »Zum Wohl!« Aber er schüttelte den Kopf dabei.

Ein Wunder ist nur, was sich unerwartet ereignet. Das konnte niemand von diesen Zähnen behaupten.

Spreemann schüttelte noch einmal den Kopf und sagte: »Dass alle Menschen das durchmachen müssen, unglaublich.«

»Als Kinder?«, fragte der Arzt.

»Als Eltern«, antwortete Spreemann.

»Ach so. Ja, sehen Sie, lieber Freund, zwei auf einmal, das ist auch ein ganz besonderes ...«

Sanitätsrat Knapp unterbrach sich. Er hätte beinahe Malheur gesagt. Aber nun sagte er eilig:

»Glück. Ein ganz besonderes Glück.«

Spreemann schwieg.

Knapp räusperte sich und stand auf.

»Nun muss ich zu Ihrem Verwandten, dem Gerbermeister«, sagte er, als er in seinen schweren Pelz kroch. »Leider steht es nicht gut mit dem Alten.«

Spreemann rechnete nach, dass er noch vor drei Tagen am Stammtisch gewesen.

»Was will das sagen, mein Lieber. Fünfundsiebzig Jahre und Grippe. Der große Kalendermann rechnet genau.«

Sanitätsrat Knapp gab jedem der Zwillinge einen zärtlichen Klaps auf ihre rundeste Stelle. Dann ging er.

Klaus und Lieschen blieben nachdenklich zurück.

Aber da kam der Lehrling herauf und meldete, dass die Madame Bankier nur vom Herrn Prinzipal selbst bedient sein wolle. Und so konnte das Ehepaar nur rasch übereinkommen, am morgigen Sonntag Onkel Albert zu besuchen.

Doch schon am Abend war die Trauerbotschaft da. Onkel Albert hatte keine Rücksicht auf die Pläne seiner Verwandten genommen.

Sein Begräbnis war die erste Feierlichkeit, wo Lieschen seit ihrer Hochzeit die ganze Familie wiedersehen sollte. Spreemann führte die Mutter seiner Zwillinge feierlich am Arm, als man zwischen den Gräberreihen dem Sarge nachschritt. Madame Spreemann trug einen großen Immortellenkranz und eine neue Pelzgarnitur, die mit allem Glanz der Grabsteine wetteifern konnte. Ein großer, breiter Schal und eine große Muffe, alles aus hellem Nerz. Spreemann hatte Lieschen damit überrascht. Sie sollte zeigen können, wer Madame Spreemann war. Wenn es ihm auch lieber gewesen wäre, wenn er diesen Einkauf hätte im Frühling machen können, wo Pelze die Hälfte kosten. Aber für solche traurigen Ereignisse gab es leider keinen festen Termin.

Auch war das Geld dafür nicht weggeworfen. Schon eine Woche später musste sich alles, was noch da war, um einen neuen Sarg versammeln. Madame Ziehlke, die ihren Mann nie gern allein ausgehen ließ, folgte ihm eilig. Und Sanitätsrat Knapp hatte wieder einmal der Natur ihren Lauf lassen müssen.

Nun hatte der Sohn die Gerberei und bald eine Frau. Die Töchter stritten sich um die elterlichen Möbel. Madame Ziehlkes Heiligtum, eine Vitrine aus Glas und Ebenholz, mit Regalen aus lila Sammet, schuf bittere Feindschaft zwischen ihnen. Denn jede Tochter wollte sie in ihre Mühle haben, und beide vergaßen, dass sich zwar eine Mutter teilen lässt, aber kein Schrank. Selbst wenn er noch so schön und fein ist.

Sie hatten also reichlich untereinander zu tun und wenig Zeit, sich um die Familie Spreemann zu kümmern.

Dagegen hatte sich Tante Karoline wieder eingestellt. Sie kam häufig und immer häufiger.

Ihr Wunsch war in Erfüllung gegangen. Der Russe hatte

Mariechen geheiratet. Aber er hatte sie auch nach dem großen Russland mitgenommen. Nun war sie allein. Ganz allein.

Wie anders sehen Wünsche aus, wenn sie erfüllt sind.

Karolines Gesicht war verändert. Es war schlaff geworden, seit es nicht mehr von aufreizender Erwartung gespannt war. Um ihren Mund lag das nachsichtige Lächeln weißhaariger Menschen.

Sie freute sich an den Zwillingen und fand, dass sie sich genauso benahmen, wie es ihr Mariechen in ihrem Alter getan.

Nur wenn die Frau Kreisrätin zu Besuch kam, reckte sie sich auf, erzählte von Mariechens Wohlstand und sagte in ihrem alten Ton:

»Es soll ja ein ganz enorm großes Reich sein, dieses Russland. Nicht einmal die Sonne geht darin unter.«

Ganz wie wenn Mariechen die Zarin selbst geworden wäre.

Aber wenn die Rätin gegangen war, lächelte sie wieder mild und müde und war dankbar und zufrieden, dass sie noch hier bleiben konnte, wo Worte und Schritte, ja sogar Kinderstimmchen durch die freundlichen Stuben schallten.

Bei ihr war es still wie in einer Gruft.

So ersetzte sie den Zwillingen die Großmama. Und Lieschen, die niemals Verwandte gehabt, holte sich manchen weiblichen Rat bei ihr.

Aber auch Spreemann kamen ihre Besuche durchaus gelegen. Er sah ein, dass zu einer ordentlichen Familie eine Großmama nötig war. Zumal da, wo es Zwillinge gab. Er trat alle seine Rechte an sie ab.

Er sprach lang und viel mit ihr über Menschen und Kinder. Er hatte sich das Vatersein friedlicher vorgestellt. Man wurde doch von allen Seiten dazu beglückwünscht. Das fand er übertrieben.

Tante Karoline aber malte ihm aus, wie die Zwillinge in

Matrosenanzügen zur Schule gehen, wie sie mit seinen Seidenschlipsen hinter dem Ladentisch stehen würden, und erinnerte ihn daran, wie rasch und gründlich die Zeit arbeitete. Sie selbst war ein Beweis dafür. Es war ihr oft wie ein Traum, dass es nicht ihr Mariechen war, das sie da zappelnd im Arm hielt. Dass es nicht ihr Seliger war, der da draußen die Tür aufschloss und nun hereinkommen würde, um zu fragen, ob es Pellkartoffeln mit Hering gäbe. Denn das war sein Lieblingsgericht gewesen.

Spreemann hörte ihr geduldig zu, aber als sich die Zwillinge um die Weisheitszähne zu mühen begannen, meinte er doch, dass es Kinder unter sechs Jahren nicht geben sollte.

Es war das erste Mal, dass der solide und praktische Herr Spreemann Unmögliches begehrte.

Aber die Wirklichkeit nahm es ihm nicht übel und blieb ihm treu.

Rasch und emsig reihten sich die guten und mäßigen Saisons aneinander. Beinahe im Umsehen war der Tag da, wo Hans und Christian mit neuen Kittelanzügen, einen Lederranzen auf dem Rücken, quer über den Platz zur Schule trabten.

Die Bäume hatten die ersten Knospen angesteckt. Die Spatzen zwitscherten und flatterten frühlingsvergnügt zwischen Pferdebeinen und Baumgezweig. Alles war genau wie damals, als Spreemann mit der Bürgerwehr anmarschiert kam und seine Zwillinge vorfand.

Ein kleiner Schreck durchzuckte ihn, als er ihnen nun hinter der Ladenscheibe nachblickte. Über die sonnigen Steine hüpften sie ihren ersten Pflichten entgegen. Sie spielten zwar Eisenbahn, Hans war die Lokomotive und Christian der Kohlenwagen. Aber sie fuhren doch ins wirkliche Leben hinein.

Spreemann räusperte sich. Beinahe hätte er der kurzsichtigen Madame Inspektor zehn Zentimeter übers Maß gemessen. Aber zum Glück merkte er es noch, ehe es zu spät war. In größter Geschwindigkeit verlegte sein gewandter Zeigefinger den Start für die Schere um zwölf gute Zentimeter zurück. Das war die Geschicklichkeit, von der er zu seinen Angestellten sagte, dass sie einem guten Kaufmann angeboren sein müsse.

Es war merkwürdig still heute Vormittag. Wunderlich genug, dass einem auch das Gepolter rollender Holzkugeln, das Knattern von Knallerbsen fehlen konnte. Madame Lieschen guckte ein paarmal in den Laden hinein. Aber sie hatte verweinte Augen.

Doch schon nach einigen Tagen hatte man sich an die Ruhe gewöhnt. Man fand sie sogar angenehm.

Auch machte es Spreemann nicht wenig Spaß, als die Jungen überall nun herumzubuchstabieren begannen und bald auch in seinem Laden langsam und ernsthaft entzifferten:

»In Lon–don nicht, noch in Pa–ris,
In Brüs–sel nicht, noch Wien,
Klei–den Mon–si–eur sich und Ma–dame
So schick wie in Ber–lin.«

Hans konnte den Spruch bald auswendig. Christian behielt nur die letzte Reihe.

Des Nachmittags sprangen sie nun vor dem Laden herum. Sie umkreideten die Pflastersteine und teilten sie in Erde, Himmel und Hölle, über die sie auf einem Bein hinwegsprangen. Die Hölle verlangte einen besonders großen Sprung. Hansen gelang es immer. Christian aber plumpste häufig hinein.

Überhaupt Christian.

»Er ist nicht dumm«, sagte Lieschen. »Er denkt nur langsam.«

Aber wenn ihr die Kinder in der Küche nachsprangen und Hans sofort die Eier und Löffel nachzuzählen begann und bei allem fragte, was es koste und was es wert sei, worauf man also zu antworten wusste, dann hatte Christian nachdenklich den Finger im Mund und erkundigte sich, wer die allererste Henne gemacht, die das allererste Ei gelegt habe. Es war nicht leicht mit dem Jungen.

Hans wusste bald seine Schulkenntnisse zu verwerten. Als er auf seinem Butterbrot ein Pfefferkorn in der Wurstscheibe fand, holte er es rasch heraus, um es in einen Blumentopf zu pflanzen. Damit Pfeffer wüchse und er einmal als Erwachsener keinen zu kaufen brauche. Christian aber hatte sein Pfefferkorn zerbissen. Seine Zunge brannte. Seine Augen tränten. Aber er sah sehr hübsch aus mit dem blonden Haar, dem zarten Teint und den schlanken Gliedern. So recht herrschaftlich.

Daher kam es wohl, dass Spreemann eines Abends in die Reservekasse für Christian einen heimlichen Extrataler gleiten ließ. Die ganze Nacht darauf schlief er unruhig wie ein Verbrecher. Er hatte schwere Träume. Und am anderen Morgen nahm er den Taler wieder aus der Kasse heraus. Ehrlich währt am längsten.

Aber dass ihm wunderlich wohl wurde, wenn Christian auf seine Knie hüpfte und Väterchen sagte, konnte er nicht hindern. Der Junge sprach so oft etwas aus, was er selbst als Kind gedacht hatte, was er aber niemals hatte weiter denken können, weil er vor allen Dingen hatte reich werden wollen. Reich. Aber Christian rief ihm seit langen Jahren wieder die Landstraße vor Augen. Das Wandern neben dem Vater, mit seinen hohen Stulpenstiefeln, von deren heimlichen Schätzen er noch nichts ahnte. Des Vaters Bild wurde so deutlich. Sein Wesen ihm so verständlich. Sich selbst aber stellte er sich vor wie Christian.

Tante Karoline und Lieschen sagten, dass der brünette, stämmige Hans der ganze Vater wäre. Klug, flink und praktisch, sparsam und überlegt. Auch sie hatten recht.

Aber der Mensch ist Erde. Aus Tausenden von Stoffen geheimnisvoll zusammengesetzt …

»Ich möchte noch erleben, was aus den Jungen einmal wird«, sagte Tante Karoline. »Der Christian hat ganz was von einem Künstler.«

Und sie erzählte lang und breit von ihren Erfahrungen, die sie mit einem Opernsänger gemacht, der einmal in ihrer guten Stube wohnte. Sie hatte ihm bald gekündigt. Das wäre nie etwas für Mariechen gewesen.

Doch Spreemann war ärgerlich geworden. Er sagte, dass er sich solche Reden über Christian verbitte. Der Junge sei vollkommen normal. Was aus den Jungen werden sollte, war doch nicht schwer zu erraten. Sein kluges Lieschen hatte dies gewusst, ehe sie da waren. Seine Kompagnons. Seine Nachfolger.

Aber auch ihm wär's recht gewesen, wenn sich die Jungen hätten beeilen können mit dem Wachsen. Ihre Vaterstadt gab ihnen dazu ein kräftiges Beispiel. Die Häuser schossen immer mehr in die Höhe, drängten sich enger und enger aneinander. Selbst vor den Toren begann man zu bauen.

Spreemann sah es mit Staunen, wenn er am Sonntagnachmittag mit Lieschen, Tante Karoline und den Jungen hinaus nach Moritzhof wanderte. Überall veränderte es sich.

Draußen unter den Bäumen traf man die Verwandtschaft. Die Mühlenbesitzer und den jungen Gerbermeister. Der eine Müller hatte nun seine Mühle in Schöneberg.

Während man die saure Milch aus den Näpfen löffelte, sprachen die Männer von Politik und Wochenumsatz, die Frauen von Kindern und Kleidern. Hier verkehrte das beste Publikum, hier sah man bald, wie es um die Mode stand. Lieschen hatte wachsame Augen. Sie gab Spreemann auf dem Rückwege manchen nützlichen Wink. Das Geld für dieses Sonntagsvergnügen war nicht auf die Straße geworfen.

Die Jungen aber fuhren Boot oder angelten und störten hier niemand.

Es war ein Plätzchen wie vom lieben Gott selbst gemacht,

sagte Tante Karoline. Der lange Weg fiel ihr schon recht beschwerlich. Aber sie wollte dabei sein.

»Wie grün wieder die Natur ist«, sagte sie jedes Mal aufs neue befriedigt, wenn sie angelangt waren und sie sich endlich setzen konnte.

»Passt auf, auch hier wird einmal alles bebaut sein«, sagte der Schöneberger Müller. »Wenn's Friede bleibt, sind wir bald so weit.«

Aber sein Bruder, der sich schon jetzt ärgerte, dass die Schöneberger Mühle einmal im Preise steigen könne, antwortete, dass er sich Schropfköpfe setzen solle. Das eigentliche Berlin gehöre in seine Mauern.

Der andere sagte, dass er warten könne. Er sei überzeugt, dass Berlin zu ihm heraus kommen würde. Er war dick und wohl und reizte den mageren, älteren Bruder beständig.

Spreemann sagte, dass er schon so viele Veränderungen erlebt hätte, dass er alles für möglich hielte. Aber was den Krieg betraf, wär's ihm lieber, dass er jetzt käme, wo seine Jungen noch auf dem Dönhoffplatz Krieg spielten.

»Schon recht«, sagten die anderen, die auch ihren Nachwuchs um sich herumhüpfen hatten. Nur geschäftlich wär's eine flaue Geschichte.

Man wünscht, was einem nützlich scheint. Aber es waren unsichere Zeiten. Man wusste nicht, was man hoffen sollte. Man saß mit seinen Wünschen in einer Zwickmühle.

Lieschen sagte, was geht dich das alles an, wenn die Jungen gedeihen.

Sie meinte, selbst wenn es Krieg werden würde, könnten die Berliner darum nicht nackt gehen.

Das leuchtete Spreemann ein. Er war längst dahinter gekommen, dass Lieschen nicht dumm war. Er gab ihr natürlich niemals recht. Aber er befolgte ihre Ratschläge.

Diese Achtung vor den Tatsachen bezeugte nur seinen Verstand. Denn Lieschen war eine echte, rechte Madame geworden. Sie war würdebewusst, ehrgeizig und ein wenig rund geworden und bereicherte beständig ihr Wissen, indem sie sich nichts entgehen ließ, was in der Welt, also auf dem Dönhoffplatz, vorging.

Wissen aber ist eine Macht.

Als der Kolonialwarenhändler seinen Eckladen um ein Schaufenster zu vergrößern dachte, wusste es Madame Spreemann früher als der Glaser, der dieses Werk ausführen sollte. Den vollen Marktkorb noch am Arm, eilte sie zu Spreemann, rief ihn aus dem Laden in den Lagerraum und machte ihm klar, dass er zwei neue Ladenscheiben einzusetzen habe, wenn man nicht vor dem ganzen Dönhoffplatz blamiert sein wollte.

Spreemann wehrte zuerst ab und sagte, dass Sparsamkeit halber Profit sei.

Darauf erwiderte Lieschen, dass alles nur am richtigen Platze seine Richtigkeit habe und hier von Sparsamkeit keine Rede sein könne. Sollte sich Hans, der den Kaufmannsjungen bei jeder Rauferei besiegte, von diesem Kolonialwarenknirps nachrufen lassen, dass sein Vater ein Schaufenster mehr habe?

Als Mutter von wilden Jungen hatte sich Madame Lieschen angewöhnt, streng und straff zu sprechen. Auch Spreemann gegenüber.

Klaus nahm es ihr nicht übel. Er fühlte, dass es nötig war. Er war nun fünfzig Jahr alt und überall ein wenig mit Fett gepolstert. Da hatte man schon manchmal den stillen Wunsch, alles gehen zu lassen, wie es gehen wollte. Lieschen aber und die Konkurrenz spornten ihn immer wieder an.

Daher wusste Lieschen auch recht gut, was sie tat, als sie ihm eine Woche darauf mitteilte, dass der Herr Hoflieferant an der anderen Ecke des Platzes Gas in seinen Laden zu legen gedenke. Davon würde die ganze Stadt sprechen.

Spreemann knurrte, dass ihn dies gar nichts angehe. Beim

Abendbrot sagte er dann, dass er längst daran gedacht habe, die neue Gasleitung auszuprobieren, und dass er schon für morgen den Rohrleger bestellt habe.

Die neuen Schaufenster waren längst schon da.

Auch die Gasanlage sollte Spreemann nicht zu bereuen haben. In der Zeitung wurde darüber geschrieben, und im Witzblatt machte man einen Vers auf das finstere Berlin, das nun helle zu werden begann. Spreemann wurde am Stammtisch geradezu gefeiert.

Krieg wurde es auch nicht.

Aber auch eine gute Sache hat verschiedene Seiten. Für den Kaufmann wurde die Zeit schwieriger, als sie es vielleicht gewesen, wenn irgendwo draußen ein Krieg getobt hätte.

Es gibt auch verschwiegene Kämpfe. Die neuen Häuser brachten neue Läden. Die Konkurrenzläden schossen wie Pilze aus der Erde.

»Wie Giftpilze«, sagte Spreemann.

Die Kundinnen wählten noch bedächtiger aus als früher, und wenn sie nach langer Überlegung doch noch ohne zu kaufen hinausgingen, wusste man nicht mehr gewiss, dass sie morgen wiederkommen würden, um das Muster zu kaufen, das man ihnen zuallererst vorgelegt hatte, sondern man musste befürchten, dass sie zur Konkurrenz gingen. Da hieß es denn hier und dort ein wenig vom Preise ablassen, wenn man sich die alten Kunden erhalten wollte.

Dabei war auch der Einkauf schwieriger geworden. Die Angebote häuften sich, je mehr das Eisenbahnnetz wuchs. Spreemann begriff jetzt, warum er immer ein Feind dieser neuen Erfindung gewesen.

Jetzt gab es Seide aus der Schweiz und Italien, und die englischen Stoffe kamen wirklich aus England, wie wenn dieses England an der nächsten Ecke läge. Die Auswahl war schwer. Man musste sich doppelt so viel auf Lager legen als früher. Denn wenn man zögerte und zurückschob, dann sagten die geschniegelten, gewichsten Herrn Reisenden:

»Macht nichts, Herr Spreemann, die Herren in der Königstraße nehmen es uns mit Kusshand ab.«

Da nahm man es denn lieber selbst. Nicht mit Handkuss, aber für Bargeld.

Spreemann arbeitete wieder unermüdlich. Wie damals, als er anfing. Sein Fett war er wieder los.

Erwerben ist nicht leicht. Erhalten noch schwerer. Aber Spreemann fühlte sich wieder jung und kräftig.

Er sprach sich zu niemandem aus. Auch nicht zu Lieschen.

Wenn ihn jemand am Stammtisch nach dem Geschäftsgang fragte, dann sagte er:

»Es flutscht nur so.«

Aber die Liebe unserer Verwandten ist nicht blind. Darin unterscheidet sie sich von der Liebe im allgemeinen.

Der junge Gerbermeister sagte zu seiner Frau:

»Ich glaube, Onkel Spreemanns Geschäft geht zurück. Wenn einer nicht über schlechte Zeiten klagt, hat er seine Gründe dazu.«

Aber das war übertriebene verwandtschaftliche Besorgnis. Zurück ging Spreemanns Geschäft nicht. Es stand nicht einmal still.

Spreemann konnte sich ruhig freuen, dass seine Jungen wie Spargel in die Höhe schossen. Er hielt schon noch aus, bis sie selbst die Zügel in die Hand nehmen konnten.

Da, über Nacht war der Krieg da. Zusammen mit dem neuen Jahr.

Die Jungen stürmten in den verschneiten Tiergarten, um zuzusehen, wie die ersten langen Wagenreihen der Trains durch das Brandenburger Tor zogen und über die hartgefrorene Charlottenburger Chaussee nach Spandau rollten, wo die Feldarmee auf sie wartete. Hans hatte sich in die vorderste Reihe gedrängt. Er versuchte Wagen und Pferde zu zählen. Ein Vermögen steckte darin. Christian hatte seinen Platz einem blonden Mädchen überlassen, das bitterlich weinte, weil sein Cousin mit in den Krieg ziehen musste.

Zu Haus beim Kaffee konnten sie nicht genug erzählen. Lieschen und Karoline wollten alles aufs genaueste wissen. Wäre es nicht zu kalt gewesen, hätten sie sich das Schauspiel nicht entgehen lassen.

Spreemann kümmerte sich nicht um Einzelheiten. Er rauchte und rechnete. Der Termin war nicht unglücklich gewählt. Das Hauptgeschäft für die Wintersaison war herein. Wenn man die Preise ein wenig herabsetzte, würde sich auch der Rest halbwegs günstig gestalten können.

Und dann hatte Spreemann eine kleine Spekulation vor. Er kaufte Fahnentuch ein.

Sein Vertrauen zum Vaterland belohnte sich. Man siegte. Man flaggte.

In diesem Sommer konnte Spreemann endlich wieder mit gutem Gewissen über die schlechten Zeiten klagen.

Aber kaum, dass man wieder mit dem guten Tabak ein wenig Behagen einzog, standen aufs neue schwarze Punkte an Preußens Horizont.

Statt in die Sommerferien ging's in den Krieg. Ehe man noch recht begriffen hatte, was los war, war schon da unten in Böhmen eine Schlacht geschlagen. Kein Mensch hatte sich darauf vorbereiten können.

»Dieser Krieg wird mein Tod«, sagte der Herr Kommerzienrat, als er schweißtriefend zwei seidene Sommeranzüge bei Spreemann kaufte.

Erschreckt fragte Spreemann, ob der Herr Rat mit ins Feld müsse.

Und sagte sich bebend, dass er selbst von dem gleichen Jahrgang sei.

Der Herr Rat knurrte, dass man aus diesem Alter zum Glück heraus sei. Aber er konnte des Kriegs wegen nicht nach Karlsbad reisen. Die ganzen böhmischen Bäder waren gesperrt. Das konnte die Regierung nicht verantworten.

Spreemann machte eine tiefe, bedauernde Verbeugung. Wie wenn er die Regierung entschuldigen wollte.

Ja, jeder hatte seine Sorgen. Das war ein großer Trost. Aber doch kein ausreichender.

Spreemann hatte Trauerstoffe und Fahnentuch auf Lager. Aber man verdiente mehr an den leichten Sommerkleidern als an den gediegenen dunklen Stoffen, aus denen man in den guten Familien den Enkeln noch Schürzen aus den Kleidern der Großmütter machte.

Er versuchte, sich mit Hans, der nun die Handelsschule besuchte, ein wenig über diese Gedanken und Besorgnisse auszusprechen. Hans sagte, dass in den dauerhaften Stoffen überhaupt die Gefahr für den Kaufmann läge. Wenn er Spreemann wäre, würde er hübsche, in die Augen fallende Stoffe bestellen lassen, die weniger kosteten und gar nichts hielten.

Spreemann war ganz erschreckt. Der Junge war doch noch furchtbar unreif.

Mit Christian, der genau dasselbe lernte wie Hans, redete er nie von dergleichen. Der Junge begriff leider nicht, worauf es ankam beim Geschäft. Er freute sich an den blumigen und bunten Mustern wie ein junges Mädchen und graute sich vor den Trauerstoffen wie ein kleines Kind.

Wenn er des Sonntags einmal den beurlaubten jungen Mann vertrat, war er so ängstlich darauf bedacht, das richtige Maß abzuschneiden, dass er aus lauter Besorgnis einen Fingerbreit zu viel gab. Ihm fehlte alles, was einem Kaufmann angeboren sein musste.

Aber jetzt war der Krieg die Hauptsache. Er musste abgewartet, wenn möglich ausgenutzt werden.

Nach ein paar Fehlschlägen jagte wieder ein Sieg den anderen.

Spreemann bestellte noch einen Posten Fahnentuch, prima

Qualität. Dagegen schob er an einen Pessimisten seiner Branche einen großen Posten Trauerstoffe ab. Mit Rabatt, aber ohne Verlust. Er hatte keine Ursache, seinem Vaterlande zu misstrauen.

Man sah jetzt, dass Berlin eine Großstadt geworden. Es konnte einen Puff vertragen, wie es schien. Man merkte nicht im geringsten, dass ein großes Heer davongezogen war.

Die Tiergartenpromenade war belebt wie immer, in der Flora kündete man den Aufstieg eines Luftballons an, auf den Dönhoffplatz kamen sogar Kunstreiter. Es war ein heißer Sommer, und das Leben wollte sein Recht.

Die Kunstreiter waren Spreemann eine rechte Erheiterung. Sie waren nicht nur ein billiges, sondern auch ein bequemes Sonntagsvergnügen. Vom Lehnstuhl am Fenster aus sah man alles umsonst. Da war eine hübsche Balletteuse, die auf dem breiten Sattel eines Pferdes tanzte und durch Feuerreifen sprang. Dann kam eine starke Dame in rosa Trikot und grasgrüner Seidenschärpe. Madame Lieschen war ihr Anblick peinlich, weil ihre großen Jungen neben ihr standen. Spreemann aber hatte seine helle Freude an ihr.

Die Dame machte einen schweren Knicks und wurde auf ein straff gespanntes Seil gehoben. Mit starrem Lächeln trippelte sie nun hoch über dem Markte vorwärts.

»Sie kippt, sie kippt«, schrie Hans jedes Mal, wenn sie auf der Mitte des Seils war. Christians Blicke umklammerten sie stumm. Aber die dicke Dame fiel nicht, sondern machte einen schwerfällig graziösen Sprung, wobei sie hui schrie und Kusshändchen zu den Fenstern hinaufwarf. Worüber Spreemann und Christian dunkel erröteten. Hans kaute ungerührt ein paar saftige Kirschen. Waren Trikot und Schärpe am Seilende angelangt, klatschte alles auf dem Markte Beifall.

»Wo sie das nur her hat«, sagte Madame Lieschen. »Eine Frau in meinen Jahren.«

Tante Karoline, die alle Vorgänge so genau verfolgte, wie

es ihre alten Augen nur irgend noch gestatteten, meinte, dass sie auch diese Faxen gewiss aus den vielen neumodischen Zeitungen her hätte.

»Aber es sieht ja ganz nett aus«, schloss sie und rückte sich zurecht, um weiter zu gucken.

Spreemann behagte am meisten das dauernde Gedudel des Leierkastens, das alle diese Faxen begleitete. Ohne Unterbrechung spielte man immer wieder aufs neue das lange Lied vom Herrn Schmidt mit den vielen Töchtern.

Wenn Spreemanns Lieblingsvers herankam, summte er mit tiefer Freude den Text dazu:

»Herr Schmidt, Herr Schmidt,
Was kriegt das Malchen mit?
Das Malchen, das ist gut und brav.
Wer sie bekommt, der kriegt ein Schaf.«

Und dann wartete er behaglich ab, bis das Lied wieder von vorn begann und sich von neuem diesem hübschen Verse näherte.

Dann und wann fing er eine dicke Fliege, die seine feuchte Stirn als durstlöschenden Quell ausnutzen wollte, freute sich darüber, rauchte und gähnte.

Das war so ein rechter Sommersonntag.

»Nicht zu glauben, dass man in Kriegszeiten lebt«, sagte er und zog die Pfeife an, dass sie Funken stob.

Zweites Kapitel

Friedlich war dieser sonnige Tag in die Nacht gesickert. Man hatte die Fenster offen halten können, bis man schlafen ging. Und während man um den Abendtisch saß, hörte man von der Straße her das Lachen und Geplauder der heimkehrenden Ausflügler.

Um acht wurde Tante Karoline müde. Jeder der langen Zwillinge reichte ihr feierlich einen Arm, um sie im Polonaisenschritt nach Haus zu geleiten.

»Ist es möglich, dass man diese Riesen auf den Knien geschaukelt hat«, sagte sie, und mit einem glücklichen Lächeln in den verhutzelten Zügen ließ sie sich davonführen.

In der Tür gab es noch eine kurze Begrüßung. Kreisrat Giesecke kam mit seiner Rätin noch einen Augenblick herunter. Er berichtete die neusten Kriegsmeldungen und versicherte, dass man bald Sieg und Frieden haben würde. Und die Rätin notierte sich rasch das Rezept der roten Himbeergrütze, die Madame Lieschen so vortrefflich zu bereiten verstand.

Denn eigentlich war es ein Abschiedsbesuch. In wenigen Tagen verließ die Familie Giesecke ihre alte Wohnung. Man war pensioniert und zog zur Stadt hinaus. Wo man für wenig Miete sehr viel Luft und grüne Bäume hatte.

Sie kannten schon Spreemanns künftigen Nachbarn. Es war ein Schuhfabrikant. Einer von den neuen Männern, die mit den neuen Maschinen das alte Handwerk ruinierten.

»Es wird sich manches verändern«, sagte der Kreisrat.

Und ehe sie sich empfahlen, erzählte er noch, dass auch das ehemalige Haus des Herrn Jung – der nun längst viel höher geflogen war als alle seine Tauben – ein drittes Stockwerk aufgeklebt kriegen sollte.

»Sie können jetzt nicht hoch genug hinaus«, sagte er.

Aber Spreemann hatte das alles wenig berührt. In tiefem Sonntagsfrieden waren Herz und Gedanken bei seinem Lieschen, seinen großen Jungen und seinem Geschäft geblieben. Alles andere lag weit draußen.

Aus unserem Innern aber wächst unser Schicksal.

Wie oft dachte Spreemann an diesen Sonntag zurück. Je mehr Zeit sich dazwischenschob, umso friedlicher und sonniger leuchtete er auf.

Er wurde ein Markstein.

War es nicht der letzte Tag gewesen, wo man sich so recht am richtigen Platze gefühlt? Als Mann, der es zusammen mit seiner Zeit zu etwas gebracht hatte.

Nur dass man vergessen, dass uns die Zeit, die uns großzieht, auch auffrisst. Langsam mästet sie uns. Bedächtig kaut sie uns ...

Schon am anderen Morgen regte sich fremde Unruhe in den stillen Stuben.

Lieschen ließ Spreemann aus dem Laden rufen. Sie hatte mit ihm zu sprechen.

Was war es?

Lieschen hatte unter Christians Kopfkissen Zeichnungen gefunden. Rundliche, sehr rundliche Frauengestalten. Ohne jede Art von Kostümierung. Trotzdem Christian gerade in der Bekleidungsbranche hätte bewandert sein müssen.

Spreemann sah sich die Zeichnungen genau an. Er setzte seine neue, schärfere Brille dazu auf und meinte, dass sie wohl übertrieben, aber eigentlich recht nett seien.

Lieschen zog ihm die Blätter ärgerlich fort und sagte, dass dies Nebensache sei. Es war nicht zu fassen, woher der Junge diese Ideen habe. Denn auf der Handelsschule sehe er doch auch nicht dergleichen Unrat.

»Unrat sei zu viel gesagt«, lenkte Spreemann ein.

Aber Madame Lieschen sagte, dass seine väterliche Nachsicht hier zu weit ginge.

Schließlich schien es beiden das Ratsamste, den Geheimrat zu fragen.

Der Geheimrat war niemand anderes als Sanitätsrat Knapp, der inzwischen einen Rang höher und damit auch dem Himmel um viele Stufen näher gestiegen war. Er hörte schlecht, und sein alter Kopf verwechselte Namen und Ziffern. Aber da er sich immer noch darauf beschränkte, der Natur ihren Lauf zu lassen oder Brustpulver und Baldrian zu verordnen, brachte seine gütige Praxis niemandem Schaden. Eine Verwechselung dieser Medikamente war ungefährlich.

Mamsell Lieschen schrie ihm ihre Sorgen durch das Hörrohr zu. Es war sehr peinlich, und obendrein verstand sie der Geheimrat nicht. Da legte sie ihm einfach die Zeichnungen vor.

Er schmunzelte und verstand.

Nachdem er sie eingehend untersucht hatte, versuchte er auszurechnen, wie alt die Zwillinge waren. Er erinnerte sich noch so genau, wie wenn es heute gewesen wäre, dass er seinen Frühschoppen aufgeben und seine Pfeife ausklopfen musste, als man ihn zu Madame Lieschen gerufen hatte. Aber mit den Zahlen haperte es.

Madame Lieschen half ihm nach. Der Junge war siebzehn Jahre alt.

Der Geheimrat nickte zufrieden. Das stimmte. Dabei wäre durchaus nichts Beunruhigendes. Vielleicht ein bisschen Baldriantee am Abend und turnen und schwimmen. Aber in der Hauptsache müsse man die Natur ihren Lauf gehen lassen. In jenem glücklichen Alter haben die jungen Leute nun einmal sehr viel Phantasie.

»Ja, wenn man noch einmal so jung sein könnte«, sagte

er zum Schluss seiner Verordnungen. Er seufzte, stand steifbeinig auf, nahm lächelnd eine Prise und humpelte davon.

Madame Lieschen fand, dass der Herr Geheimrat wirklich alt geworden war. Die fünfzehn Groschen für seinen Besuch hätte man sparen können.

Aber sie goss doch Baldriantee auf. Das Geld für den Arzt sollte doch nicht so ganz und gar herausgeworfen sein.

Der scharfe Geruch des Tees erinnerte sie an die zarte Zeit, ehe sie die Jungen erwartete. Es wurde ihr weich und wehe im Herzen.

Böse konnte man den Jungen nicht sein.

Darüber waren sich Klaus und Lieschen einig, als sie sich bei Tisch gegenübersaßen und beide die Sache noch einmal besprachen. Sie waren heut allein. Die Jungen hatten gleich nach dem Unterricht einen Ausflug nach Tempelhof unternommen. Wo sie schwammen und turnten. Nur des Vaters wegen waren sie am gestrigen Sonntag zu Haus geblieben. Heut aber holten sie den Feiertag nach.

Nach langem Grübeln waren Vater und Mutter übereingekommen, die bewussten Zeichnungen wieder dahin zurückzulegen, wo man sie gefunden hatte. Mochte Christian denken, dass sie niemand gefunden. Das ersparte allen miteinander Peinlichkeit und Beschämung.

Vorsichtig ging Lieschen mit den Blättern in das Schlafzimmer.

Als sie zurückkehrte, war sie rot im Gesicht, als ob sie am Herd gestanden hätte. Sie sagte, dass ihr zu Mute sei, wie wenn sie sich mit der Sünde auf einen Fuß gestellt habe. Man hätte den Unrat doch vielleicht verbrennen müssen.

»Nur keine Gewalttätigkeiten«, sagte Spreemann, »es kommt alles zurecht.«

Zum Abendbrot waren die Jungen wieder da. Voll von Wiesenluft und Appetit. Sie hatten Eichenlaub am Hut und Kornblumen im Knopfloch. Wie Raubtiere stürzten sie sich auf die Bratwurst mit Sauerkohl, die ihnen die Mutter vorsetzte.

»Die ganze Stadt könntet ihr ablaufen, ehe ihr wieder jemanden findet, der so zu kochen versteht wie eure Mutter«, sagte Spreemann, der sich über ihren Wolfshunger freute.

Kaum dass sie satt waren, gähnten die Jungen und wollten schlafen gehen.

Als sie in ihrem Zimmer verschwanden, bekam Lieschen so starkes Herzklopfen, dass sie sich an der Tischdecke halten musste.

Sie hatte nämlich auch neben Hansens Bett eine Tasse Baldriantee gestellt. Er war ja ebenso alt als Christian. Er hatte wahrscheinlich auch ebenso viel Phantasie.

Neben die Tassen hatte sie, nach einiger Überlegung einen Zettel gelegt, auf den sie geschrieben: Bitte trinken, es wird euch gut tun.

Nun horchten Spreemann und Lieschen gespannt. Die Jungen hatten das Licht angezündet.

Da – ein schallendes Gelächter. Ein brüllendes Gelächter, das immer wieder anschwoll, wenn neuer Atem geschöpft war.

Jetzt miauten sie wie Katzen. Sie foppten wohl den Baldrian aus, dessen Geschmack ja den Katzen bedeutend angenehmer sein soll als den Menschen.

Nun hörte man Spritzen und Geplätscher. Es konnte kein Zweifel walten, sie gossen den Inhalt der Tassen in den Wassereimer. Unter Pfeifen und Gejohle.

Lieschen fuhr zusammen. Der schreckliche Tag war ihr eingefallen, jene große Stunde, wo der arme Herr Hirschhorn Herrn Spreemanns kleinen Zeh verwundete.

Drinnen pfiff und johlte es weiter.

»Sie lachen mich aus«, sagte Lieschen. Tränen kugelten über ihre Backen, auf denen sie manchen Fahrstreifen fanden.

Spreemann sah hoch und folgte mit Staunen ihrem raschen

Lauf. In den letzten Jahren hatte er ganz vergessen, wie leicht Lieschens Augen tropfen konnten. Auch seine Erinnerung ging zurück.

»Meine Jungen lachen mich aus«, wiederholte Lieschen.

»Na, na«, sagte Spreemann. »Aber gewiss, sie haben nun schon ihre eigenen Anschauungen und Meinungen. Sie bewundern nicht mehr alles an uns. Das hab ich längst heraus. Aber das muss wohl so sein. Und – immerhin – in diesem Fall fällt doch alles auf Knapp zurück. Ob Baldrian hier das ganz Richtige gewesen ist, ist noch sehr die Frage. Man hat doch heute viele neumodische Mittel für alles, was im Leben vorkommt. Der gute Knapp ist recht alt geworden.«

Lieschen sagte nichts. Spreemann konnte nicht wissen, ob sie seiner langen Rede, die er mühsam zusammengesucht hatte, um sie zu trösten, überhaupt gefolgt war.

Sie starrte in die freundlich erleuchtete Stube, als ob sie in tiefe Finsternis spähe. Sie fand sich nicht zurecht in ihren Gedanken. War denn Altwerden ein ebensolches Unglück als jung zu sterben? Was soll der Mensch denn wünschen für sich und seine Kinder?

Im Zimmer nebenan war es nun still geworden. Wenn man ganz scharf aufhorchte, konnte man deutlich die kräftigen Atemzüge der Schlafenden hören.

Lieschen löschte die Lampe aus, und Spreemann nahm das Licht in die Hand.

Auf Zehenspitzen schlichen sie zu den Schlafenden, um ihnen den gewohnten Gutenachtkuss zu geben.

Abend für Abend war es so gewesen. Kein Wunder, dass man dabei übersehen, dass aus den Jungen Männer geworden.

Auch heute vergaß man es wieder, sobald man die Schläfer mit glücklichem Lächeln betrachtete.

Da lagen die Zwillinge, der Braune und der Blonde. Mit dem gleichen weichen Lächeln, das einen froh gemacht, wenn sie als Säuglinge nach langem Geschrei plötzlich friedvoll und lieblich eingeschlafen waren.

Wieder einmal kamen Klaus und Lieschen überein, dass sich die beiden kaum verändert hatten. Nur ein wenig länger geworden waren sie.

Aber Lieschens Schlaf wurde doch nicht friedlich in dieser warmen dämmrigen Sommernacht. Immer wieder sah sie aus jeder Zimmerecke große hässliche Köpfe grinsen. Sie glichen Knapp und dann wieder Spreemann und einige Male sogar Hans und Christian. Aber alle kreischten sie: alt – alt – alt.

Drittes Kapitel

Wenige Tage später aber lief ein Freudenlärm durch die Straßen, der alle Privatsorgen ein Stück seitwärts schob. Ein großer entscheidender Sieg beim böhmischen Königgrätz. Der Friede in sicherer Aussicht.

Herzen und Hände bekamen zu schaffen.

Die Zwillinge halfen dem Vater die Ballen des Fahnentuchs, prima Qualität, herbeizurollen, abzumessen, zu schneiden. Die schwarzweißen Tuchrollen schwanden wie Butter unter der Sonne.

Der Laden war voll und warm wie eine Bierstube am Winterabend.

Dabei war eine Nachfrage nach hellen Sommerstoffen und leichten Anzügen, wie wenn Pfingsten vor der Tür stände. Als wäre man bei der Fliederblüte und nicht bei den sauren Kirschen.

Die feinen Herrschaften wollten nun ihre Badereise schleunigst nachholen. Obwohl man auf die böhmischen Bäder auch jetzt noch verzichten musste. Auf dem blutgetränkten Boden wälzte sich die Cholera zwischen den heilsamen Quellen. Aber am Rhein, in Wiesbaden, Kissingen und Baden-Baden konnte man sich rasch noch Stärkung suchen für Herbst und Winter. Man hatte es nötig. Nach solchen Tagen der Erregung.

Die guten Bürger mussten sich von den großen Anstrengungen ihres tapferen Heeres erholen.

Spreemann billigte dies durchaus. Die Kräftigungsreisen der anderen übten auch auf ihn eine ausgezeichnete Wirkung.

Madame Lieschen hatte einen großen Napfkuchen gebacken. Weil sie wusste, dass es Spreemann und die Jungen erfreuen würde. Und weil sie das Bedürfnis hatte, auch etwas besonders Festliches zu vollführen.

Erregt lief sie durch die sommerwarmen Stuben und erwartete Tante Karoline.

Die Zeit verging.

Sie hatte inzwischen wieder einen ganzen Gockelhahn fertig gehäkelt, der im Verein mit anderen eine anmutige Küchengardine abgeben sollte. Sie hatte dabei dem feierlichen Glockengeläut des Sieges gelauscht, hatte Kaffee und die Hälfte des Napfkuchens hinunter ins Geschäft geschickt, und immer noch war Tante Karoline nicht da.

So machte sich Madame Lieschen fertig, um sie abzuholen. Denn sie fühlte, dass sie nicht länger imstande sei, an solchem Tage mit stummem Munde dazusitzen.

Mit zufriedenem Lächeln eilte sie an der Ladentür vorüber, die geöffnet war und auf einen Blick erkennen ließ, wie gut das Geschäft heute ging. Ihre schnellen Augen hatten gerade Christian und Hans erwischt, die mit großen Warenballen und schweißtriefenden Gesichtern aus dem Lagerraum emporstiegen. Heute dachten sie gewiss nicht an ihre Phantasien.

Die Einsicht vom Segen der Arbeit im ruhigen Herzen, eilte Madame Lieschen unter Sonnenschein und flatternden Fahnen durchs frohe Gedränge.

Alles war heute glücklich.

Wenigstens störte nichts diesen schönen Glauben der Frohseinwollenden.

So wie es an Sommersonntagen nur Gesunde zu geben scheint, wenn man ins Gewühl der durchsonnten Straßen schaut, so merkte man auch heute nichts von Tränen und Leid. Sieger sind immer die Lebendigen. Das ist die Höflichkeit des Todes und seine Hinterlist.

Auch Madame Lieschen kümmerte sich um nichts anderes,

als was sie sah und hörte. Erst als sie vor den Fenstern Karolines haltmachte und die Vorhänge zugezogen fand, erinnerte sie sich wieder, dass es nicht nur Angenehmes in der Welt gab.

Bestürzt starrte sie auf die geschlossenen Fenster. Vor den Gardinen stand ein Glas mit Kirschkompott, daneben ein anderes mit Bierkaltschale und zwischen ihnen ein Tellerchen, das die Reste eines gutgeratenen Grießpuddings barg.

Das war gewiss kein widerlicher Anblick. Und für Madame Lieschen nicht einmal ein ungewohnter. Denn es gehörte zu Tante Karolines Eigenheit, den Raum zwischen den Doppelfenstern als heimliche Speisekammer zu benutzen. Da von den Zimmern aus die Gardinen diesen Schlupfwinkel schützten, glaubte sie ihre Schätze verborgen vor aller Welt. Ihre alten Augen hatten vergessen, dass man auch draußen nicht blind war, und so ahnte sie nicht, dass die ganze Straße ihre heimlichen Freuden aufs Vergnüglichste verfolgte.

Aber unser Nachbar weiß immer besser um uns Bescheid als wir selbst. Auch wenn wir unsere Geheimnisse nicht gerade unter Glas setzen.

Was aber Madame Lieschen beunruhigte, war ein viertes Glas, in dem ein Hornstiel im Wasser steckte, der ganz einem Medizinlöffel glich.

Dieser Verdacht sollte bestätigt werden, als Madame Lieschen endlich oben war.

Tante Karoline lag mit verbundenem Kopf im Bett. Trotz Sommerhitze und Sieg.

»Hätte ich das geahnt«, rief Madame Lieschen, als sie das verdunkelte Zimmer betrat. »Dann hätte ich doch ein Stück Napfkuchen mitgenommen. Acht Eier und ein halbes Pfund Sultanrosinen. Lecker und locker wie selten. Backbraungold, ohne den geringsten klitschigen Streifen.«

Und dann fragte sie, was Tante Karoline fehle.

Tante Karoline sagte, dass ihr nichts fehle, sondern dass sie etwas zu viel im Kopf zu haben scheine. Denn es bullere darin wie in einem kranken Magen.

Lieschen erwiderte, dass sie dies Gefühl nicht kenne und ob man nicht einen Arzt holen sollte. Nicht den alten Geheimrat, sondern einen jüngeren.

Aber davon wollte Tante Karoline nichts wissen, sie wollte weder einen alten noch einen neuen Arzt.

Sie sagte: Die Alten verständen gar nichts, dafür hätte sie einen gründlichen Beweis. Denn sonst hätten sie ihren Seligen nicht in seinen besten Jahren sterben lassen. Die Neumodischen aber wären ganz gefährlich. Sie wollten alles besser als die Kranken selbst wissen. Wenn einem der Kopf weh tue, behaupteten sie, dass es die Leber sei. Erst kürzlich hatte ihr eine Bekannte dies erzählt.

Lieschen schwieg. Von der Leber und von den Ärzten verstand sie nicht viel. Aber Tante Karoline kam ihr sehr verändert vor. Ihr Gesicht sah wieder hart und spitz aus wie in früheren Jahren. Wie damals schien sie auch wieder ärgerlich und trotzig irgendeine feindliche Macht bekämpfen zu wollen.

»Du brauchst mich gar nicht so anzustarren«, unterbrach sie jetzt Lieschens Beobachtungen. »Es hat gar nichts auf sich. Nächsten Sonntag bin ich wieder bei euch wie immer.«

Sie richtete sich mit einem Ruck in die Höhe.

»Du glaubst es wohl etwa nicht? Wer sollte mich daran hindern? Wer?«

Lieschen versicherte, dass sie nicht im geringsten am Gesundwerden der Tante zweifle. Aber es wurde ihr recht bange zu Mute.

Die Tante lag jetzt mit geschlossenen Augen in den Kissen und murmelte mit sich selbst.

Lieschen fragte sich verwundert, wie es möglich sei, dass einem vor der guten Tante Karoline unheimlich sein könne, und laut fragte sie, ob sie nicht die Fenster ein wenig öffnen sollte.

Die Kranke schwieg.

Draußen zog Musik vorbei. Irgendein Verein brachte dem Sieg seinen Tribut. Die Scheiben klirrten von den kräftigen Paukenschlägen.

Tante Karoline fuhr auf und stöhnte über den Lärm.

»Es ist nur wegen des großen Sieges«, sagte Lieschen und war froh, nun endlich von dem Sieg, dem guten Geschäftsgang und den Kurreisen der Vornehmen anfangen zu können. Nun würde gewiss Friede für alle Zeit werden.

Aber Tante Karoline schüttelte den verbundenen Kopf.

Sie sagte, dass die Menschen sich nicht zu benehmen verständen. In jedem Frieden stecke schon heimlich wieder ein neuer Krieg. Sie kenne das. Sie war nun älter als das Jahrhundert selbst.

Dann murmelte sie etwas, das sich so anhörte, wie wenn sie über die Größe der Erde schelte, der allein sie's zu verdanken hätte, dass Mariechen so weit von ihr fortgeraten sei.

Von Zeit zu Zeit musste ihr Lieschen einen Löffel Medizin geben, die sie gierig einschluckte.

»Das hilft«, sagte sie.

Und erzählte, dass sie diese Arznei schon als Kind von ihrer Mutter bekommen und sie auch immer Mariechen gegeben habe, wenn dem Kinde etwas gefehlt hatte. Sie habe einen wunderschönen Zimtgeschmack.

Schließlich legte sie sich zurück und schien eingeschlummert zu sein.

Als die Dämmerung kam, stand Lieschen auf und ließ die Magd neben dem Bette Platz nehmen. Dann eilte sie nach Haus, so rasch, als es das freudige Gedränge zulassen wollte …

Spreemann hatte inzwischen den Laden geschlossen. Heute hatte er sein Brot vollkommen bibelgerecht verdient. Im Schweiße seines Angesichts. Aber es war auch ein reichlicher Happen geworden.

Jetzt hatte er sich eine wohlverdiente Pfeife angezündet, sah vom Lehnstuhl aus in das festliche Getümmel, das über den Platz flutete, und dachte nach, was das eigentlich alles für innere Organe sein konnten, für deren Instandhaltung die Begüterten so viel Geld ausgeben mussten.

Der Schlächtermeister, der sich noch kurz vor Ladenschluss Stoff zu einer Leinwandjacke holte, hatte verächtlich die Schultern gezuckt und erklärt, dass es im feinsten Menschen nicht anders aussehe als in jedem Ochsen. Herz, Leber, Lunge, Magen, Nieren, Milz und Galle machen bei dem einen wie dem anderen den ganzen Klimbim aus. Und er sehe nicht ein, warum die nicht ebenso gut hier in Berlin funktionieren sollten wie in einem Badeort.

Jeder sieht die Menschen mit seinen Augen. Keinen kann es erfreuen, wenn ihm gerade in der heikelsten Jahreszeit die besten Kunden davonfahren.

Darum sah Spreemann die Weisheit des Schlächters nicht ganz für voll an.

Jedenfalls merkte er jetzt deutlich, dass der Mensch einen Magen hatte. Wo blieb nur Lieschen?

Da kam sie über den Platz. Stattlich schob sie sich durchs Gedränge.

Spreemanns Gesicht erglänzte.

Als sie das Zimmer betrat, rief er:

»He, Mamsell Lieschen, woher so spät?«

Wenn er gut gelaunt war, nannte er seine Madame gern Mamsellchen. Um sie an manches zu erinnern, was vordem lag.

Aber Lieschen lächelte nicht zurück. Sie beeilte sich zu erzählen.

Spreemann konnte nicht verhindern, dass er tüchtig erschrak. Trotzdem ihm der Schlächter erklärt hatte, dass man vor allem aufpassen müsse, dass einem nichts in die Galle fahre.

Und während Madame Lieschen erzählte und erzählte,

hoffte er nur auf die Bestätigung einer alten Wahrheit, nämlich dass Frauen immer übertreiben.

Dieser kleine Trost verhinderte wenigstens, dass ihm der Appetit ganz verschlagen war, als sie nun bei Tisch saßen.

Die Jungen waren nicht dabei. Sie hatten sich mit Wurstbroten begnügt und schon vor der Mutter Rückkehr eine Festpromenade unternommen. Arm in Arm schlenderten sie in freudiger Erregung durchs Gewühl. Ihre Herzen waren jetzt immer bereit, höher zu schlagen für etwas Schönes. Willig klopften sie heute mit für Heimat und Vaterland. Die, wie man im süßen Gedränge deutlich verspürte, nicht nur aus rauen Männern bestanden.

Jedes Alter hat sein Vergnügen.

Spreemann hätte die Siegesaffäre gern am Stammtisch besprochen. Hätte den guten Geschäftsgang gern noch einmal hinter einer großen Weißen mit Himbeer zurückgenossen.

Lieschen aber sagte, dass einer von ihnen beiden bestimmt zu Tante Karoline gehen müsse, sie sich selbst aber nicht in den abendlichen Tumult hinauswage.

So blieb Spreemann nichts anderes übrig, als vor dem Bier noch bei Tante Karoline einzukehren.

Krankenbesuche zu machen war er nicht gewohnt.

Auf Zehenspitzen, wie in den ersten Tagen seiner Vaterschaft, humpelte er, verlegen lächelnd, in das dumpfe Zimmer, das eine kleine Lampe mühsam zu erhellen versuchte.

Endlich saß er neben dem Bett. Aber Tante Karolines verbundener Kopf blieb tief in den Kissen. Da klopfte denn Spreemann mit seinem dicken Knotenstock einige Mal derb auf den Boden.

Er schien damit das Richtige getroffen zu haben. Tante Karoline fuhr auf.

Als sie jedoch die breiten Schulterumrisse eines Mannes sah, glaubte sie den Geheimrat zu erkennen und sagte:

»Ich brauch keinen Doktor.«

Und legte sich wieder um.

Darüber musste Spreemann lachen.

»Das ist auch das erste Mal, dass man mich für einen Studierten hält«, sagte er.

Die Tante kam wieder zum Vorschein.

»Bist du's, Klaus«, sagte sie. »Was willst du denn?«

Spreemann fand, dass ihre Stimme gesund klang, eigentlich sogar vergnügt. Er sagte daher:

»Ich versteh nicht, warum Lieschen dich für krank hält. Sie tat wirklich, als ob's mit dir zu Ende gehen sollte.«

Die Kunst des Diplomaten, zu schweigen, auch wenn man redet, besaß Spreemann nur hinter dem Ladentisch. Für den Privatverkehr reichte sein Talent nicht aus.

Tante Karolines umwickelter Kopf rückte ihm bedrohlich näher.

»Bildest du dir vielleicht auch ein, dass ich krank bin?«, fragte sie.

Spreemann war es gleich so vorgekommen, wie wenn er sich nicht sehr geschickt ausgedrückt hatte. Er sagte eilig, dass der Irrtum gewiss nur entstanden sei, weil sie heute im Bett liege.

Sie aber fragte, ob es ein Wunder wäre, wenn ein anständiger Mensch zu nachtschlafender Zeit in seinem Bette zu finden sei.

Nein, das konnte Spreemann nicht verwunderlich finden.

»Nun also«, sagte Tante Karoline. »Am Sonntag werde ich bei euch sein wie immer. Wer soll mich daran hindern? Wer?«

Spreemann fand das alles gesund und vernünftig. Es tat ihm leid, dass er sich vor dem Abendbrot unnütz erschreckt hatte, und er freute sich, dass Tante Karoline nichts fehlte.

Er drückte ihre heiße Hand und beeilte sich, auf dem kürzesten Wege zu Klausings Weißbier zu kommen …

Wer sollte Tante Karoline hindern? Wer?

Auf Schritt und Tritt schielen wir zur Seite, ob er nicht

schon neben uns marschiert. Aber wir reden nicht gern davon ...

Tante Karolines Kopfweh nahm zu, und sie verschob ihren Besuch auf den nächsten Sonntag.

»Ich werde diesen Sonntag zu Haus bleiben, um mich auszuruhen. Trotzdem es mir ein leichtes wäre, zu euch hinüberzuspringen«, sagte sie.

Nicht einmal, sondern jedes Mal, wenn sie aus ihrem Halbschlaf auffuhr. Sie hatte auch zugegeben, dass Geheimrat Knapp sie untersuchte. Arzt und Patientin hörten schlecht. Aber sie verstanden sich doch. Tante Karoline erklärte ihn sogar für einen ganz gescheiten Mann, als er ihr versicherte, dass sie am Sonntag wieder ausgehen werde. Und der Geheimrat lächelte zufrieden.

Nicht in jedem Beruf darf man sagen, was man denkt.

Einige wenige Sommertage summten noch lang und warm an dem schmalen Krankenbett vorüber. Wenn die alten Augen matt und müde in die Helle blinzelten, fielen sie auf Lieschen, die einen Gockelhahn häkelte. Im Halbschlummer aber hielt sie diese Gestalt für Mariechen. Dann lächelten die welken Lippen.

Hin und wieder kamen die großen Jungen durch die Tür und fragten mit ihren rauen Stimmen, wie es gehe. Meist mühte sich die Kranke auf, um ihnen lächelnd zu sagen, dass ihr nichts fehle und sie am Sonntag wieder bei ihnen sein werde, wie immer.

Aber am Sonntagmorgen richtete sie sich plötzlich hoch, so rasch, dass Lieschen nicht einmal ihr geübtes Lächeln ins betränte Gesicht setzen konnte, und sagte:

»Na, lassen wir das Lügen. Wenn er mich abrufen will, wird er wissen warum.«

Bald darauf wurden die Fenster ihres Zimmers weit geöffnet. Sommer und Sonntag fluteten ein.

Hier war's vorbei mit Enge und Bedrücktsein.

Viertes Kapitel

Mütter sind rascher als Kinder.

Erst am Beerdigungstage stand Mariechen an der Mutter Bett. Sechzehn Jahre hindurch hatte immer etwas anderes ihr ersehntes Kommen verhindert. Nun war sie da.

Sie war eine starke, schwere Dame geworden, mit breitem, vollem Gesicht und dreifachem Kinn. Tante Karoline hatte von ihr stets wie von einem kleinen Kinde gesprochen. Unwillkürlich hatten sich die anderen angewöhnt, in gleicher Weise an Mariechen zu denken. So befremdete ihr stattlicher Anblick. Man brachte kein »du« zustande, und auch Mariechen redete die Verwandten mit »Sie« an. Es war gut, dass man hauptsächlich zusammen weinte. Denn Lieschen wusste gar nichts mit dieser Dame aus dem Ausland zu sprechen.

Als sie gesagt hatte, dass sie niemals in ihr das magere Mariechen wiedererkannt hätte, sagte die Weitgereiste, dass man alte Zeiten ebenso ruhen lassen müsse wie die Toten.

Sie war selbstbewusst und bestimmt. Man merkte, dass sie ihr gutes Auskommen hatte.

Das verriet sich nicht allein, wenn sie sprach. Auch wenn sie gähnte, bekam man Beweise dafür.

»Sieh nur, diese Goldplomben«, flüsterte Lieschen bewundernd und gab Spreemann einen heimlichen Ellenbogenstoß, als Mariechen den Mund in Reisemüdigkeit weit auseinandersperrte.

Ja, wenn Tante Karoline das hätte sehen können.

Lieschen schluchzte ins Taschentuch.

Sie hätte viele Grüße und Bestellungen von Tante Karoline auszurichten gehabt.

Zum Beispiel, dass Mariechen in dem großen kalten Russland das ganze Jahr hindurch wollene Untersachen tragen müsse und doppelte Strümpfe und dicke Stiefel ... Warme Füße, warmes Herz.

Aber Lieschen wagte es dieser feinen Dame nicht zu sagen.

Außerdem wollte Mariechen gar nicht nach Russland zurück. Was Tante Karoline so heiß gewünscht hatte, wurde Wahrheit. Mariechen kehrte heim ins Vaterland. Ihr Gatte, Alexander, den Tante Karoline gesund gepflegt, aber dessen Namen sie stets mit dem gleichen feindseligen scharfen Akzent betont hatte wie den des großen Räubers Napoleon, wollte in Dresden eine russische Zigarettenfabrik gründen. Es gab dort schon zwei von dieser Art, die gut florierten.

»Diese neumodischen Glimmstielchen«, sagte Spreemann verächtlich.

»Wächst denn in Dresden so viel Tabak?«, fragte Lieschen. Weil sie sich wunderte, dass etwas florierte, das nicht in Berlin war.

Mariechen überlegte einen Augenblick lang und schnäuzte sich ins tränenfeuchte Taschentuch. Dann sagte sie, dass sie das nicht wisse. Aber in Russland, wo es so viele derartige Fabriken gäbe, wachse wohl auch keiner. Wahrscheinlich hätte der Tabakwuchs gar nichts mit solchen Unternehmungen zu tun.

Leider wurde diese wirtschaftliche Debatte nicht weitergeführt. Denn man hatte sie in der breiten Kutsche begonnen, in der man Tante Karolines Sarg folgte.

Tante Karoline, die seit ihrem Hochzeitsstrauß keine Blume mehr erhalten hatte, denn von da an hatte man ihr lieber Praktisches gebracht, fuhr unter einer Last von frischen Sommerblumen ihren letzten, staubigen Weg.

Nicht nur weil Rosen jetzt so billig waren. Die Verwandten hatten der Dame aus dem Auslande zeigen wollen, dass man auch in Berlin nicht darbte ...

Als die Familie Spreemann von dieser kummervollen und glühend heißen Landtour heimkehrte und die von Staub und Tränen gebeizten Augen zu kühlen versuchte, meldete das Mädchen, dass der Herr von oben heruntergestiegen sei und wartend in der guten Stube sitze.

Die Gedanken der Familie waren noch weltabgewandt. Weilten noch bei Predigt und Grab. Daher zuckte man bei dieser Nachricht beunruhigt zusammen.

Erst nach einiger Überlegung sagte man sich, dass der Herr von oben nichts Unnatürliches sein könne, sondern dass es sich um den neuen Nachbarn handeln müsse.

Dass man Besuche abschlagen könne, die schon in der guten Stube sitzen, wussten Spreemanns nicht. In den ganz feinen Manieren waren sie noch ungeübt.

So trockneten sie die feuchten Augen so gut es gehen wollte und begaben sich alle vier nach der guten Stube. Allen voran der Hausherr.

Aus dem bequemen Armstuhl erhob sich ein großer, breiter Herr mit schwarzgewichstem, langem Schnurrbart. Er stellte sich vor als Josef Slovitzka, Schuhwaren en gros. Neben ihm machte ein junges Mädchen, das kein Kind mehr war, aber auch noch keine junge Dame, einen zierlichen Knicks nach dem anderen vor Herrn und Madame Spreemann.

»Mein Töchterchen Ilka«, sagte Herr Slovitzka.

Spreemann erklärte nun auch die Seinen, indem er ihre Namen aufrief und dabei mit dem Zeigefinger auf die Betreffenden zeigte.

Nach mancher Verbeugung und vielem Händeschütteln saß man sich endlich gegenüber.

Herr Slovitzka sagte, wenn man miteinander das gleiche Dach teile, müsste man sich auch kennenlernen und Freundschaft halten.

Herr Spreemann erwiderte, dass das schon seine Richtigkeit habe, nur müsse der Herr entschuldigen, wenn er heute sehr störe, weil sie gerade von einem Begräbnis zurückkämen und recht traurig gestimmt wären.

Herr Slovitzka verbeugte sich mit seinem Sessel und sagte, dass ihm dies außerordentlich leid täte. Aber dieses peinliche Zusammentreffen sei der beste Beweis für die Notwendigkeit seines Hierseins. Da wohne man unter demselben Dache, ohne derartiges voneinander zu wissen.

Dann fragte er, wie alt der Herr Onkel gewesen wäre.

Spreemann sagte, dass es sich in diesem Falle um eine Tante handele und dass sie siebzig Jahre gewesen.

»Nun, sehen Sie«, sagte Josef Slovitzka zufrieden. Wie wenn er zu einem kulanten Geschäftsabschluss gratulierte. »Das ist ja ein hohes Alter. Was will man mehr.«

Dann sagte er, dass, wenn die Toten begraben wären, der Trost ins Herz kehre. Er spräche aus Erfahrung. Denn er hatte seine geliebte Gattin verloren, als Ilka, sein Kind, kaum ein Jahr alt gewesen.

Alle sahen auf Ilka. Sie lächelte und begann an dem buschigen Ende ihres dicken, schwarzen Zopfes zu kauen, das eine große Seidenschleife schmückte.

Herr Slovitzka erzählte weiter. Er teilte mit, dass er aus Böhmen sei und nach Berlin gekommen wäre, weil man ihm sagte, dass das Geld hier auf der Straße läge. Auf der Straße hätte er's allerdings nicht gefunden. Aber immerhin …

Herr Slovitzka machte eine Pause und zog seine bunte Weste stramm, über die sich eine breite, goldene Uhrkette zog, an der neben Ilkas ersten Zähnen ein goldener Stiefel und eine große Korallenhand hingen.

Madame Lieschen zermarterte sich den Kopf, um etwas herauszufinden, was zur Unterhaltung beitragen half. Aber sie konnte immer nur denken, dass es Sonntag wäre, wie immer, dass man guten, starken Kaffee trinken werde, aber dass Tante Karoline bei diesem schönen Sommerwetter unter der Erde lag.

Und so störte sie das nette Beisammensein immer aufs neue durch ruckweises Schluchzen.

Plötzlich fiel ihr etwas ein. Sie sagte, wenn Herr Slovitzka ohne Gemahlin sei, hätte er gewiss eine Wirtschafterin. Und sie fragte, ob er zufrieden mit ihr wäre.

Guter Wille hilft oft weiter als alle Weisheit.

Madame Lieschen hätte ihrem Nachbar keine angenehmere Frage stellen können als diese.

Er lachte dröhnend auf, bat aber sofort darauf um Entschuldigung, dass er die Trauerstimmung gestört habe. Aber die verehrte Madame Spreemann hatte mit ihrer Frage seinen kitzligsten Punkt berührt.

Er hatte Wirtschafterinnen gehabt, so viel, wie Ilka Jahre zählte. Ohne abergläubisch zu sein, wäre er nun bei der Zahl dreizehn angelangt. Wenn ihm die Herrschaften ihren Gegenbesuch machen würden, worauf er bald rechnete, sollten sie sie alle zu sehen bekommen. Er habe sie alle aufgehängt. Bis auf die letzte natürlich, die einstweilen noch in Küche und Haushalt waltete.

Als er sah, dass Madame Lieschen erschreckt zusammenfuhr, lächelte er wieder schallend laut und erklärte zu aller Beruhigung, dass er sie leider nicht lebendig aufgehängt hätte. Sein Musterzeichner hatte ihm von jeder, die ihn verließ, ein getreues Konterfei anfertigen müssen, das nach ihrem Fortgang die Wand zu schmücken hatte. Wenn er schlecht gelaunt sei, brauche er sich nur zwischen diese Bilder zu setzen. Das Gefühl, alle diese Weibspersonen wieder los zu sein, stimme ihn sofort unbändig heiter.

»Was es alles gibt«, sagte Spreemann.

Herr Slovitzka fragte, ob Herr Spreemann so jung gefreit habe, dass er in dieser Beziehung ganz ohne Erfahrung sei.

Herr Spreemann sagte, dass er schon ein Vierziger gewesen, als er es mit der Ehe probierte.

Darüber war Herr Slovitzka sehr erfreut.

Er meinte, da würden sie manche gemeinsame Erinnerung miteinander auszutauschen haben.

Schwer und richtig begann er sich nun über sein Pech mit den Wirtschaftsmamsellen auszubreiten, das er mit vielen Beispielen zu erläutern suchte.

Madame Lieschen pochte mit ihrem Schuh heimlich an Spreemanns Füße, dass er nur nicht verrate, dass auch sie einmal solche Mamsell gewesen.

Aber Spreemann hatte sein verschwiegenes Geschäftslächeln auf dem tränenrauen Gesicht und klopfte beruhigend zurück.

Die junge Ilka sprach gar nichts. Sie lächelte nur zu dem schwarzen Hans und dem blonden Christian hinüber, deren verweinte Gesichter schon rot wie Liebesäpfel waren.

»Und alle wollen sie geheiratet sein. In jedem Bouillonauge schwimmt ein heimlicher Trauring«, rief Herr Slovitzka jetzt und wollte vor Lachen über seinen gelungenen Vergleich platzen. Alle Erinnerung an die Trauerstimmung war ihm abhandengekommen.

Lieschen tippte wieder warnend an Spreemanns Füße. Nur nichts verraten.

Wer selbst erzählt, amüsiert sich stets am besten in der Gesellschaft!

Aber Herr Slovitzka war gewohnt, den Leuten aufs Schuhwerk zu sehen. So musste ihm schließlich Madame Lieschens Gebaren doch auffallen.

Er riss erstaunt die Augen auf. Für Verliebtheit konnte er es bei der Ehrbarkeit und auch bei den Jahren seiner Wirte nicht nehmen. Spott konnte es auch nicht sein. Denn sie sahen ganz ernsthaft aus. Jedenfalls war es ein sonderbares Benehmen für Leute, die eben von einer Beerdigung kamen.

Aber alles wissen zu wollen macht Kopfschmerzen. Er hatte sich immerhin ganz nett unterhalten. So stand er denn auf, auch Ilka sprang vom Stuhl, und unter der Versicherung vieler guter Sachen versprach man sich ein baldiges Wiedersehen und schied.

Die Gedanken der Familie Spreemann konnten wieder zu Tante Karoline zurückkehren, und das Mädchen durfte endlich die kühle Kirschsuppe mit den kleinen Zuckermakronen auf den Tisch setzen.

Man löffelte. Durch die Spalten der grünen Jalousie surrte der warme Sommersonntag. Man fühlte sich behaglich, obwohl man es wirklich nicht wollte und sich ehrlich mühte, an Tante Karoline zu denken.

Aber man hatte noch die laute Stimme des neuen Nachbarn im Ohr.

»Das Töchterchen hat eigentlich gar nichts gesprochen«, sagte Spreemann und schlürfte den süffigen Kirschsaft vom Löffel.

»Das scheint mir auch so«, bestätigte Madame Lieschen.

»Sie ist aber reizend«, sagten da Hans und Christian ganz zu gleicher Zeit, wie ein gut geübter Kirchenchor.

Darauf entstand eine Pause. Sodass die Worte sich noch lange über dem Tisch drehten und die mit Fliegenpuscheln beschützte Lampe umsummten.

Oben aber saß Ilka auf dem Küchentisch neben der noch nicht gehängten Mamsell.

Sie machte mit spitzen Fingern rote Beeren aus einer vollen Obstschüssel und sagte:

»Der Blonde bei Spreemanns ist süß, Mamsellchen.«

Fünftes Kapitel

Wer stirbt, stirbt sich selbst.

Das einzig Gute an dieser unangenehmen Wahrheit ist, dass man sie nur an anderen bestätigt sehen kann.

Madame Lieschen hatte sich überhaupt nicht vorstellen können, wie die Tage ohne Karoline weitergehen sollten.

Bis sie eines Tages bestürzt bemerken musste, dass dichter Efeu das Grab umspann und eisiger Winterwind darüber hinfegte.

Wo waren die Tage geblieben? Sie waren rascher gelaufen als alle anderen.

Tante Karolines kleiner Haushalt war von selbst zerfallen, als man daran zu rühren begann. Das wenige, das noch einigermaßen zusammenhing, hatte Mariechen nach Dresden genommen.

Madame Lieschen hatte sich darüber gewundert. Zumal das reiche Mariechen kinderlos war. Aber sie hatte zur Antwort bekommen, dass noch niemand auf der Welt zu viel besessen hätte.

Das mochte wohl richtig sein.

Nun war die Zigarettenfabrik schon im Schwung …

Ein großes Paket an die Zwillinge war der Beweis dafür gewesen. Die Jungen pafften wie Schornsteine und lobten Fabrik und Tante.

Madame Lieschen fand, dass dieser neumodische Artikel abscheulich roch und die frisch gestärkten Gardinen verdarb.

Jede Verwandtschaft hat ihre Schattenseiten.

Dagegen zeigte sich Herr Slovitzka als Freund und Nachbar. Er lud gern zu großen Braten mit guten Soßen ein und liebte es, sich zu einem reellen Sonntagskaffee anzumelden. Er erklärte, dass weder eine gehängte noch eine ungehängte Mamsell jemals so vortrefflichen Napfkuchen zu backen verstände wie Madame Spreemann.

Komplimente sind meistens Grobheiten. Aber man nimmt sie nicht übel.

Auch am Stammtisch bei Klausings hatte Herr Slovitzka Platz und Stimme gefunden. Herr Spreemann war zufrieden, wieder einen Begleiter zu haben.

Ilka jedoch, die Kleine, war bei Spreemanns heimisch geworden wie ein Töchterchen. Die Zwillinge waren ihre Ritter. Hans besorgte ihr die Rechenaufgaben und Christian die Aufsätze.

Am liebsten saß Ilka am Fenster. Der immer rührigen Madame Lieschen gegenüber und vergnügte sich damit, die Vorbeigehenden auszulachen.

Madame Lieschen missfiel es, dass Ilka stets mit leeren Händen dasaß.

Sie meinte, auch über eine Handarbeit hinweg könnte man alles sehen, was draußen vorginge. Das könne ihr Ilka getrost glauben. Eine künftige Frau dürfe nie müßig sein. Dann bekäme sie steife, kalte Finger, die, wenn sie einmal ein Mütterchen sein würde, nicht imstande wären, die Kinderchen zu streicheln und zu betten.

Darüber lachte Ilka, wie sie über alles lachte.

Sie sagte, ihr Papa hätte ihr versprochen, dass sie einmal eine ganz feine Dame sein würde. Sie würde niemals nötig haben, ihrem Manne die alten Strümpfe zu stopfen.

Und sie lachte über Madame Lieschens Hände hinweg, die, schon ein wenig krumm und faltig, ein großes Loch in Hansens Strumpf überbrückten und durchfädelten.

Auch Madame wollte Ilka nicht genannt werden.

Das roch nach Kochtopf. Gnädige Frau würde man sie nennen müssen. In Böhmen sage ein jeder so.

»Das wär mir genierlich«, erwiderte Madame Lieschen und sah erstaunt auf das junge Ding, das sich lächelnd in der Fensterscheibe spiegelte.

Sie nahm dem Kinde nichts übel. Oft war sie zufrieden, dass Ilka nicht wirklich ihr Töchterchen war, und manchmal bedauerte sie es. Das viele Lachen durchwärmte Winter und Haus.

Spreemann war weniger nachsichtig. Die flinken Mädchenblicke nahmen ihm die Gemütlichkeit. Er nannte Ilkas Lachen Gegacker und lutschte in ihrer Anwesenheit stets in brummigem Schweigen an seiner Bärenpfeife.

Wunderlicher aber war, dass die übermütige Ilka sofort unwirsch und trotzig wurde, sobald der blonde Christian ins Zimmer trat.

Nur mit sehr kühler Gnade überließ sie ihm die Ausführung ihrer Schularbeiten, und während sie sich mit Hans aufs beste vertrug, widersprach sie Christian, sobald er seinen Mund auftat.

Als Madame Lieschen sie nach dem Grund ihres wunderbaren Betragens fragte, sagte sie achselzuckend, dass sie die Blonden nun einmal nicht leiden könne. Die erinnerten sie an saures Weißbier.

Christian, der es hörte, lachte laut auf und sagte, dass es ihm ganz ähnlich ginge. Er könne die Schwarzen nicht leiden, denn die glichen der galligen Tinte. Madame Lieschen ermahnte beide, sich nachbarlicher auszudrücken.

Als man ins neue Jahr kam, klirrten Frost und Schlittschuhe. Die Zwillinge kannten es nicht anders, als sich auf künstlich zu Eisbahnen erhobenen Bauplätzen auszutoben. Da zahlte man einen Groschen Eintritt und konnte sich amüsieren, so viel man wollte.

Aber Ilka rümpfte ihr kurzes, slawisches Näschen. Sie war gewohnt, nach der Rousseauinsel im Tiergarten zu gehen, wo man zwischen Pelzen und Uniformen lief.

Einem Anlass zum Vornehmsein soll man nicht ausweichen.

Die Zwillinge begleiteten Ilka. In kurzen Joppen von englischem Stoff und Berliner Schick. Mit Mützen und Kragen aus beinahe echtem Pelz.

Auf Ilkas Rabenhaar saß ein Hermelinkäppchen, zu dem eine weiße Muffe passte, in der außer den runden Mädchenhänden stets eine Bonbontüte steckte. Den Transport ihrer blanken Schlittschuhe überließ Ilka ihren Begleitern.

Madame Lieschen, die außer ihren großen Jungen auch Militärmusik liebte, legte sich Filzsohlen in die breiten Stiefel und wanderte, ebenfalls mit Pelz belastet, vorsichtig übers Glatteis dem Tiergarten zu.

Auf verschneiten Wegen, dicht am Rand der gefrorenen Wasserläufe, spazierte sie langsam auf und ab. Sie freute sich an den bunten Fähnchen, beobachtete das gut gekleidete Publikum, genoss die Musik von des Königs Soldaten und roch den gemütlichen Schmalzduft backender Pfannkuchen. Breit und stolz nickte ihr frohrotes Gesicht, wenn aus der eleganten Menge zwei flotte Jünglinge grüßten, die mit verschränkten Armen übers Eis sausten, ein höheres Töchterchen zwischen sich.

Am Abend, wenn Madame Lieschen wieder vor dem großen Korb mit der auszubessernden Wäsche saß, schalt sie sich faul und vergnügungssüchtig. War sie ärgerlich, mitten am hellen Wochentag, die Hände müßig in der Muffe, bei Musik herumspaziert zu sein.

Aber am anderen Tag war sie doch wieder unterwegs.

Von ihrem Beobachtungsposten aus kannte sie nun schon manchen Eisläufer wie einen guten Bekannten.

Es machte ihr Spaß zu sehen, ob die hohe schlanke Dame, die stets mit dem roten Husarenleutnant lief, heute ihr grünes oder ihr braunes Kostüm tragen werde. Ob das junge Mädchen, das immer ganz himbeerrot wurde, wenn sie der Herr im gefütterten Pelzjackett grüßte, vielleicht heute schon als Braut mit ihm scherzen würde.

So naschte man kleine Freudenrosinen aus dem Brotteig des Alltags. Und nicht nur hier.

Herr Slovitzka war im Schauspielhause abonniert. Sobald ein klassisches Stück gegeben wurde, bat der liebenswürdige Nachbar Madame Spreemann, seinen Platz neben Ilka zu übernehmen.

Da hatte Madame Lieschen häufig Gelegenheit, das Schwarzseidene aus dem Schrank zu nehmen.

Vorsichtig setzte sie sich auf die roten Plüschsessel.

»Alles königlich hier, mein Kind«, sagte sie zu der zierlich geputzten Ilka.

Diese aber äugte zur Galerie hinauf, wo ihre Ritter, die Zwillinge, standen.

Manche Szene wurde zu Haus mit verteilten Rollen wiederholt. Den Monolog der Jungfrau konnte Madame Lieschen auswendig. Und am Ende des Winters sprach sie von Schiller mit der gleichen nachbarlich nahen Vertrautheit wie von Herrn Slovitzka und dem Kaufmann an der Ecke.

Leider teilte Spreemann ihr Entzücken in keiner Weise. Er hatte keinen Sinn für Kunst. Er nannte es geschwollenes Zeug.

Umsonst sagte ihm Lieschen eines Sonntags den ganzen Monolog der Jungfrau und noch manches andere auf.

»Ihr Wiesen, die ich wässerte,
Ihr traulich stillen Täler, lebet wohl,
Johanna wird nun nicht mehr auf euch weiden,
Johanna sagt euch ewig Lebewohl.«

Tränen rollten aus Madame Lieschens Augen.

Spreemann aber zog ungerührt an seiner langen Pfeife, und als Madame Lieschen endlich atemlos war, sagte er, dass er nichts Schönes daran finden könne, wenn ein junges Mädchen die Wiesen wässere. Überhaupt: ein weibliches Wesen, das Soldat werden wollte. Sie sollte Gott danken, dass sie es nicht nötig hatte.

Und damit war Spreemann bei dem angelangt, was seine eigenen Gedanken beschäftigte. Bei dem Soldatenjahr seiner Jungen.

Er hatte herausgefunden, dass man den Frieden nützen müsste, so lange er da war. Je früher die Jungen in den Soldatenrock rutschten, umso schneller würden sie auch wieder heraus sein. Eine Weile lang würde es nun still bleiben müssen, nach zwei solchen siegreichen Kriegen. Sobald aber Gewehr und Flinte wieder am Nagel hingen, würde man auf das alte Firmenschild ein Co. setzen. Jawohl. Im Jahre 1870, wenn die Jungen dem Gesetz nach mündig waren, sollten sie es auch im Leben sein. Wenn jung gefreit gut sein sollte, war jung selbständig zu werden gewiss noch besser. Und dann mochte das Geschäft sich dehnen, so viel es wollte. Sechs Augen sehen mehr als zwei. Sie würden genug sehen.

So schwatzte Spreemann endlich einmal seine geheimsten Gedanken aus. Statt der erloschenen Pfeife brannten zwei Herzen.

»Nun, klingt das nicht hübscher als alle Poesie?«, fragte Spreemann am Schluss seiner Rede und rieb sich lächelnd die rheumatischen Hände.

»Spreemann und Co.«, sagte Lieschen im langsamen Schiller-Ton.

Der Schritt von Poesie zur Prosa ist lange nicht so weit, als man glaubt.

Sechstes Kapitel

So leichtfüßig wie seine Wünsche ist niemand. Es sei denn, dass jemand sich selbst vorausspringen könne. Was schwierig scheint.

Immerhin waren Spreemanns Pläne schon so weit gediehen, dass man sie bei allen Mahlzeiten besprach.

Ilka meinte, dass Hans und Christian als Soldaten jeden Morgen an ihren Fenstern vorüberreiten und hinaufgrüßen müssten.

Als sie hörte, dass man zu Fuß marschieren müsse, war sie sehr enttäuscht.

»Zu Fuß? Pfui!«, rief sie.

Hans meinte, dass sie doch stolz sein solle, dass sie die Rappen aus ihres Vaters Ställen reiten würden.

Da lachte sie.

Auch Spreemann lachte. Der Junge hatte auf alles die rechte Antwort.

Ob Christian von alledem etwas hörte, wusste man nicht. Er war nicht gesprächig. Wenn er wieder eine Frage überhört hatte, riefen Hans und Ilka:

»Christian ist in Schöneberg.«

Der Grund zu dieser Neckerei war, dass sich Christian mit den Schöneberger Verwandten angefreundet hatte und viele Sonntage bei ihnen verbrachte.

Ein Vergnügen, das ihm keiner missgönnte und niemand streitig machen wollte.

Denn in der Mühle herrschte ein dumpfes, gehässiges Schweigen. Wer eintrat, bekam etwas Unangenehmes zu hören. Der Müller war alt vor der Zeit geworden. Sein einziger

Sohn war im Kriege gefallen. War fortgezogen, und niemand hatte ihn wiedergesehen. So glaubte er sich um alles Glück und Gedeihen betrogen. Trotzdem er eine Tochter hatte, die sechzehnjährig war.

Aber Christian war gern dort. Die weiten Wiesen und das Surren der Mühlenflügel gefielen ihm. Auch die blonde Annalise. Sie war stets traurig, aber wurde froh, wenn er kam. Sie war ganz das Gegenteil der schwarzen Ilka.

Weithin gehörten die Felder dem Müller. Wenn er ein Spargeld zusammen hatte, kaufte er ein neues Wiesenstück dazu.

Er wollte sehen können, was er besaß. Der Geldschrank war ihm zu finster.

Seine Verwandtschaft spottete, dass er Sümpfe sammle.

Nur Christian lobte die Wiesen. Wenn sie grün und wenn sie weiß waren. Das brachte eine gewisse Eintracht zwischen ihn und den knurrigen Müller.

»Vielleicht nehmen sie nur Hans zu den Soldaten«, sagte Annalise, hob die Augen von der Häkelarbeit und sah über die Wiesen und Tausendschönchen.

Christian antwortete, dass dies eine rechte Freude für Ilka sein würde, die er ihr nicht gönnen möchte.

»Sorgt auch sie sich um dich?«, fragte Annalise sehr eilig.

»Sie würde mich auslachen«, sagte Christian. »Angst kennt sie nicht.«

Er wurde redselig und erzählte vieles von Ilkas Keckheit.

»Sprich nur«, sagte Annalise. »Es ist gesund, wenn man sich Unangenehmes vom Hals redet.«

Und Christian sprach von Ilka, bis alle Felder im Abendrot standen und er eilig Abschied nehmen musste. Ilka musste ihm wirklich ganz besonders unangenehm sein ...

»Wenn sie nur einen nehmen würden ...«

Auch in anderen Köpfen war dieser Gedanke schon aufgesprungen.» Einen? Aber wen? Man hatte doch jeden so lieb wie den anderen.«

Nur eins war merkwürdig, man konnte sich einen blonden Soldaten nicht so deutlich vorstellen als einen brünetten.

Es sind nicht immer die anderen, die uns betrügen …

Aber besser ist, man weiß, was man will.

Hans litt an keinem Zwiespalt.

Er sagte sich, dass es doch wieder Krieg werden könne und eine Kanonenkugel viel unangenehmer sein könne als Ilkas spitzester Spott. Und wenn auch nicht jede Kugel treffen würde, denn wo gibt's ein Geschäft, wo alles reüssiert – man konnte trotzdem nicht wissen, was einem geschehen könne. Es war kein Handel, der sich berechnen ließ.

Unsichere Abschlüsse aber liebte Hans nicht. Es war Tradition in ihm …

So plante und vermutete sich jeder auf seine Weise durch die Zeit der Erwartung.

Und eines Tages war die Entscheidung da.

Spreemanns saßen wieder um den Abendtisch, über dessen weißem Tuch die Lampe klar und gleichmäßig wie immer brannte. Man aß Rührei und Bückling, wie man es in jeder Woche einmal gewohnt war. Aber heute wusste man plötzlich, dass der blonde Christian Soldat werden würde. Hans aber wegen Weitsichtigkeit dienstfrei geworden.

Ilka, die schon oben mit ihrem Vater gespeist hatte, schwippte zwischen ihnen auf einer Stuhllehne und äugte mit schrägem Kopf nach Christian.

Den ganzen Tag lang umsummte sie heute das Stück eines Liedes: »Und alle Mädchen freuen sich, wenn die Soldaten kommen«, rauschte es beständig in ihre rosa Ohrmuscheln.

Aber die blonde Schmachtmamsell in Schöneberg würde gewiss Tränchen weinen, dass eine ganze Kommission Christian wert befunden hatte, ein Beschützer des Vaterlandes zu werden.

Christian kaute das Rührei, wie wenn es Steine wären. Er

sah vor sich hin. Natürlich dachte er an sie und war in Schöneberg.

Jetzt drehte er doch den Kopf. Kaum, dass Ilka noch Zeit fand, ihre Blicke geschwind auf Hans zu richten.

Christian wendete seine Augen langsam wieder fort. Er hatte sich von etwas überzeugt, das er vorher gewusst hatte. Dass es für Ilka nur Hans gab.

Spreemann und Lieschen hatten viel mit Hans zu reden.

Sie waren über alle Maßen erstaunt. Sie hatten gar keine Ahnung gehabt von dieser sonderbaren Eigenart ihres Sohnes Sehkraft.

Hans meinte, dass man früher doch keinerlei Gelegenheit gehabt, dies zu bemerken. Alles muss sich schließlich einmal zum ersten Mal zeigen.

Sie fragten, ob er nicht eine Brille brauchen werde.

Er war der Ansicht, dass es auch ohne eine solche gehen würde. Genau wie er doch bis heute keine nötig gehabt hätte.

»Bist du froh, dass du frei bist?«, fragte Ilka.

»Es passt zufällig in meine Pläne«, antwortete Hans. »Ihr werdet staunen, was ich vorhabe. Papa soll nicht umsonst vorgebaut haben.«

Madame Lieschen sah von ihm zu Spreemann und fand, dass sich Vater und Sohn ähnlich sahen wie Brüder.

Spreemann aber sagte, dass Hans nicht immer so laut zu sprechen brauche, er sei noch nicht taub. Und dann meinte er, dass »vorgebaut« doch ein etwas schwacher Ausdruck in diesem Falle sei. Hans könne wohl dreist aufgebaut sagen. Hans lächelte. Er öffnete den Mund, wie wenn er reden wollte, aber dann schwieg er.

Madame Lieschen, die ihn beständig beobachtete, weil sie seinen Augen gern das Besondere angesehen hätte, fand die Ähnlichkeit mit dem Vater in diesem Augenblick noch mehr verschärft. Der Junge hatte genau das gleiche Lächeln unter den Augen, das sie bei Spreemann gekannt hatte, als die Jungen klein waren und Dummheiten machten.

Wovon hatte man denn eigentlich gesprochen? Bei aller nachdenklichen Beobachtung hatte sie wieder ganz vergessen zuzuhören.

Mit verlegenem Lächeln bot sie noch einmal das Rührei und den Bratfisch an. Aber alle dankten.

»Bist du bange, weil du Soldat werden sollst, mein kleiner Christian?«, tönte Ilkas Stimme scharf in das Schweigen.

Christian hob ruhig den Kopf und lächelte.

»Froh bin ich«, sagte er. »Wie schön muss es sein, stundenlang auf der Landstraße zu marschieren, weit hinaus – weit – weit – alles hinter sich – und bei jeder Ecke, um die man biegt, – Neues – Unbekanntes vor sich.«

Spreemann, der gerade seine Pfeife anzünden wollte, zog sie erstaunt wieder aus dem Mund. Die Hand um den schwarzen Bären, der mit dem Halsring am Pfeifenkopf klebte, dachte er:

»An wen erinnert der Junge nur jetzt?«

Siebentes Kapitel

Jede Tat zeugt neue Taten. Es gibt keinen Stillstand.

Die Weitsichtigkeit von Hans wirkte weiter. Sein Blick blieb in die Ferne gerichtet. Lief bis über die Grenzen des Vaterlandes.

Sein Vater sollte nicht umsonst gespart haben. Er hatte eine Verwendung gefunden für jene Reservekasse, die seinem Dienstjahr bestimmt gewesen. Auch dieses Kapital sollte Zinsen tragen. Er wollte an die Quelle aller Geschäftstüchtigkeit reisen. Er wollte nach London. Um dem Leben und Handel der Welt einmal auf die Finger zu sehen.

Als Spreemann zum ersten Mal davon hörte, nahm er die Brille ab, die er seit Wochen trug und die ihn noch drückte.

Denn im Gegensatz zu Hans war er ein wenig kurzsichtig geworden.

Sorgfältig putzte er die neuen Augengläser mit seinem großen Taschentuch aus türkischer Seide. Aber er folgte dabei der schnellen Rede seines Sohnes aufs genauste.

Hans ließ ihm nicht viel Zeit zur Zwischenrede. Die Worte überstürzten sich.

Aber als Spreemann die Weite des Reiseziels erfuhr, unterbrach er doch den geschickten Redner.

»Nach England?«, fragte er. Er hielt mit Putzen inne und sagte, wenn er sich nicht irre, liege da sogar ein Stück Meer dazwischen.

Hans machte eine abweisende Handbewegung und sagte, dass diese paar Salztropfen nicht der Rede wert wären. Wenn man erst reise, sei es gleichgültig, ob der Weg einige Meilen mehr oder weniger betrage. Da dürfe man nicht so ängstlich messen. Die Hauptsache sei, dass man auf den richtigen Punkt in der Welt käme. Und er begann London zu preisen, die Königin des Handels, die Hauptstadt der Welt. Mit ihr verglichen sei Berlin ein Dorf.

Spreemann hatte die Brille wieder aufgesetzt. Aber er schaute über die Gläser hinweg.

Dass man Berlin ein Dorf nannte, nahm er nicht schweigend hin.

Er sagte, wer seine Vaterstadt nicht achtet, beschmutze sich selbst. Und sein eigen Tuch solle man nicht mit fremden Ellen messen.

Hans meinte, man müsste mit allen Ellen messen können. Und je mehr Berliner das einsähen, umso rascher würde Berlin eine Großstadt sein. Und nicht nur so tun, wie wenn es eine wäre.

Spreemann schüttelte den Kopf. Er erinnerte Hans an die neuen Pferdebahnen, sagte ihm, dass man doppelt so viele Droschken hätte als vor kurzem. Dass man Gas brannte statt Funzellampen, dass sogar Wasser aus der Wand in die Töpfe liefe, und suchte und fand noch die verschiedensten Vorzüge ihrer Vaterstadt.

Hans lachte zu allem und sagte dann versöhnlich, dass sie sich darum nicht streiten wollten, denn der Vater sollte ja nicht Berlin auf Reisen schicken, sondern nur einen einzigen Berliner.

Spreemann hatte immer genug Verstand gehabt, um sich vor Tatsachen zu beugen. Er sah ein, dass dieser Plan seines Sohnes schon eine halbe Tat war, die er im Innern sogar billigen musste. Denn er war überzeugt davon, dass der rasche Junge denen da draußen manches Neue abgucken würde. Das Geld dazu war ja da. Auch darin hatte der Junge recht. Und noch eins kam dazu. Man schob die große Umwälzung noch ein wenig hinaus. Er hatte sich das in früheren Jahren alles ruhiger und behaglicher vorgestellt. Wie eben alles leichter erscheint, solange es noch nichts mit der Wirklichkeit zu tun hat.

Mochte der Junge seinen Willen haben.

Hans quittierte des Vaters Einwilligung mit einer herzlichen Umarmung. Fest drückte er den kleineren Vater an sich.

Spreemann aber dachte in dieser festen Umklammerung, wie merkwürdig es war, dass dieser große Kerl damals so viel Mühe hatte, die ersten kleinen Zähnchen zu kriegen.

Und dabei fiel ihm Lieschen ein.

»Aber was wird Mama dazu sagen?«, fragte er, als ihn Hans wieder frei gab.

Hans räusperte sich.

»Du teilst es ihr wohl bald mit«, sagte er dann.

Spreemann schüttelte energisch den Kopf.

»Das ist deine Sache, mein Junge. Deine Idee, dein Plan, deine Freude.«

Hans jedoch wollte dem Vater nicht zuvorkommen. Was ihm dieser aber durchaus gestatten wollte.

Diesen hochgemuten Wettstreit unterbrach Madame Lieschen in eigener Person. Ganz ahnungslos.

Als sie noch auf der Schwelle war, sagte Hans, dass der Vater ihr etwas zu erzählen habe. Und rasch und bescheiden war er aus dem Zimmer gegangen.

Spreemann rief, dass das ein Irrtum sei und ihr Hans eine hübsche Neuigkeit zu berichten hätte. Aber als er hinaus wollte, um den Jungen einzuholen, trat sein Nachbar Slovitzka in die Türöffnung. Er kam zum Sonntagskaffee.

Als er von der erregt gewordenen Madame Lieschen hörte, dass hier eine wichtige Mitteilung bevorstände, kam er noch rascher hinein und sagte, wie gut, dass kein Fremder hier sei, da konnten sich die Herrschaften ganz ungeniert aussprechen.

Und er setzte sich erwartungsvoll vor den unangeschnittenen Napfkuchen.

Spreemann begann zu sprechen.

Was er geahnt hatte, traf ein. Bei dem Wort London brach Lieschen in Tränen aus. Sie hatte nicht vergeblich die Schularbeiten der Jungen Jahre hindurch überwacht. Sie wusste auch um das Stück Meer. Sie aber nannte die paar Salztropfen, die Hans als nicht der Rede wert erklärt hatte: den schauerlichen Ozean. Und eine Flut von Salztropfen entströmte ihren Augen. Sollte sie, die schon auf der stillen heimatlichen Spree den einzigen Vater verloren hatte, etwa keinen Abscheu vor dem fremden, tiefen Meere haben?

Es war begreiflich. Aber auch das Begreifliche kann uns erschrecken.

Spreemann sah sich bestürzt im Zimmer um. Bis jetzt hatte er die ganze Angelegenheit nur von der geschäftlichen Seite betrachtet. Es wurde ihm schwül und übel, als Lieschen jetzt alle die Gefahren aufzählte, die Hans bedrohten.

Zuerst würde er auf der Eisenbahn mit einem Güterzug zusammenstoßen. Und nachdem er auf dem rasenden Weltenozean Schiffbruch erlitten, würde er in dieser fremden, großen und furchtbaren Stadt, wo immer eine Epidemie herrschte, krank liegen, ohne irgendjemanden zu haben, der ihn pflegen konnte. Zu alle diesem kam hinzu, dass in dieser Stadt stets ein dichter Nebel wogte, sodass man nicht eine Handbreit vor Augen sehen konnte. Es also klar wie der Tag war, dass sich der Junge schon sofort nach seiner Ankunft in das berühmte Verbrecherviertel verirren würde, woraus kein Fremder lebendig zurückkehrt.

Spreemann tupfte sich mit dem Buntseidenen die Stirn. Alles das war grässlich anzuhören. Es ging einem durch Mark und Bein. Außerdem erinnerte ihn Lieschens langgezogenes Schluchzen an Tante Karolines Beerdigung.

Zum Glück war Herr Slovitzka da.

Er unterbrach Lieschen endlich. Er sagte, dass Madame Spreemann zu schwarz sehe. Er gebe zu, dass auch nur eins von den aufgezählten Unglücken ausreichen würde, um jemandem das Reisen zu verleiden. Aber er müsse doch dem jungen Burschen recht geben. Bewegung muss sein. Die Weltkugel selbst gebe uns dazu ein Beispiel.

Madame Lieschen sagte, dass diese Weltenkugel sie ganz und gar nichts angehe und Herr Slovitzka das Gespräch nicht auf Nebensächlichkeiten ablenken solle. Hier handele es sich um Hans.

Sie riss das Taschentuch von den Augen, sah Spreemann mitten ins Gesicht und sagte, dass Spreemann, dessen Ruhm als Geschäftsmann sie gewiss nicht schmälern wolle, weich wie geschmolzene Butter würde, sobald die Jungen mit einer Bitte kämen. Wenn sie das Kreuz von der Petrikirche haben wollten, würde er versuchen hinaufzuklettern.

Aber nun begann auch Spreemann sein geängstigtes Herz zu erleichtern.

»Ich?«, rief er, »ich?«

Und er schrie Lieschen zu, dass sie nicht nur wie geschmolzene Butter, sondern wie flüssigster Honig werde, sobald einer der Jungen ein Anliegen habe. Sie war es gewesen, die ihnen Bartbürsten an den Weihnachtsbaum gehängt, als noch kein Schnurrbarthärchen um die Milchmäuler sprießte. Sie säumte und stickte ihnen Schnupftücher aus holländischem Leinen, als ob sie sich vor dem Könige selbst schnäuzen sollten. Selbst aber schien sie keine Nase mehr zu haben, wenn am Abend, sobald die Herren Söhne im Schlafzimmer verschwunden waren, ein Zigarettenqualm durch die Wohnung zöge, wie wenn eine Papierfabrik in Brand stehe. Und genau so, wie sie das Riechen vergessen konnte, war sie auch auf einmal taub auf beiden Ohren, wenn die Bürschchen viel später nach Haus kamen, als man ihnen erlaubt hatte. Es war merkwürdig, wie fest sie dann immer geschlafen hatte.

Er musste eine kurze Pause machen, um nach einer neuen Untat Mutter Lieschens zu suchen.

Aber die praktische Hausfrau nutzte den Augenblick. Sie sagte, dass Spreemann sich selbst in den Spiegel sehen sollte. Wer hatte den Jungen, kaum, dass der Wunsch nur aufgeflogen war, die ersten Spazierstöcke geschenkt? Mit silbernen, echt silbernen Krücken, während sein eigener nur einen Mopskopf aus Nickel habe. Wer gab ihnen an jedem Sonn- und Feiertag Urlaub nach Belieben? Während man selbst die schönsten Sonnenstunden hinter dem Ladentisch stand und sich niemals Ruhe gönnte? Wer steckte ihnen bei jedem Spaziergang noch heimlich Extragroschen zu, als ob sie zu Hause Hunger leiden müssten? Warum schalt man auf das Rauchen, wenn man zum Geburtstag die reizendsten Zigarettenetuis verschenkte? Und wer hatte ihnen die Taschenuhren gekauft, als sie noch in den Windeln lagen? Wer?

Spreemann hatte inzwischen vergeblich versucht, wieder zu Worte zu kommen.

Herr Slovitzka drehte schon lange an seinem schwarzgewichsten Schnurrbart. Zuerst hatte ihm diese eheliche Differenz Spaß gemacht. Aber auf die Dauer war das kein Sonntagsvergnügen. Und als er jetzt das Wort Windel fallen hörte, sagte er sich mit Schreck, dass dieser Kampf noch lange dauern könne. Denn die Jungen waren bald zwanzig Jahre aus diesen Windeln heraus.

Seine Unruhe war nicht unberechtigt. Klaus und Lieschen hätten sich noch viele Stunden hindurch vorwerfen können, was alles sie an Liebe diesen Zwillingen erwiesen hatten. Denn es war ihnen nicht anders gegangen als anderen Eltern.

Auch das Normale kann manchmal wunderhaft scheinen.

Aber gerade, als Spreemann behaupten wollte, dass Lieschen überhaupt nur noch die Lieblingsgerichte der Jungen koche, stürmten die Streitobjekte selbst dazwischen.

Ilka, die ihnen voransprang, wollte wissen, ob es wahr war, was ihr Hans eben erzählt habe. Oder ob er geflunkert. Was ihr wahrscheinlicher schien.

»Nun, also verbiete es ihm«, sagte Spreemann zu Lieschen. »Wiederhole ihm, was du uns soeben aufgezählt hast.«

Hans hatte sich schnell auf die Armlehne von Lieschens Sessel geschwungen. Er schmiegte seinen schwarzen Kopf an der Mutter Schulter und sagte:

»Willst du mir wirklich meinen sehnlichsten Wunsch verbieten, mein Mütterchen? Das glaub ich nicht.«

»Ist es dir denn wirklich ernst mit dieser fürchterlichen Reise, mein Junge?«, fragte Lieschen zaghaft.

Und wenige Minuten später sprach man schon, wie der neue Koffer beschaffen sein müsste. Aus den Tassen dampfte endlich der angenehme Duft des Kaffees.

Ilka besah sich Hans heute ohne alle Umwege.

Genau so würde er also in seiner Tasse rühren und Kaffee trinken in London an der Themse. Alle um ihn herum würden Englisch sprechen. Kleine Kinder, alte Männer, Frauen, Schutzleute, Kutscher, überhaupt alles.

Sie warf einen kurzen Seitenblick auf Christian. Er lächelte sie an. Denn in den letzten Tagen hatten sie sich besser vertragen. Die Rose, die sie in der Hand hielt, war von ihm. Der Reiseplan seines Bruders gefiel ihm und stimmte ihn froh. Er gönnte Hans jede Freude. Aber diese weite Reise ganz insbesondere.

Ilka hatte sich schon zu Hans zurückgewandt. Es war ganz nett, dass Christian Soldat werden sollte. Aber es gab in Berlin gewiss viel mehr Männer, die Soldaten waren, als solche, die quer über den Globus nach London fuhren ...

Als man den Tisch verließ, blieb Christians Rose zwischen den Kaffeetassen und Kuchenkrümeln.

Man wollte einen Spaziergang nach dem Goldfischteich machen. Es hatte in der Zeitung gestanden, dass dort eine Nachtigall niste, die in der Dämmerstunde lieblich singe. Man wollte sie hören. Nicht allein, weil man Gesang liebte, sondern weil man recht haben wollte. Denn in Herrn Slovitzkas neumodischem Blatt – er war leider kein Leser der ehrlichen alten *Privilegierten* – hatte man geschrieben, dass die Nachtigall eine Zeitungsente sei. Diesem zoologischen Zwiespalt wollte man auf den Grund gehen.

Unter den grünen Bäumen des immer sauberer gewordenen Tiergartens spazierte in dem milden Abendschein des Sommertages alles, was Sonntagskleider hatte. Mancher Stoff kam Herrn Spreemann bekannt vor, und oft musste man grüßen.

Am Goldfischteich aber war ein dichtes Gedränge. Die Zeitungsleser waren deutlich in zwei Parteien getrennt. Die einen horchten mit auf die Schulter geneigtem Kopf nach den Baumwipfeln. Die andern stocherten gefühlsroh mit ihren Spazierstöcken im Buschwerk herum.

Gesang hörte man nicht.

Es sah ganz so aus, wie wenn die Neumodischen wieder recht bekommen sollten.

Möglich, dass der kleine Vogel irgendwo im Gezweig saß und schadenfroh auf die vielen Köpfe blickte. Vielleicht tat er sogar noch mehr, als nur harmlos auf alle herabzustarren? Vielleicht war es ihm auch noch nicht dunkel genug? Berühmte Sänger haben ihre Launen. Jedenfalls schien dieser kleine Piepmatz den unprivilegierten Berlinern zu einem Siege verhelfen zu wollen. Dass sie ihn dafür eine Ente nannten, bezeugte nur den bekannten Undank der Welt.

Aber wenn sich verschiedene Parteien auch über alles zu streiten vermögen, eins war hier sicher: Man hörte nichts von Vogelsang. Nur die Spatzen zeterten, hoch erfreut über den vielen Besuch. Und die gelbroten Goldfische standen stumm und sonntagsfett im trüben Wasser.

Da man sich nun einmal für ein Konzert bereit gehalten, ging man nach dem Türkischen Zelt zur Militärmusik.

Man saß um einen Tisch, der so dicht neben der großen Pauke stand, dass keine Unterhaltung möglich war. Aber man entbehrte nichts.

Spreemann hatte die Nachtigallensache schon vergessen. Er rauchte eine dicke Zigarre. Zum ersten Mal war seine Pfeife zu Haus geblieben. Er fühlte sich im Strom der neuen Zeit. Der eine Sohn beinahe Soldat. Waffenbruder mit diesen dort, die allen Leuten hier das Sonntagsvergnügen bliesen. Der andere bereit, eine Weltreise anzutreten.

In einer langen, glatten Kette von Ringen blies Spreemann den Rauch zwischen die Köpfe seiner Mitbürger.

Lieschen hoffte, dass sich diese grässliche Reise noch zerschlagen würde, und überlegte zugleich, was alles dazu angeschafft werden sollte. Denn Hans sollte nichts entbehren müssen.

Sie sah zu ihm hinüber. Er schien glücklicherweise gar nicht an seinen Plan zu denken. Beide Jungen bombardierten Ilka mit Silberkügelchen aus Schokoladenpapier.

Herr Slovitzka rauchte auch. Aber er sah zu Boden. Er prüfte das zusammengeströmte Schuhwerk. Im letzten Schein der Abendsonne. Am Sonntag könnte man beinahe glauben, dass es nur neue Stiefel auf der Welt gäbe. Aber es bleibt nicht alles neu, was glänzt.

Er lächelte und pfiff den flotten Dessauermarsch mit, den sie da oben trommelten:

»So leben wir, so leben wir, so leben wir alle Tage ...«

Und als die Musik mit einem kräftigen Paukenschlag endete, nahm er einen großen Schluck Bier und sagte, dass man den Sonntag nicht entbehren möchte.

»Ja«, sagte Madame Lieschen rasch zu Hans. »Solchen Berliner Sonntag wirst du nicht in dem fremden Lande da finden.«

Und sie fragte vorsichtig, ob ihm nicht Leipzig genügen könnte. Wo die großen Messen wären, das man Klein-Paris nenne und das doch nicht durch ein unheimliches Meer vom Vaterland getrennt sei.

Aber Hans pries London. Ilka hörte gespannt zu. Die

Schilderung wurde sehr feurig. Die Größe der Riesenstadt vermehrte sich von Minute zu Minute.

Spreemann unterbrach schließlich diese ungeheure Ausdehnung, indem er bemerkte, dass man auch dort nichts anderes können werde als kaufen oder verkaufen. Handel sei Handel. Auch Slovitzka meinte das.

Aber da setzte die Musik wieder ein, und das große London verschwand im Bauch der Berliner Pauke.

Es war spät geworden, und so nahm man für den Rückweg eine Droschke.

»Geteilte Freude ist halber Preis«, sagte Herr Slovitzka, als er nach den Herrschaften Spreemann mit Ilka einstieg.

Die Zwillinge gingen zu Fuß.

Der Abend war warm und schwül. Die Dunkelheit verwischte die Umrisse der Bäume, wie die der wenigen Spaziergänger, die ihnen meist paarweise entgegenkamen.

Alles schmolz ineinander.

Hans sagte, dass seine geplante Reise großen Eindruck auf Ilka gemacht habe.

Christian antwortete nichts. Wahrscheinlich hatte er wieder einmal nicht zugehört.

So gingen sie schweigend weiter. Mit schnellen, gleichmäßigen Schritten. Sie waren gewohnt, zusammen zu gehen. Ihre Füße hielten genauen Takt.

Und auch genauen Takt ihre Gedanken.

Achtes Kapitel

Alle Unruh des Herzens überholt man am besten mit Arbeit. Madame Lieschen hatte blindlings nach diesem Trost gegriffen.

Sie war von Vorbereitungen so reichlich in Anspruch genommen, dass sie ganz vergaß, wie tief das Meer, wie lang der Weg, wie neblig London. Dagegen hatte sie die Ellenanzahl von Hansens Körperlänge und Weite in allen Einzelheiten genau im Kopf. Denn man nähte, säumte, stickte und strickte unermüdlich.

Frieda, die Nähmamsell, saß vom Frühstück bis zur Dämmerstunde mit krummem Rücken am Fenster. Sie war zusammen mit Madame Lieschen im Waisenhaus groß geworden. Aber dann war ihr Lebensweg abgebogen. Sie hatte sich auch einen Mann gewünscht. Aber es hatte beim Wünschen bleiben müssen. Man sagt, dass ein einziger Tropfen Unglück ein Fass voll Güte aufwiegt. Solch ein einziger Tropfen hing beständig unter Friedas Nase. Sommer und Winter, Herbst und Frühling. Er hatte schon da gehangen, als sie im Waisenhaus über dem Suppennapf das Tischgebet sprach.

Kein Mann war über diesen Tropfen hinweggekommen. Wenigstens nicht, als es noch Zeit war. Jetzt allerdings hatte sie einen Witwer zum Nachbar, der sieben Kinder besaß und der es mit Kleinigkeiten nicht mehr genau nahm. Er wollte sie heiraten. Aber nun war es zu spät. Jetzt wollte sie Ruhe haben.

Sie nähte in allen Häusern. Hörte und sah vieles und wusste von jedem Menschen, was er unter dem Rock trug.

Für Hans und Christian hatte sie schon die ersten Hemdchen mit nähen helfen. Damals, als man noch nicht wusste, wie der kleine Körper, für den Nadel und Faden schon liefen, gestaltet sein würde. Geschweige denn, dass man geahnt hätte, dass zwei sich Bett und Windel teilen sollten.

Als sie jetzt geduldig die lange Hemdennaht kappte und stichelte, wollte sie gar nicht glauben, dass diese Zeiten schon so weit zurücklagen, wie die Länge der Hemden behauptete.

»Kinder sind der beste Kalender«, sagte sie zu Lieschen, die nähend neben ihr saß. »Du kannst bald Großmama sein.«

Ihre Gedanken beschäftigten sich immer noch gern mit Heirat und Liebe. Und das Nähen der Wäsche ging Hand in Hand mit diesen Gefühlen.

Madame Lieschen lächelte. Sie wollte der Mamsell Frieda gerade auseinandersetzen, dass ihre Söhne nichts im Sinn hätten, was ihr zu solcher Stellung Anlass geben könnte, als Ilka ins Zimmer geschwirrt kam.

Sie hatte eine Notenmappe im Arm und wollte nur auf dem Weg zur Klavierstunde einen Augenblick hineinsehen.

Mamsell Frieda nähte weiter. Sie wusste, dass sie Ilka den Spitznamen Fädelfrieda verdankte. Den auch die Jungen sofort übernommen hatten.

Ilka äugte, ob der Tropfen an Fädelfriedas Nase hing. Richtig, er war an seinem Platz.

Frieda fühlte die beobachtenden Blicke. Sie sah auf und fragte, ob Fräulein Ilka nicht ein wenig mitfädeln wollte. Hans wäre doch ihr Freund.

Sie war mit den Hauptnähten fertig und hielt das neue Beweisstück ihres Fleißes in ganzer Länge in die Höhe.

Ilka quietschte auf. Lachend sagte sie, dass sie doch nicht für Hans die Hemden nähen könne. Dann beugte sie sich nieder, klappte kichernd das neue Wäschestück auf die andere Seite, schrie auf, wie wenn sie etwas Entsetzliches zu sehen bekommen hätte und lief lachend aus dem Zimmer.

Die Fädelfrieda war rot geworden. Sie drehte ihre Arbeit

ärgerlich nach allen Seiten herum. Sie hatte jeden Stich daran verfertigt und wusste genau, dass nichts Unschickliches daran zu sehen war.

»Sie ist so übermütig, wie sie hübsch ist«, sagte Madame Lieschen nach einer Weile.

»Du solltest achtgeben, dass du sie nicht als Schwiegertochter bekommst«, antwortete Frieda.

»Wer denkt daran«, sagte Madame Lieschen. »Wie Geschwister sind sie zusammen.«

Sie lächelte, dass Frieda noch immer das gleiche Gedankenspiel trieb.

»Hans ist schlau«, sagte Frieda. »Aber Christian ist ein Lamm.«

Madame Lieschens Lächeln schwand.

»Christian ist ein Soldat«, sagte sie. Und in dem festen Ton der Madame fügte sie hinzu, dass man in der nächsten Woche Uniformhemden für ihn zu nähen habe.

Es war dunkel geworden. Die Fädelfrieda stand auf und wickelte ihr Abendbrot, die Butterschnitten mit Leberwurst, in die Morgenzeitung. Damit trug sie zwei Genüsse auf einmal nach Haus. Beim Schein ihrer Lampe aß und las sie dann gleichzeitig und freute sich, dass es überall in der Welt Unglück gab.

In diesen Abendstunden war sie, wie sie selbst erklärte:

»Ihr eigener Herr, wie eine Madame.«

Nachdem sie fort war, öffnete Madame Lieschen beide Fenster und lüftete das Zimmer.

Aber die Worte über Ilka als Schwiegertochter blieben zwischen den Wänden.

Madame Lieschen wurde geradezu verlegen, als Herr Slovitzka unvermutet hereintrat, ehe er zum Abendbrot ging. Er kam aus der Fabrik und war guter Laune. Er wollte wissen, ob Spreemann später zu Klausing käme. Da er ein tüchtiger Mann war, liebte er keine Umwege. Daher fragte er gleich die Madame, ob der Herr Gatte wohl des Abends ausgehen würde.

Er sah die neue Wäsche, und man kam wieder auf das Reisen zu sprechen.

Ganz von ungefähr sagte Madame Lieschen, dass heutzutage auch junge Mädchen reisen könnten. Zu ihrem eigensten Vorteil. Denn es gäbe Pensionate, wo sie unter bester Aufsicht alles lernten, was eine junge Dame fürs Leben nötig habe. Die neuen Zeitschriften waren voll von solchen Adressen. Sie wundere sich eigentlich, dass Herr Slovitzka, der doch für alles Neue wäre, noch nie für Ilka an dergleichen gedacht.

Herr Slovitzka riss die Augen auf.

Aber schon im nächsten Augenblick sagte er, dass er natürlich schon mehr als häufig diesen Gedanken erwogen hätte.

Er gehörte zu denen, die sich immer schon alles gedacht hatten, was ihnen erzählt wurde. Man muss die anderen nicht eingebildet machen. Sein Geschäftsprinzip war: immer selbst derjenige welcher.

Wahrheit aber war, dass er sich schon oft genug überlegt hatte, wie sich Ilka die Zeit zwischen Schule und Hochzeit vertreiben sollte.

Bewerber würden sich bald genug einstellen. Denn eine gutgehende Schuhfabrik als Papa war eine liebenswürdige Eigenschaft für ein Mädchen. Aber der erste Beste sollte Ilka nicht einfangen. Eigentlich hatte man alles, was man brauchte, hier im Haus. Denn Spreemanns Hans war ganz nach seinem Herzen. Gesund und gescheit. Aber man musste abwarten, wie alles kommen würde. Nur keine übereilten Abschlüsse …

Madame Lieschen, die inzwischen viele Vorzüge solcher Anstalten hervorgehoben, erfuhr, dass sie mit ihren Worten einen lang gehegten Plan ihres Nachbarn ans Licht gezogen hatte. Es war merkwürdig und wirklich hübsch, wie selbst ihre Gedanken nachbarlich übereinstimmten.

Schon am nächsten Sonntag war es eine längst beschlossene Sache, dass Ilka in ein Pensionat nach Dresden kommen würde.

Auch sie selbst war sehr zufrieden darüber. Es tat ihr nur leid, dass man in Dresden Deutsch sprach. So hatte Hans immer noch etwas vor ihr voraus.

Dem blonden Herrn Christian aber würde es wohl imponieren müssen, wenn man ihm aus einer kofferbeladenen Droschke Lebewohl winken würde.

Neuntes Kapitel

Alles ist notwendig. Kleine Nadelstiche flechten Nähte. Kurze Augenblicke Stunden.

Die Fädelfrieda hatte Arbeit im Überfluss. Nach den Soldatenhemden kamen die Tändelschürzen und Mädchenröcke. Ihre Finger sollten flink sein wie ihre Gedanken. Eiliger von Tag zu Tag. Denn mit immer wachsender Geschwindigkeit näherte sich die Abschiedsstunde. In einem Knäuel von Koffern und Tüchern, blinkenden Schüsseln, Glanzschuhen und Tränen, schützenden Schirmen, Ratschlägen und Riemen sauste der Reisetag heran. Bis er wirklich da war. Fenster und Türen waren offen, kalte Zugluft zog durchs Haus, bis schwerfällig sich Droschkenräder langsam in Bewegung setzten und doch so schnell fortgerollt waren, dass man's kaum glauben konnte.

Am Morgen war Hans gereist. Am Nachmittag Herr Slovitzka mit Ilka. Denn er meinte, dass man Aufregung nicht in Portionen teilen sollte.

Auf einmal war's still geworden. Drinnen in den Zimmern wie draußen in den Zweigen. Man fröstelte. Nie hatte man so früh zu heizen begonnen wie dieses Jahr.

Einige Abende lang zog nicht einmal Tabakrauch durch Spreemanns Wohnung. Weder Vater noch Sohn hatten Lust zum Rauchen.

Als Herr Slovitzka zurückkehrte in seine stumm gewordene Wohnung und auch beim Nachbar hereinguckte, sah er mit Genugtuung, dass Madame Lieschen rotgeweinte Augen hatte. Mochte sie fühlen, was es heißen will, sein Kind zu entbehren.

Trotzdem er mit Ilkas Reise nur seinen eigensten Plan ausgeführt hatte, wurde er ärgerlich, sobald er Madame Lieschens Stimme hörte.

Aber er war hart gegen sich. Er verschaffte sich oft diesen Ärger. Denn die Abende waren lang.

Am Tage entbehrte er nichts. Da hatte er jetzt reichlich zu tun. Er verfertigte in seiner Fabrik am Spreeufer zum ersten Mal die echten russischen Gummischuhe. Das war eine große Sache und konnte bei dem feuchten Herbstwetter ein Geschäft werden. Aber wenn man auch nach Fabriksschluss noch weiterkalkulierte, während man aß oder rauchte, wollte man doch zwischendurch ein einfaches Wort wechseln können.

Er hatte auch Spreemanns manches zu erzählen, was sie anging. Denn er hatte in Dresden Spreemanns Verwandtschaft, Frau Mariechen und den russischen Gatten, besucht. Er hatte Ilka dort eingeführt.

Frau Mariechen war sehr fein und freundlich gewesen. Und als sie die Größe von Herrn Slovitzkas Fabrik erfahren, hatte sie geklingelt, dem herzueilenden Mädchen befohlen, den Tisch noch einmal abzuräumen und echt russische Tassen mit Goldrand bringen lassen. Sie hatte einen echten Samowar und einen echten Dackelhund, der »Großfürst« hieß und Kinderstelle an ihr vertrat.

»Ja, es geht vornehm bei Ihren Verwandten zu. Frau Mariechen ist eine Weltdame«, schloss Herr Slovitzka seinen Bericht. Den russischen Gatten hatte er nicht kennengelernt, da er sich gerade auf Reisen befand. Aber nach Herrn Slovitzkas Meinung konnte man unbesehen die größte Hochachtung vor ihm haben.

Klaus und Lieschen wunderten sich eigentlich, dass Mariechen eine Weltdame genannt wurde. Und in den echtrussischen Tassen glaubten sie das alte Teeservice von Tante Karoline wiederzuerkennen. Aber sie schwiegen. Seine Familie muss man hochhalten.

Zumal sich in diesen Tagen auch ihr Respekt vor sich selbst beträchtlich erhöht hatte.

Christian steckte im bunten Waffenrock und sah ganz wie ein Leutnant aus. Wenn man jetzt aus dem Geschäft nach Haus kam und die Wohnungstür aufschloss, hingen am Garderobenständer des Königs Kleider.

Christian wohnte zu Haus, und in seinen freien Stunden half er dem Vater im Laden. Ruhig und freundlich wie immer. Das Schwert an der Seite schwang er die Elle. Die Damen, die er bediente, fühlten sich hochgeehrt.

Es war viel zu tun. Die Wintersaison setzte kräftig ein. Und mit einem Glücksschlag für Spreemann. Der Konkurrenz war ein grasgrüner Tarlatan untergelaufen, der seinen hübschen Trägerinnen gesundheitliche Schäden verursacht hatte, weil er mit Arsen gefärbt war.

Was dem einen Gift ist, kann dem anderen heilsam sein. Die grüne Angelegenheit brachte dem soliden Herrn Spreemann viele verlorene Kunden zurück. Man drängte sich wieder einmal in seinem Laden, wo Christians blanke Knöpfe wie Gold funkelten.

Spreemann lächelte wieder ungehemmt.

Denn auch über Hans konnte er beruhigt sein. Zwei nette Briefe waren von ihm da. Er hatte die weite Reise gut überstanden und die feuchte Straße, auf der es keine Balken gibt, glücklich hinter sich.

Er schrieb von vielem Lärm und großem Verkehr, von Hammelfleisch mit Pfefferminzsauce, von Schiffen und Themsebrücken, von prima Baumwolle und Mull, und dass eine fremde Sprache im Lande selbst ganz anders wäre als in der Grammatik. Trotzdem kam in dem weiten Schreiben schon zweimal Allright und einmal sogar Goddam vor. Aber zum Schluss war wieder viel von dem Haus am Dönhoffplatz und allen seinen Insassen die Rede.

»Er hat uns noch nicht vergessen«, sagte Madame Lieschen bescheiden und gerührt. Und zog eilig ihr Taschentuch aus dem Schlüsselkorb.

Sie weinte auf jeden Fall.

Ohne doch zu ahnen, wie viel Tapferkeit der Brief verschwieg.

Die wenigen Salztropfen zwischen dem Kontinent und der britischen Insel hatten ihrem Hans recht übel mitgespielt. Es hatte Augenblicke gegeben, wo ihm die ganze Königin des Handels und aller Profit der Welt zum Halse herauswuchsen. Und selbst jetzt auf dem festen Lande, zwischen dem Hammelfleisch, dem Nebel und der fremden Sprache, war ihm recht Angst und fremd zu Mute. Aber so etwas schrieb man nicht.

Man braucht nicht Soldat zu sein, um Schlachten zu schlagen ...

Als Christian ins Zimmer kam, um sich des Bruders Brief zu holen, den er allein für sich lesen wollte, versiegten Mutter Lieschens Tränen. Ihr blonder Junge sah zu hübsch aus in seiner Uniform. So richtig forsch und adrett.

Sie wusste, wenn sie nun in die Küche ging, saß da ein anderer preußischer Soldat, der Kartoffeln schälte oder mit einem Schwert Holz spaltete. Das war Christians braver Bursche. Der in Pommern zu Haus war und dem die Augen vor Heimweh übergingen, sobald er eine Gans sah. Und der sich, weil es oft Bratgans gab, unendlich wohl fühlte bei Spreemanns.

Alles dies schrieb Madame Lieschen nach London.

In der Zeit, wo sie sonst für Hans genäht und geflickt hatte, malte sie nun lange Briefe an ihn. Sie erzählte, wie fürstlich es jetzt bei seinen Eltern zuginge. Sie riet ihm, vorsichtig zu sein in der Fremde. Sich nicht im Wagengedränge die Nase zu putzen, wodurch ein Hiesiger sogar neulich an der Kreuzung von Post- und Königstraße verunglückt sei. Sie bat ihn, nicht zu geschwind durch den Nebel zu laufen, er würde schon immer noch zurechtkommen. Sie erinnerte an die dicken Wollstrümpfe und gab ihm noch mannigfache Ratschläge, von denen sie annahm, dass sie in der ganzen Welt die gleiche Gültigkeit haben mussten. Diese Briefe trug sie selbst fort. Vor dem Briefkasten las sie noch einmal jeden Buchstaben der langen, fremdländischen Adresse nach, die sie nicht im Zusammenhang aussprechen konnte. Zögernd schob sie das Schreiben endlich durch den Kastenspalt. Dann stellte sie sich auf die Zehenspitzen und prüfte mit zugekniffenen Augen, ob der Brief auch nicht etwa hängen geblieben. Wenn sie sich überzeugt hatte, dass alles in Ordnung war, blieb sie noch eine Weile vor dem Kasten stehen, dachte, dass es doch wunderbar sei, dass das, was in diesem dunklen Loch lag, über Meer und Land bis zu Hans gelangen sollte, und ging endlich weiter. Schon nach einigen Schritten waren ihr eine Menge Dinge eingefallen, die sie noch hätte schreiben sollen. Und so waren ihre Gedanken schon bei dem nächsten Brief.

Spreemann klemmte auf diese vielen Bogen stets einen kurzen Gruß an. Manchmal fügte er auch eine geschäftliche Frage hinzu. Er war aber sehr zufrieden, dass Lieschen den Jungen alles wissen ließ, was hier vorging. Nur über Geschäftliches zu reden verbot er ihr.

Er hatte Pläne, über die er noch nicht debattiert haben wollte.

Eigentlich war es Herrn Slovitzkas Einfall. Aber Ideen greifen von einem zum anderen wie ansteckende Krankheiten. Wenn sie zum Ausbruch kommen, kann man nicht sagen, wer sie zuerst gehabt.

So wusste man also nicht, wer zuerst den Gedanken gehabt hatte, dass Spreemann seinem Stoffgeschäft ein Schuhwarenlager angliedern sollte. Ein viertes Schaufenster würde angebaut werden, in dem nichts anderes zu sehen sein sollte als der echte Slovitzkastiefel. Und das zu Weihnachten.

Zuerst quälten Spreemann viele Bedenken. Er schätzte seinen Nachbar sehr. Aber er war nicht sicher, ob sich seine Fabrikate mit dem Spreemannschen Grundsatz »reell und billig« vertragen würden. Denn Spreemann führte immer noch solideste Ware und gab dem eigenen Vorteil nur dann und wann einen kleinen Stoß mit der Elle.

Da aber beim Schuhwerk der Profit eines vergessenen Zentimeters nur ein Hühnerauge war, musste das glückliche Gedeihen des Freundes, das er ihm von Herzen gönnte, in der Qualität seiner Waren zu suchen sein.

Herr Slovitzka sagte, dass er seinen Freund weder drängen noch überreden wollte. Es würde ihm nur in die Seele schneiden, vollkommen Fremden diese eminente Hebung des Berliner Geschäftslebens zu überlassen. Der fertige, immer bereite Stiefel war das Zeichen der neuen, geschwinder laufenden Zeit. Der schwerfällige Maßstiefel, auf den man tagelang warten musste, gehöre der Vergangenheit an. Wohl dem, der dies wusste, ehe es offenkundig für alle war.

Außerdem konnte man dem Geschäft in Spreemanns Falle einen doppelten Boden geben. Slovitzka würde das Futter für die Stiefel bei Spreemann beziehen.

Da schlug sein Freund zwei Fliegen mit einer Klappe. Das war einleuchtend. Und – Neues mit Neuem verbindend, würde man versuchen, ein wenig Reklame in den Zeitungen zu machen. Auf Slovitzkas Kosten. Man könnte zum Beispiel eine Anzeige aufsetzen: Der echte Slovitzkastiefel – allein bei Spreemann am Dönhoffplatz. Da würde Spreemann seinen Namen jeden Morgen gedruckt neben der Kaffeetasse liegen haben. Er konnte ihn schwarz auf weiß an Hans schicken. Man würde auch in London begreifen müssen, dass Berlin kein Posemuckel war.

Das alles klang nicht übel. Den letzten Anstoß zum Sieg aber gab der Soldat.

Christian, der selbst beim Zusammenfalten der schwersten Popelinseide mit seinen Gedanken woanders schien, zeigte für dieses neue Projekt das lebhafteste Interesse. Er war überzeugt davon, dass die nahe Verbindung mit Ilkas Vater glückbringend sein würde. Den Gedanken des Inserats fand er ausgezeichnet.

Slovitzka – Spreemann. Es würde Aufsehen erregen. Wie eine Verlobungsanzeige.

Er wollte mit größter Freude die neue Abteilung leiten. Er würde Herrn Slovitzka zeigen, was zu leisten er imstande wäre.

Spreemann überlegte. Er sagte sich, dass das übergenaue Maßnehmen, das Christian sich wohl niemals abgewöhnen würde, hier sehr am Platze sein könnte.

Sein Eifer für die neue Sache war auch zu berechnen. Merkwürdig genug, dass sich der verträumte Junge gerade für Stiefel interessierte.

Auch Madame Lieschen unterstützte den neuen Plan. Sie war für jede Vergrößerung, die nach außen, nach dem Platz hinaus, nach den Leuten ging.

So wagte es Spreemann.

Am Tage, wo der Weihnachtsmarkt eröffnet wurde, ging auch der Vorhang vor dem neuen Schaufenster in die Höhe.

Liebe und Freundschaft bewegen die Welt …

Der Slovitzkastiefel wurde der Weihnachtsstiefel. Er passte auf jeden Berliner Fuß.

Es war erstaunlich, was Christian in den wenigen Stunden, die er vom Militärdienst erübrigte, auf seinem neuen Posten leistete.

Nach Schöneberg kam er gar nicht mehr. Dazu fehlte die Zeit.

Aber am goldenen Sonntag kam die Müllerfamilie nach Berlin.

Sie gingen zuerst durch den ganzen Laden, befühlten das neue, rote Sammetsofa, wo man die Stiefel probierte. Und kamen dann in die Wohnung zum Kaffeetrinken.

Man sprach von Hans. Madame Lieschen las seine Briefe vor. In demselben feierlichen Ton, mit dem sie einmal im Waisenhaus die Bibel vorgelesen.

Die Müllerin musste daher auch, genau wie in der Kirche, fortwährend gähnen. Der Müller bearbeitete nachdenklich seine Nase, und als Lieschen fertig war, sagte er zu seiner Frau:

»Hammelfleisch könntest du doch auch einmal machen, Alte. Mit kleinen Pilzen herum.«

Madame Lieschen faltete den Brief zusammen und dachte, dass es nichts Herzloseres gäbe als nahe Verwandte.

Dabei fiel ihr der Brief von Ilka ein, der heute gekommen war und viel von Mariechen enthielt.

Die Müllersleute hatten nichts dagegen, wenn sie ihn vorlas. Es konnte nichts schaden, wenn man ein wenig erfuhr, was draußen in der Welt vorging.

Ilka schrieb, dass der Dackel »Großfürst« verloren gegangen sei und Frau Mariechen für den dicken Hund volle hundert Mark Belohnung ausgesetzt habe. Alle Leute in Dresden suchten jetzt nach dem Dackel. Und es waren so viele Menschen mit Dackeln gekommen, dass die Polizei vor der Haustür Ordnung halten musste. Unter den vielen Hunden war der »Großfürst« nicht herauszufinden. Frau Mariechen hatte Fieber und weinte Tag und Nacht, weil Gott alle Dackel gleichgemacht.

Die Müllerin nahm den lieben Herrgott in Schutz.

Sie meinte, dass es schließlich seine Sache sei und er Hunden nicht solche Wichtigkeit beilegte, wie es Mariechen tat.

Der Müller lachte boshaft auf.

Er sagte, dass er sich freue, dass sich Mariechen so veredelt habe und gar nicht mehr geizig sei. Für den Grabstein ihrer Mutter wollte sie durchaus nicht mehr als fünfzig Mark anwenden. Wie erfreulich, dass sie nun für ihren dicken Dackel einen Hunderter spendieren wollte.

Die Müllerin warf Madame Lieschen einen Blick zu.

So war es nun. Da hatte sie ein Beispiel.

Madame Lieschen nickte ihr verständnisvoll zu und bot dem Müller einen magenstärkenden Kümmel an.

Annalise hatte stumm und gleichgültig zwischen den alten Leuten gesessen. Sie hatte gehofft, dass Christian am Sonntag Zeit haben würde. Aber kaum dass man ein wenig zu sprechen angefangen, war der Laden wieder voll von Menschen. Für Christian schien es nichts anderes mehr auf der Welt zu geben als diesen Slovitzkastiefel.

Nur bei Ilkas Schreiben war sie ein wenig aufmerksamer geworden. Vor allen Dingen zum Schluss des Briefes. Denn der dicke Dackel war ihr ganz egal.

Richtig, da kamen viele Grüße für Christian. Gerade als man schon dachte, dass das Geschreibsel glücklich zu Ende sei.

Auch hier zeigte sich Christians und Annalises Sympathie. Er hatte ebenfalls nur auf diese Schlussworte gewartet, als er den Brief durchflog. Auch ihm war der dicke Dackel ganz egal.

Aber was den einen froh macht, grämt den andern.

Zehntes Kapitel

Auf den neuen Stiefeln und Gummischuhen rannte die Zeit noch schneller als sonst davon.

Schon wieder war es Frühjahr, und an den Bäumen steckte das erste Grün. Die Hälfte des Dienstjahres war glücklich vorbei.

Spreemann fühlte nichts von seinen sechzig Jahren. Sein Geschäft, seine Söhne, sein Heim erfüllten ihn mit Kraft und Stolz.

Und auch seine Vaterstadt.

Am zweiten Ostertag war er mit Lieschen nach dem Zoologischen Garten gefahren, den man aufs großstädtischste umgewandelt hatte. Mit der neuen Pferdebahn war man für lumpige fünfundzwanzig Pfennig beinahe eine Stunde durch Berlin gerollt. Bis man schon auf die Straße hinaus das Kreischen der ausländischen Papageien hörte.

Spreemann hatte den schwarzen Bären, der genau wie seiner auf dem Pfeifenkopf aussah, mit Brot gefüttert. Und als der Bär auf einen Baumstamm kletterte, klopfte er mit seinem Stock gegen die Gitterstäbe, dass Lieschen angst und bange wurde. Im Raubtierhaus aber hatte er gegen ein gutes Trinkgeld an den Wärter dem abbessinischen Löwen eigenhändig einen blutigen Fetzen Pferdefleisch in den aufgerissenen Rachen geschleudert.

Lieschen hatte aufgekreischt und wollte seinen wuchtig erhobenen Arm zurückhalten.

Angstvoll schrie sie, dass Spreemann heute nicht wiederzuerkennen sei.

Er konnte es nicht leugnen. Die Pracht dieses Gartens hatte ihn in Erregung versetzt. Mochten sie von London und Paris so viel erzählen, wie sie wollten. Berlin blieb Berlin.

Pfingsten kam näher. Weiße Kleiderstoffe bauschten sich duftig. Ausgeschnittene Schuhe wurden probiert und passten. Hans schrieb kluge Briefe, die sein Fußfassen in der Fremde verrieten. Er würde nicht ohne Kenntnisse heimkehren.

Christian war während der ganzen Spargelzeit zu Feldübungen fortgewesen. Aber nun war er wieder da, konnte die Stiefelabteilung kontrollieren und die erste Himbeergrütze mitessen. So konnte doch wenigstens einer der Jungen an den gewohnten Genüssen des Sommers teilnehmen.

Denn Sommer war es. Warmer, sonniger Sommer. Die Rosen waren bald nicht teurer als Mohrrüben.

Da machte Slovitzka eines Tages seinen Freund Spreemann auf die Leitartikel der Zeitungen aufmerksam.

Madame Lieschen las nur die lokalen Unglücksfälle. So ahnte sie noch nichts, als Spreemann schon etwas spürte, das er um keinen Preis der Welt hätte aussprechen mögen.

Doch ging er wieder an den Stammtisch. Hier hörte man von nichts anderem als von dem, was kommen würde.

Der Lehrer war nun weißbärtig und pensioniert. Aber sein Eifer war jung geblieben. Genau wie vor zweiundzwanzig Jahren schnaufte er Begeisterung und Feuer. Nur dass es ihn heute mehr anstrengte als damals. Dass ihm manchmal der Atem ausging und dass er nicht mehr rauchte, sondern schnupfte.

»Wir erleben Geschichte, meine Herren«, schrie er. »Bedenken Sie das. Endlich wird abgerechnet werden. Meinem Herrgott dank ich, dass ich's erleben darf.«

Spreemann sagte, dass sich das sehr schön anhöre und noch besser lesen würde. Aber ein alter Mann sollte gescheit genug sein, um auch an Leute zu denken, deren Kinder Soldaten wären.

»Beneidenswert sind diese Leute«, schrie der Lehrer und

steckte eine volle Prise Tabak in die Nase. »Stolz müssen sie sein. Schickt nicht der König selbst seinen Sohn ins Feld?«

Er nieste so stark, dass Spreemann beleidigt sein Weißbierglas fortzog. Eine Antwort versagte er sich.

Dagegen stimmte Freund Slovitzka aufs Heftigste bei. Man möchte immer das sein, was man nicht ist. Der Schuhfabrikant fürchtete beständig, dass man ihn als Böhmen und nicht als Berliner ansah. Denn Spreemann sagte bei jedem Streitpunkt:

»Sie sind leider kein Berliner, mein Freund. Das ist das einzige, was Ihnen fehlt.«

Slovitzka aber wollte beweisen, dass jeder, der sein Geld in Berlin verdiene und versteuere, Berliner sei.

So bekräftigte er jetzt des Lehrers feurige Worte und versuchte eifrig mit dem Überschwang des Graubarts Schritt zu halten. Ilka war kein Soldat, und im Übrigen hing kein Kriegsbeschluss davon ab, was man hier sprach.

Spreemann folgte nicht weiter den hitzigen Reden.

Er zog an seiner Pfeife und rechnete sich aus, dass dieser übrigens schon recht kahle Bismarck nur sieben Jahre jünger, der graubärtige König aber mehr als zehn Jahre älter sei als er selbst. Er begriff nicht, dass Herren in diesem Alter nicht ein Bedürfnis nach Ruhe empfanden. Dass sie sich nicht mit den beiden siegreichen Kriegen begnügten, die schon ausgefochten. Es konnte doch auch einmal schief gehen.

Etwas von diesen Betrachtungen teilte er dem Lehrer mit, als sich dieser unter erschöpftem Ächzen mit einem schwarzweißkarierten Tuch die Stirn trocknete.

Aber kaum dass er Spreemanns Worte in sich ausgenommen, war er schon wieder bei Kräften.

»Wir siegen, mein Lieber«, schrie er. »Seien Sie unbesorgt. Haben Sie gehört, was Bismarck geantwortet hat, als ihn der König fragte, was wir mit den Franzosen machen sollen? Wir wollen Sechsundsechzig mit ihnen spielen, Majestät, hat er gesagt. Und das werden wir auch. Es wird ein Tag kommen, wo man diesem Bismarck in jedem Dorf ein Denkmal setzen wird.«

Spreemann stand auf.

Er sagte, dass des Lehrers Benehmen krankhaft sei, und ging rasch davon.

Er musste nach Hause eilen. Das Weißbier bekam ihm nicht mehr. Oder waren es die unvernünftigen Reden, die man beim Trinken mit hinunterschlucken musste?

Als er hastig die Wohnungstür aufschloss und als erstes beim Gestank und Geflacker des Schwefelholzes einen Soldatenmantel sah, wurde ihm auch nicht wohler. Im Gegenteil, das Grimmen in seinen Eingeweiden verschärfte sich. Keine Freude ist ewig.

Am anderen Morgen ging Madame Lieschen früh auf den Markt, um wohlfeil ein zartes Hühnchen zu kaufen. Spreemanns unruhiger Magen sollte rasch kuriert werden. Jetzt, wo es Him-, Erd-, Stachel- und Johannisbeeren gab, musste der Mensch gesund sein. Denn schließlich lebt man nur einmal.

Mit einem Napf voll Erdbeeren, die den Soldaten Christian erfreuen sollten, betrat sie heiter das Speisezimmer, wo sie Klaus beim Frühstück wusste.

Er aber sah nicht einmal hoch, noch wendete er auch nur den Kopf nach ihr, als sie eintrat. Durch die Brille und mit dem Zeigefinger las er auf dem Vorderblatt der Zeitung. Also nicht einmal auf der Seite, wo sein eigener Name gedruckt war.

Daher meinte Lieschen, dass ihm wohl nichts passiert wäre, wenn er ihr guten Morgen gesagt hatte.

Sie machte ein beleidigtes Gesicht und riet ihm, die Zeitung nicht zu verschlingen. Papier sei gewiss nicht leicht zu verdauen. Da blickte er auf. Er sah wie mehlbestaubt aus und sagte:

»Es wird Krieg, Mutter. Mit den Franzosen.«

Der Napf mit den Erdbeeren schlug auf den Teppich. Lieschen kniete rasch nieder und begann mit dem Staubtuch, das ihr immer am Schürzenband hing, den Boden zu reiben. Aber der Fleck blieb. Ihre Hände waren heute ungeschickt.

Spreemann störte sie nicht. Er war zufrieden, dass sie etwas zu tun hatte und da unten war. So hatte es noch Zeit mit den Tränen.

Aber als Lieschen wieder aufstand, hatte sie ganz trockene Augen. Was Spreemann da eben gesagt hatte, war viel zu furchtbar, als dass sie darüber hätte weinen können.

Obgleich sie es noch nicht glaubte, noch lange nicht glauben würde.

»Wer sagt es denn?«, fragte sie.

»Es steht in der Zeitung«, sagte Spreemann.

Madame Lieschen atmete erleichtert auf und sagte, dann sei es noch nicht schlimm, denn es wäre nicht alles wahr, was in der Zeitung stände.

»Alles nicht, aber manches doch«, antwortete Spreemann traurig.

Madame Lieschen erinnerte ihn daran, wie Slovitzka neulich im Inserat den neuen Osterstiefel angepriesen, obwohl man doch nichts anderes verkaufte als zu Weihnachten.

Spreemann schwieg. Umso besser, wenn sie es noch nicht glaubte. Nur nicht weinen.

Nach einer Weile nachdenklichen Schweigens sagte Madame Lieschen, dass doch auch Christian eine Ahnung davon haben müsse, wenn es wahr wäre. Schließlich würden es wohl zuerst die Soldaten wissen, wenn es Krieg gäbe.

»Vielleicht weiß er es auch«, sagte Spreemann. »Du weißt, seit die Jungen groß sind, haben sie ihre Heimlichkeiten vor uns.«

»Aber er sah froh aus, besonders froh, als er fortging«, widersprach Lieschen.

»Er freut sich vielleicht. Viele freuen sich«, sagte Spreemann leise.

»Das müssen ja Unmenschen sein«, rief Madame Lieschen. Eine leichte Röte stieg in ihr fahles Gesicht.

Spreemann stand schwerfällig auf.

»Ich muss ins Geschäft«, sagte er. »Was nützt das Reden, wir müssen abwarten.«

»Warum denn eigentlich?«, fragte Madame Lieschen, die sich nicht vom Platz rührte.

Spreemann sah sie fragend an. Dann fiel ihm ein, was sie meinte.

»Eigentlich wegen Spanien«, sagte er, schon auf dem Wege zur Tür.

»Wieso Spanien?«, fragte Lieschen.

»Du kannst es alles in der Zeitung lesen«, sagte Spreemann und war draußen.

Die Zeitung zu lesen hatte aber Madame Lieschen jetzt keine Zeit. Das Hühnchen musste in Angriff genommen werden und manches andere. Jeder Tag will seine Arbeit. Ohne weiter zu fragen, wie einem dabei zu Mut ist.

Beim Schaffen, Bücken und Bewegen wurde es Madame Lieschen wieder freier ums Herz. Es war so herrliches Juliwetter. Die neugeputzten Fensterscheiben blinkten und blitzten im warmen Sonnenglanz.

Sie band rasch den Türkenschal um und machte einen kleinen Abstecher in den Laden. Alle Verkäufer hatten zu tun. Der Geruch der Stiefel war ihr immer noch etwas Neues. Spreemann stand zwischen den Hausdienern im Warenlager und notierte. Er rauchte nicht und sah müde aus.

Lieschen zog ihn beiseite.

»Etwas Neues?«, stieß er hervor.

»Ich wollte dir nur sagen«, flüsterte sie, »dass ich nicht mehr daran glaube. Der König ist doch wie sonst in seinem Badeort. Er wäre nicht gereist, wenn sein Geschäft flau ginge.«

Da schrie man draußen ein Extrablatt aus:

Der König kehre in einer Stunde aus Ems zurück.

Elftes Kapitel

Auch der Mutterliebe sind Schranken gesetzt.

Alle Befürchtungen wurden Wahrheit.

Kaum dass der König im Schloss war, trommelte der Befehl zur Mobilmachung durch die Straßen. Und nach vier Tagen, die man nicht gelebt hatte und doch nicht tot gewesen, war der Krieg erklärt.

Selbst dass sich Christian freute, hatte seine Richtigkeit. Er hatte Augen wie vor der Weihnachtsbescherung.

Und diesmal gab es keinen Trost. Man konnte gar nichts Besonderes für den Jungen herrichten. Alles war Vorschrift. Und bei dieser Sommerhitze konnte man nicht einmal ein heimliches Stück Wurst in den Tornister schieben.

Jeden Tag konnte nun zum Abmarsch geblasen werden.

Wie heiß waren die Nächte. Man konnte nicht schlafen. Insekten surrten. Dauernd summte etwas vor den horchenden Ohren.

Immer wieder setzte sich Lieschen im Bett auf und begann zu reden.

Sie hatte immer geglaubt, dass Kriegssoldaten schmutzige Kerle, Trunkenbolde und Nichtstuer wären, aber nicht gewusst, dass man seine guten Jungen, für die man ein Leben lang genäht und geflickt, deren Schritte man täglich bewacht hatte, plötzlich vor die französischen Kanonen schicken musste.

Immer aufs neue wiederholte sie es, dass sie dies nie für möglich gehalten hätte.

Leiden und Schweigen ist eine schwere Kunst. Auch Spreemann war sie nicht gegeben. Daher schnellte er schließlich aus den Kissen auf und rief:

»Bin ich der König? Oder der Franzosenkaiser? Oder der spanische Thron? Lass mich in Frieden! Verstanden?«

Darauf antwortete Lieschen, dass er in diesem Ton wohl mit seiner Wirtschafterin hätte reden können, aber nicht mit seiner Frau. Und damit drehte sie ihm den Rücken.

Auf Spreemann wirkte dieser Wutausbruch stets wohltuend. Er schlief bald darauf ein.

Mutter Lieschen aber fand erst Schlaf, wenn es tagte und sie die tröstliche Gewissheit hatte, dass es immer wieder hell wurde ...

Dass es außer Leberwurst noch andere Heimlichkeiten gab, die ein junger Soldat mit sich in die Schlachten tragen konnte, ahnte Mutter Lieschen nicht. Ihr praktischer Sinn hatte niemals geschwärmt. Bei Schiller kam es nicht vor. Und Romane las sie nicht. So wusste sie nichts von den kleinen Ringen und Medaillons, die man auf der Brust tragen konnte, die jedem abwägenden Goldschmied ein geringschätzendes Lächeln abnötigen würden und doch so unendlich wertvoll waren.

Christian wusste darum. Auch wenn sich nicht dieser oder jener Kamerad lächelnd auf die Brust geschlagen hätte. Er dachte sogar, dass ihm Ilka, weil sie doch eigentlich wie seine Schwester gewesen und seinem Bruder Hans so zugeneigt war, irgendetwas schicken würde, das als gute Erinnerung mitmarschieren könnte. Aber die raschen Tage vergingen in strengem Dienst, ohne dass eine solche Botschaft kam.

Doch langte ein Brief von Hans an. Er war noch vor der Kriegserklärung geschrieben, aber schon ganz voll Besorgnis um den Bruder.

In der Fremde erwacht die Vaterlandsliebe.

Hans war überzeugt davon, dass die Seinen siegen würden, wenn es zum Krieg kommen sollte. Aber es beunruhigte ihn bitter, dass sich Christian in Gefahr begeben sollte. Er, den er ohnedies im Geheimen für einen Pechvogel hielt. Sein

Brief war voll treuer Herzlichkeit, und zum ersten Mal ließ er durchblicken, dass ihm die Trennung nicht leicht geworden.

Sonst schrieb er diesmal wenig von sich. Nur zum Schluss erwähnte er, dass er seit einigen Wochen mit Ilka korrespondiere. In englischer Sprache. Sie hatte ihm geschrieben, weil alle ihre Kameradinnen heimliche Briefe tauschten. Da aber keine so weit wie bis nach London schriebe, habe sie sich Hans dazu ausgesucht. Sie schien dort sehr ladylike erzogen zu werden, very well indeed ...

Christian hatte nicht Zeit, diesen Brief mehrmals zu lesen. Aber er behielt doch seinen Inhalt im Gedächtnis.

Am Tage vor dem Abmarsch stand der Müller aus Schöneberg in Spreemanns Laden.

»Wenn du einen Augenblick Zeit hättest«, sagte er zu Spreemann.

Sein Anblick wirkte nicht wohltuend auf Spreemann. Wollte er ihn daran erinnern, wie nahe jedem das Unglück wäre? Das könnte ihm ähnlichsehen.

Aber der Müller sah nicht boshaft aus, als sie sich gegenübersaßen.

»Es ist wegen der Annalise«, fing er an.

Spreemann sah erstaunt in das gelbe Gesicht, das durchfurcht war wie eine ungepflasterte Straße. Wer dachte in solchen Soldatenstunden an die Mädchen?

»Und wegen Christian«, fügte der Müller hinzu. »Sie hat ihr Herz an ihn gehangen. Sie liegt im Bett und fiebert. Wenn wir sie zusammentäten, bevor er fortzieht? Ich habe nur noch die eine. Auch der Doktor sagt, es sitzt ihr was Zehrendes im Gedärm.«

»Liebe sitzt doch nicht im Gedärm«, sagte Spreemann abweisend.

»Liebe sitzt überall, wenn sie einmal da ist«, brummte der Müller.

»Meinst du?«, fragte Spreemann.

»Man hat doch auch geliebt.«

Der Müller seufzte müde.

»Du meinst deine Frau«, sagte Spreemann, »aber ...«

Er wollte sagen, dass er ihn schon in jungen Jahren oft hatte mit ihr streiten hören.

Aber der Müller machte eine abwehrende Bewegung und schüttelte den Kopf.

»Lassen wir das«, sagte er hastig. »Bleiben wir bei der Sache. Es ist doch besser, wie wenn er dir eine Französin mitbringt. In den Jahren dazu ist er nun mal.«

»Wenn er nur überhaupt wiederkommt«, murmelte Spreemann.

»Sie können wohl nicht alle dort behalten«, antwortete der Müller.

»Aber ob die Richtigen wiederkommen«, sagte Spreemann.

»Je mehr für ihn beten, umso besser«, stachelte der Müller. »Und wenn du wüsstest, was sie einmal haben wird, würdest du nicht auf dem Stuhl kleben bleiben.«

»Nun, wie viel – ungefähr?« Spreemann hob aufhorchend den Kopf.

Der Müller sagte eine Zahl.

Spreemann sprang wirklich vom Stuhl auf.

»Aber er selbst? Wird er wollen?«, fragte er beunruhigt und erregt.

»Warum ist er Monate hindurch zu uns gekommen?«, fragte der Müller.

Bei diesen Worten trat Christian ins Zimmer. Die Alten verstummten.

»Was ist denn?«, fragte Christian.

Der Müller griff in die Tasche seines langen Rockes und gab ihm ein rotversiegeltes Päckchen.

»Von der Annalise«, sagte er.

Christian ging ins Nebenzimmer und öffnete es.

Viele vorsichtige Hüllen bargen ein kleines Medaillon. Es war mit Rosenblättern gepolstert, auf denen ein Vergissmeinnicht blaute.

Christian drehte es mehrmals herum und roch daran. Dann erst fiel ihm ein, was es bedeutete. Also auch an ihn dachte ein Mädchen. So würde er doch nicht leer zum Tor hinausziehen. Die gute Annalise.

Überschwang wogte in der stillen, schwülen Juliluft, die der Trommelwirbel beständig aufreizte und erschütterte. Auch die einfachen Herzen schlugen unnatürlich schnell.

Es waren nicht viel umständliche Worte nötig, bis Christian den Müller heftig umarmte und ewige Treue schwur. Obwohl er nach Spreemanns Meinung wieder einmal gar nicht zugehört hatte, als die große Zahl genannt wurde. Madame Lieschen, die wie ein gejagtes Huhn von einem zum anderen flatterte, war gewohnt, dass die Männer immer recht haben. Sie hatte auch nicht viel Zeit zum Widerspruch. Es blies noch früher zum Abschied, als man geglaubt. Noch am selben Abend.

So zog der blonde Christian als Bräutigam in den Krieg. Ein Los, das er mit manchem Kameraden teilte.

Aber es gab gewiss nicht viele, die von ihrer Braut noch nichts geküsst hatten als das feuchte Stachelgesicht ihres Papas.

Zwölftes Kapitel

Man wusste, dass die Soldaten fort waren und hörte doch immer noch Trommelwirbel. Man glühte in der sonnengelben Helle und wusste doch nicht mehr, dass es Sommer war.

Langsam schwelten die Tage dahin.

Die Stille der Stuben rief Madame Lieschen die Mamsellenzeit wach.

Während sie mit übertriebener Gewissenhaftigkeit Fliegenpuschel schnitt, dachte sie nach, was sie denn damals so viel zu tun gehabt hatte. Die Tage hatten kaum ausgereicht für die Arbeit. Und sie hatte doch nur für Spreemann zu sorgen gehabt. Der ein fremder Mann für sie gewesen.

Das Zimmer der Jungen war allerdings in jener Zeit ein Schrankzimmer gewesen. In den Ecken standen die Plättbretter, die leeren Flaschen, die Leiter, der Lappenkasten und die Ausbesserwäsche. Es hatte dort immer etwas zu kramen gegeben. Jetzt mied sie diesen Raum. Sie wusste, dass die beiden leeren Betten in tadelloser Ordnung standen.

Sonst hatte sie um diese Zeit vollauf mit dem Einkochen der Früchte zu tun gehabt. Die Gläser blinkten blank und breit. Aber man hat nicht immer Lust, so weit im voraus zu denken.

Bei den Mahlzeiten fielen jetzt ebenso wenig Worte als damals, wo Spreemann noch allein bei Tische saß. Man kaute schweigend und langsam.

Und wenn einer etwas sagte, so war es meist die gleiche Frage:

»Ob er schon am Rhein ist?«

Und immer antwortete der andere:

»Das ist wohl kaum möglich.«

Einmal sagte Madame Lieschen, die jetzt wieder viel in der *Jungfrau von Orleans* las:

»Wenn sie ihn nun als Gefangenen fortschleppen?«

Da brauste Spreemann auf.

»Sobald du den Mund öffnest, sagst du etwas Unangenehmes«, rief er. Und ließ die Butterschnitte, die er sich sorgfältig mit Käse belegt hatte, unberührt liegen.

Lieschen ertrug schweigend den ungerechten Tadel. Und als sie ihm nach einer Weile freundlich den Lehnstuhl ans Fenster schob, setzte sich Spreemann auch mit gnädigem Nicken hinein.

Sie wussten ganz genau umeinander Bescheid. Jeder von ihnen fühlte recht gut, wer allein von allen Menschen mit ihm mitfühlen konnte.

Das merkten sie, wenn sich Herr Slovitzka bei ihnen einfand und sich den schweren Napfkuchen in den Kaffee tauchte.

»Man muss die Sache nicht so tragisch nehmen«, sagte er und saugte die Feuchtigkeit aus seinem Schnurrbart, der immer schwarz blieb. »Wenn die Sache gut abläuft, was jeder hoffen muss, wird es ein kolossales Geschäft.« Und dann erzählte er, dass er Ilka noch in Dresden lasse, bis die Zeiten wieder ruhiger wären. Hier versäumte sie nichts.

Spreemanns fanden, dass ihr Nachbar in letzter Zeit nur an sich selbst dachte. Aber die anderen waren nicht besser. In den Wirtshäusern wurde getanzt. Wenn man am Fenster saß, hörte man Lärm und Lachen. Und selbst vor den Litfaßsäulen mit den Kriegsdepeschen kicherten die Mädchen.

Nein, Klaus und Lieschen dachten nicht nur an sich. Daher vergaßen sie, dass auch sie sich bisher nur wenig um die großen Geschicke der Welt bekümmert.

Aber nun waren sie in die Speichen des Zeitenrades gekommen. Schonungslos wurden sie mitgedreht.

Spreemanns Pfeife ging aus dabei. Madame Lieschens Strickzeug setzte Rost an.

Sie zupfte Scharpie, las Zeitungen oder fuhr mit dem Zeigefinger auf der Landkarte spazieren. Trotzdem ihr auch das nicht die Lage der Dinge klarmachte.

Aber als es August wurde, ohne dass an der deutschen Grenze etwas vom Feindesheer zu sehen war, hoffte sie, dass es sich die Franzosen anders überlegt, dass sie Angst bekommen hätten.

»Pass auf, es wird nichts«, sagte sie zu Spreemann.

Dieser tippte nur schweigend in die Fülle der schwarzen Zeitungsreihen, wo es von Schwadronen, Bataillonen und Regimentern wimmelte.

Da stand zwischen viel Unverständlichem, dass sich die Heere der französischen Grenze zu bewegten. Die Deutschen hatten keine Lust mehr zu warten.

Nur wenige Tage später schwoll die Nachricht von der ersten Schlacht durch die Straßen. Der ersten Schlacht und des ersten Siegs.

Trotzdem aller Anfang schwer ist, hatte man sofort mit einem Sieg angefangen. Spreemann erklärte Lieschen freudestrahlend, was das sagen wolle.

Nun brachte jeder Tag eine andere Neuigkeit.

Schlachten, Gefechte, Siege.

Immer Siege.

Aber die drei gewaltigsten Siegestage hatten neununddreißigtausend Söhne gekostet …

»Nun ist er einen Monat fort«, berechnete Madame Lieschen.

Hans telegraphierte, ob Nachricht von Christian da sei?

Madame Lieschen drehte das Telegramm oftmals herum und sagte, dass Hans ein feiner Herr geworden sein müsse. Sie hätte sich nicht träumen lassen, dass sie einmal einen Sohn haben würde, der Depeschen schickte wie der König.

»Wenn doch Christian einmal telegraphierte. Er ist zu sparsam«, schalt Spreemann, der bis heute noch keinen Pfennig zu viel ausgegeben.

Sie sprachen stets, als ob auch nicht die geringste Gefahr für Christian bestände. Man muss sich nicht selbst das Unglück ins Haus schwatzen.

Ihre Handlungsweise bewährte sich.

Eines sonnigen Tages kam ein Brief von Christian.

Die gleichen langsamen, großen Buchstaben, die er schon in seine Schulhefte gemalt.

Aber was schrieb er?

Spreemann glitzerte es vor den Augen. Er schimpfte auf die Brille und gab Lieschen das Schreiben zum Vorlesen.

Diese begann: »Geliebte Eltern.«

Aber da blendete sie das starke Sonnenlicht. Sie meinte, dass auch sie wahrscheinlich schon lange eine Brille nötig hätte.

»Frauen taugen doch zu nichts«, brummte Spreemann.

Der Brief schwankte wieder von einer Hand in die andere. Mit festem, hartem Ton, laut und rasch, wie wenn er eine Geschäftsorder diktierte, begann er dann endlich zu lesen:

»Geliebte Eltern. Wie anders scheint alles hier draußen. Das Leben gilt nichts und doch alles. Noch bin ich heil und gesund. Das wundert mich selbst. Einmal trug ich die Fahne. Die war schon vieren aus der Hand geschossen. Das weiße Tuch ums schwarze Kreuz war rot von Blut. Ganz durchlöchert und so schwarz, weiß und rot sah sie wie eine fremde Fahne aus. Aber ich hielt sie hoch, wie wenn das Tuch bei Vater gekauft wäre. Bleibt nur gesund, ich will es auch versuchen. Grüßt Hans und Ilka. Und die Schöneberger. Und Berlin und den Dönhoffplatz. Euer Christian.«

»Na, siehst du«, sagte Spreemann. »Ich hab es ja immer gesagt.«

Er stand auf und ging ins Geschäft zurück.

Nun aber nahm Madame Lieschen erst richtig den Brief zur Hand ...

Am Sonntag kamen die Schöneberger, um den Brief zu lesen. Annalise, im hellblauen Kleid, ein schwarzes Sammetband um den Hals, sah recht wie eine Braut aus. Sie hätte wohl gern den Brief mit sich genommen. Aber Mutter Lieschen hatte ihn gleich wieder fortgeschlossen.

Hans bekam eine genaue Abschrift. Und damit gingen wieder einige Tage auf angenehme Weise vorbei.

Es war September geworden, als Lieschen den Brief vorsichtig davontrug. Sie wollte ihn der Hauptpost anvertrauen. In diesen Zeiten musste man vorsichtig sein.

Sie war seit einiger Zeit etwas unsicher auf den Füßen. Aber plötzlich kam es ihr vor, als ob ganz Berlin zu wackeln begann. Erschreckt blieb sie stehen und überlegte, ob der Fehler an ihr oder am Pflaster liege.

Da war es, als ob ganz Berlin aufschrie!

Ehe sich's Lieschen versah, hatte sie ein alter Herr am Arm gepackt.

»Wir haben gesiegt, Madamchen. Ein König hat einen Kaiser gefangen!«, schrie er.

Und dann, weiß Gott es war Wahrheit, küsste er ihre Hutzelbacken, wie wenn sie das schönste junge Mädchen gewesen wäre. Gewiss, er war auch kein Jüngling mehr. Aber sein Geschmack war verwunderlich.

Aber als Lieschen wieder allein stand und sich umsah, lagen sich überall Leute in den Armen. Man weinte und lachte und küsste sich. Sie konnten doch nicht alle miteinander verwandt sein?

Krampfhaft hielt Madame Lieschen ihren Brief fest und setzte sich weiter in Bewegung. Sie dankte Gott, als sie ihn glücklich abgeschickt hatte und endlich durchs Gedränge hindurch wieder den Dönhoffplatz sah.

Spreemann stand vor dem Laden.

»Wo bist du denn?«, schrie er. »Wir siegen, wir fangen einen Kaiser und du treibst dich in den Straßen herum.«

Aber bald begann er anders zu reden.

»Unser Sohn ist dabei, Mutter«, schrie er. »Wir haben mitgeschafft. Wir haben nicht unnütz gelebt. Pass auf, was jetzt alles kommen wird. Du solltest hören, was der Lehrer sagt. Was er alles prophezeit. Er ist kein Dummkopf. Nein, das ist er nicht. Er hat recht, der Mensch. Du solltest einmal mit an den Stammtisch kommen. Hier, lies die Depesche von dem König an die Königin. Lies! Lies! Lies!«

Madame Lieschen sah ihn ängstlich an. Was schwatzte er da? Sie sollte mit an den Stammtisch kommen?

Sollte er am Ende …?

Sie eilte an das Schränkchen, wo der Kirschlikör stand, den Spreemann in letzter Zeit ein wenig lieb gewonnen.

Aber es fehlte kein Tropfen. Es war also alles Natur. Das Unbegreifliche ist nicht aus der Welt zu schaffen.

Dreizehntes Kapitel

Begeisterung ist ein Festkleid. Im Alltag nutzt sie sich bald ab.

Auch Spreemanns Überschwang dämpfte sich, als es sich herausstellte, dass der Friede noch weit im Felde lag.

Der Lehrer sagte, dass man erst in Paris hineinmarschieren müsse. Man musste noch deutlicher zeigen, wer man seit 1814 geworden war.

Das Leben ist eine große Geduldsprobe.

Aber als die Bäume kahl wurden, kam doch wieder ein Brief von Christian. Er war nur kurz. Christian schrieb nicht, dass er gesund wäre, sondern nur, dass er dies von den Eltern hoffe, dass er die Türme von Paris sehen könne, das sie umzingelt hielten, und er nach Hause denke.

Die Buchstaben standen nicht so glatt in Reih und Glied wie eine preußische Schwadron.

»Er hat gewiss auf dem Tornister geschrieben«, sagte Spreemann und sah lauernd zu Lieschen.

»Wenn du meinst«, erwiderte sie. »Nur dass er gar nichts von seiner Gesundheit meldet.«

Spreemann sagte barsch, dass ein Soldat nicht immer an seine Gesundheit denken könne.

Das leuchtete Lieschen ein. Man glaubt so gern, was man hofft.

Aber sie konnte es nicht ändern, dass ihre Beine immer müder wurden. Oder war es ihr Herz? Als die Tage immer kürzer, kälter und dunkler wurden, war sie oft nicht imstande, das Bett zu verlassen.

»Woran hängt's denn noch?«, fragte sie matt, wenn Spreemann die Zeitung studierte.

Er berichtete, dass die Franzosen Heere sammelten, sogar aus Algerien.

»Aus Afrika?«, fragte Lieschen.

Spreemann nickte.

»Mohren?«, fragte sie weiter.

»Ich glaube«, sagte Spreemann leise.

»Gegen schwarze Mohren mein blonder Junge?« Sie legte sich müde zurück.

»Die Farbe ist doch ganz Nebensache dabei«, brummte Spreemann. »Das ist bei uns Deutschen ganz egal. Wir siegen auf jeden Fall. Verstanden?«

Er ging rasch aus dem Zimmer.

Aber nach einer Weile kam er wieder herein. Wie versehentlich strich er über Lieschens Hand, während er sagte:

»Du kannst beruhigt sein. Ob Mohren oder nicht. Ich habe etwas getan, das Christian zugute kommen wird.«

Und er teilte ihr mit, dass er die Reservekasse für eventuelle Enkelkinder zur Errichtung eines Lazaretts gegeben.

Das hatte ihm den Trost gebracht, den er nun an Lieschen weitergab.

Er hatte, wie wir alle, gelernt, dass wir nach Gottes Ebenbilde geschaffen sind. So musste er überzeugt davon sein, dass auch dort oben ein Hauptbuch über Gut und Böse geführt wurde.

Weiter gingen die Tage. Großes geschah. Ein neues Deutsches Reich war gezimmert worden. Ihr König trug eine Kaiserkrone. Paris kapitulierte. Und so war also Christian in dieser Weltstadt.

Ein Sohn in London, der andere in Paris. Man war in Zusammenhang mit der ganzen, großen Erdkugel.

Madame Lieschen konnte nicht begreifen, dass man noch immer nicht Friede machte. Dass man wegen einer Lappalie von fünf Milliarden ihren Christian noch immer nicht heimkehren ließ.

Aber einmal entscheidet sich alles. Plötzlich war es wirklich Friede. Ein Präliminarfriede. In Frankreich unterzeichnet.

Madame Lieschen war nicht mehr bettlägerig, wenn sie auch das lange Fremdwort vor Friede noch beunruhigte. Das war noch kein solider deutscher Friede. Auf den Verlass war.

Aber die Tage wurden nun heller und länger. Der Schnee war geschmolzen, und die Luft war leichter zu atmen.

Ostern fuhr man nach Schöneberg. Man sah die ersten Primeln und Veilchen und sprach schon ein wenig von Hochzeit.

Annalise hatte einen großen Kasten voll schöner selbstgenähter Wäsche, und Madame Lieschen nahm Stück für Stück in die Hand.

Und als es Mai wurde, bekam Mutter Lieschen einen neuen Wunsch erfüllt. Der solide deutsche Friede war da. In Frankfurt a. M., das auf der Karte kaum zwei Finger breit von Berlin entfernt lag, war er unterzeichnet worden. Im Gasthof zum Schwan. Das klang heimatlich und glaubwürdig.

Nun waren die Truppen auf dem Heimweg.

Ihr Einzug rückte näher von Stunde zu Stunde.

Madame Lieschen hatte großes Reinmachen. Und nicht sie allein, überall putzte und seifte ein jeder sein Stück Berlin. Es sah aus, wie wenn die ganze Spreestadt Hochzeit halten sollte.

Man war im Rosenmonat. Aber in diesem Jahre waren die Rosen nicht so wohlfeil wie Möhren. Blumen waren hoch im Preise, denn es war eine Nachfrage nach Rosen und Kornblumen, als wenn die Blumen Leckerbissen wären wie die Teltower Rübchen.

Alle Hände, die monatelang Scharpie gezupft hatten, flochten nun Girlanden.

Der Müller aus Schöneberg kam und meldete, dass Annalise zum Einzug einen Korb voll Kornblumen bringen würde.

Herr Slovitzka wollte, dass man ein Fenster mietete. Unter den Linden oder in der Königgrätzerstraße. Oder Tribünenplätze am Brandenburger Tor. An solchem Tage konnte man schon einige Goldstücke springen lassen. Madame Lieschen antwortete, dass dazu ihre Augen nicht mehr gut genug waren. Sie musste dicht am Straßenrand stehen, wenn sie etwas erkennen sollte.

Herr Slovitzka meinte, dass ihre Füße das nicht aushalten würden.

Madame Lieschen antwortete, dass sie ihre Füße tragen würden, bis der letzte Soldat vorbeimarschiert wäre.

Und diesmal war Spreemann vollständig ihrer Meinung.

»Unser Sohn ist unter den Soldaten, und wir wollen unter den Berlinern sein.«

Mochte er, der Böhme, wieder einmal zu merken bekommen, dass er überhaupt nichts mit dieser Sache zu tun hatte …

Ohne Wolke blaute der Himmel über der festlichen Stadt. Wie Zugvögel dem Frühling zog man in dichten Schwärmen den Feststraßen zu. Heute schob sich kein gleichgültig Unbeteiligter durchs Gedränge. Wo einer aufblickte, traf er Augen, die ihn verstanden.

Unter den blühenden Linden, zwischen Girlanden, Wimpeln und Fahnen, dicht an der Bordschwelle hinter den Schutzleuten, stand Madame Lieschen neben Spreemann. Ihm zur Seite reckten die Schöneberger die Hälse. Zwischen sich den Korb mit Kornblumen.

Elf Monate hatte man gewartet, aber diese letzten Stunden hier waren die längsten.

Es war ein Tag für Slovitzka. Trotzdem er nichts mit dem Ganzen zu tun hatte. Heute stand sich mancher die Hacken schief.

Die Sonne brannte.

Die Soldaten würden einen tüchtigen Durst mitbringen.

Aber man hatte auch überall für Erfrischungsstationen gesorgt. Ob ihnen das Weißbier noch schmecken würde? Nachdem sie den Champagner an der Quelle gekostet?

Plötzlich verstummte alles Geschwätz. Kanonenschüsse. Glockengeläut. In der Ferne Pferdegetrappel und Hurrageschrei.

»Wenn er nun nicht dabei ist, Klaus?«, murmelte Madame Lieschen.

Spreemann hatte es wohl nicht gehört. Er antwortete nicht.

Nun bogen die ersten Reiter durchs Brandenburger Tor. Man hörte Kinderstimmen deutlich die Wacht am Rhein singen. Mancher andere sang mit. Grell blendete die Sonne auf die Helme und Waffen. Vielleicht kam es daher, dass aller Augen überliefen.

Aber nicht nur Tränen fielen. Durch den Sonnenglanz stürzten ohne Unterlass alle Blumen des Sommers und Kränze aus Eichenlaub und Lorbeer nieder.

Lieschen klammerte sich an Spreemann. Das dröhnende Jubelgeschrei, das näher und näher brauste, schien sie umreißen zu wollen.

Jetzt waren sie vor ihr. Bismarck, Moltke und Roon. Mit der Degenspitze fing Bismarck die Kränze auf. Und ein Jauchzen, stärker noch als alle die eisernen Glockenstimmen der Stadt, schwoll zu ihm auf.

Ganz nahe waren Lieschen die drei berühmten Männer. Aber sie vergaß, darüber stolz zu sein. Ihre Blicke irrten suchend zwischen den gewöhnlichen, verstaubten Soldaten umher.

Jetzt kam der Kaiser. Der als König ausgezogen und als Kaiser heimkehrte.

Spreemann wunderte sich, dass des greisen Herrschers Augen feucht waren. Er hatte doch seinen tapferen Sohn gesund und sicher neben sich. Und sogar sein Enkelkind. Ernsthaft ritt er auf seinem Zebrapferd zwischen Vater und Großvater.

»Ja, nun hat er's schwarz auf weiß, dass er ein Kaiser werden soll«, scherzte jemand in der Menge. Viele lachten. Viele Rosen und Kornblumen umflogen den Kaiser der Enkelkinder.

Die Kaiserin, Prinzessinnen und Fürsten kamen vorüber. Und endlich nur Soldaten und Soldaten.

Zwischen die fleckenlosen Freudenwimpel reckten sich die blutigen, zerfetzten Kriegsfahnen. Tapfer getragene und furchtlos erbeutete.

Hinter Lieschen zählte jemand mit lauter Stimme die erbeuteten Fahnen. Er war schon über die Zahl fünfzig hinausgekommen.

»Hundertundsieben müssen es sein«, sagte stolz ein Dicker, der heftig schwitzte. Er schien ebenso genau wie Spreemann die Zeitungen gelesen zu haben.

»Wenn all der Staub Mehl wäre«, sagte der Müller.

Aber Spreemann dachte im Augenblick nicht an Geschäft und Gewinn. Die Menge um sie herum begann sich schon ein wenig zu lockern. Man stand jetzt über sechs Stunden hier.

Lieschen sah nur starr in die Soldaten.

»Man kann sie schwer voneinander trennen«, sagte Spreemann.

»Weil man sie nicht kennt«, antwortete Lieschen, ohne die Augen von den Vorbeimarschierenden abzuwenden. »Ihn werd ich schon erkennen.«

Da begann sie zu zittern.

»Nicht fallen, Mutter«, sagte Spreemann erschreckt.

Aber da war auch ihm, als ob das Pflaster plötzlich Spiralen bekam.

Christians Regiment marschierte vorbei.

Reihe nach Reihe, in Schritt und Tritt.

»Mutter«, stöhnte Spreemann, und statt sie zu stützen, lehnte er sich schwer an Lieschen.

Beinah wäre er umgestürzt. Lieschen hatte den Platz verlassen. Sie drängte vor und gab dem ersten Schutzmann einen Puff, dass er beiseite flog. Sie schonte auch den nächsten nicht, und schon war sie zwischen den Soldaten und Waffen. Jetzt war sie einem Mann mit blondem Vollbart um den Hals geflogen.

Alles lachte, klatschte Bravo, und man jauchzte wie zu Anfang, als die hohen Herrschaften vorbeikamen.

Gedanken von plötzlichem Wahnsinn, Mannstollheit und andere grässliche Zeitungsberichte zuckten durch Spreemanns schmerzenden Kopf.

Aber der Blondbart hob die alte Frau hoch in die Luft, küsste sie und trug sie trotz seines Gewehrs auf den Armen mit sich.

Er drehte sich noch einmal zurück und winkte. Annalise warf blindlings Kornblumen, dann war alles in den Staubwolken verschwunden …

Viele Gescheite behaupten, dass Mutterliebe blind ist. Wie gut, dass Ausnahmen ihnen manchmal diese Regel bestätigen.

DRITTER TEIL

Erstes Kapitel

So war Berlin eine Kaiserstadt geworden. Viele Sommerabende lang hatte es festlich erleuchtet, wie ein Stern unter Sternen, geruht.

Aber man bleibt, was man ist, wie man auch benannt werden mag. Die Berliner erinnerten sich bald, dass ihre Lieblingsbeschäftigung die Arbeit sei. Es fiel ihnen wieder ein, dass der frohe, liebe Mitbürger auch ein Konkurrent sein kann.

Man besann sich auf sich selbst.

Slovitzka machte eine große Bestellung in neuem Stiefelfutter. In verschiedenen Qualitäten. Doch Seide wie Baumwolle sollten einen breiten, schwarzweißroten Bortenrand haben.

Er war nicht der Einzige, der es mit diesen Farben zu etwas zu bringen hoffte.

Auch Spreemann verhehlte sich nicht, dass mit dieser Neuigkeit ein Geschäft zu machen sei. Aber er wartete mit allen neuen Entschlüssen auf Hansens Heimkehr. Ohne Zweifel war Hans ein Weltmann geworden. Der den Anforderungen einer Kaiserstadt gewachsen sein würde. Auch zu Christians glücklicher Rückkehr hatte er eine Depesche geschickt.

Auch sonst stand Spreemann nicht mehr auf einem Bein, wie er sich in seiner Freude zu Lieschen ausdrückte.

Dieser Krieg, der die ganze Welt verändert zu haben schien, hatte auch an Christian sein Wunder getan. In den langen Wochen der Sorge und Angst hatte man ihn sich immer als das scheue Milchbärtchen der Kinderjahre vorgestellt. Da war es beinahe schwer, sich an den wetterfesten Kerl zu gewöhnen, dessen Männlichkeit nicht nur im neuen Bart zu stecken schien. Man hörte seinen Tritt im Haus. Man merkte auch im Schuhwarenlager, dass er in anderen Lagern nicht nur das Gehorchen, sondern das Befehlen gelernt hatte.

Wie vor einem Jahr, als er davonmarschieren sollte, setzte sich Madame Lieschen immer wieder auf, in den warmen, dämmrigen Sommernächten.

Denn da war etwas, wovon man im Hellen nicht reden konnte. Obwohl man es immer vor Augen hatte. Auch wenn man allein war.

Zwei Finger von Christians Rechten waren in Frankreich geblieben.

Er selbst scherzte darüber. Er sagte, dass die Hand eines Berliners auch noch mit drei Fingern eine Bärenpranke blieb. Das hätte er schon in manchen Gefechten bewiesen.

So würde ihn das kleine Manko auch im Lebenskampfe nicht hindern. Davon war Vater Spreemann überzeugt.

Aber Mutter Lieschen kam nicht so leicht darüber weg. Sie erinnerte immer wieder daran, dass sie ihren Jungen mit zehn reizenden kleinen Fingern geboren. Und dass es von Gott selbst angeordnet sei, dass der Mensch zehn Finger habe. Fünf an jeder Hand.

Spreemann sagte, dass sie überhaupt nicht verdiene, dass Christian zurückgekommen sei. Er rief ihr die kalten Winternächte zurück, wo sie wachgelegen hatten und Gott auf Knien gedankt hätten, wenn überhaupt nur ein Fingernagel von dem Jungen zurückgekommen wäre.

Er schalt über die Kleinlichkeit der Frauen, die über zwei verlorene Finger jammerten, wenn ein ganzer Mann heil zurückkam. Und nannte sie gleichzeitig maßlos anspruchsvoll. Denn der Mensch muss Maß halten können mit seinen Wünschen, wo sollte das sonst hinaus.

Madame Lieschen antwortete endlich, dass sie ihr Leben lang nicht verschwenderisch gewesen.

So geriet man allmählich in den gesunden Widerspruch, der nötig war, um diesen Gesprächen endlich ein Ende zu machen und beiden die wohlverdiente Ruhe zu verschaffen.

Aber am nächsten Abend saß man wieder auf. Und begann sich in alter Eintracht den neuen Meinungsverschiedenheiten zu nähern.

Spreemann bewunderte die Sicherheit, mit der dieser sonnenverbrannte Blondbart nicht nur mit den gefährlichen Schießwaffen umging, sondern auch mit jungen lachenden Damen. Wie pfiffig parierte er die Spötteleien Ilkas, die so groß und schlank zurückgekehrt war und sich zu drehen und zieren gelernt hatte wie das vornehmste Fräulein. Und wie ruhig und Zigaretten rauchend ließ er sich von Annalise anschmachten.

Da man sich gern selbst als das Maß aller Dinge nimmt, sagte Spreemann bewundernd, dass er wirklich nicht wisse, woher der Junge das habe.

Madame Lieschen schob nachdenklich an dem Nachthäubchen aus Filigran und meinte dann, dass er das wohl in Paris gelernt haben werde. Wo doch die Amour zu Haus sein sollte.

Spreemann ärgerte sich, dass er darauf nicht selbst gekommen, und sagte brummig, dass hier von Amouren gar nicht die Rede sei. Ilka wäre den Jungen wie eine Schwester und Annalise werde seine künftige Frau. Was schwätzte sie also von Amouren.

Madame Lieschen antwortete, dass sich Eheleute nicht jedes Wort auf die Wagschale legen sollten. Amour und Heirat hätten doch große Ähnlichkeit miteinander, und sie habe damit nichts Böses sagen wollen.

Auch Sanftmut kann eine Waffe sein.

Madame Lieschen wollte keinesfalls, dass Spreemann jetzt

schon wütend wurde und einschlief. Denn auch über Hans hatte sie mit ihm zu reden. Sie wollte wissen, ob ein englischer Herr, Gentleman nannte man das wohl, Gefallen an Erdbeerbowle finden würde. Und ob man ihn in dem breit gestreiften oder im klein gewürfelten Kleide zu bewillkommnen habe.

Sie sollte erreichen, was sie wollte. Erst das Kleingewürfelte wurde Spreemann zum Schlafmittel. Er schalt es ein wandelndes Schachbrett. Lieschen antwortete, dass sie nicht gewusst habe, dass Spreemann Schachbretter führe.

Und nun ergab sich alles Weitere von selbst.

Auf dem Weg zum Bahnhof aber trug Madame Lieschen doch das Kleingewürfelte unter dem schwarzseidenen Umhang.

Schließlich war auch eine Frau ein Mensch, und man konnte wohl auch einmal seinen Willen durchsetzen.

Charakterstärke belohnt sich.

Lieschen hatte den Triumph, dass die Müllerin den Stoff dreimal befühlte und die Elle auf fünf Groschen teurer tarierte, als er je gekostet hatte. Nicht einmal vor drei Jahren, als ihn Spreemann als Modeartikel geführt hatte …

Blau blitzte der Himmel über dem Bahnsteig.

Christian und Annalise wanderten Arm in Arm neben den blanken, glatten Linien, deren Ende nicht zu sehen war. Das Gefühl der Ferne brachte sie einander näher.

Die Müllerin zählte die Sonnenblumen, die das Wärterhäuschen umzäunten.

Madame betrachtete die leeren Wagen auf einem Nebengleise. Sie stellte es sich vor, wie es sein musste, wenn man darin fuhr. Zwischen Leuten, die man nicht bei Namen kannte, an fremden Feldern und Häusern vorbei. Ein rechter Unsinn schien ihr das. Und noch weniger begriff sie, warum dies sonderbare Vergnügen in der ersten Klasse dreimal so viel kostete als in der vierten, wenn man doch nicht früher ankam als die weniger Zahlenden.

Sie ging zur Müllerin, um ihr diese Betrachtungen zugutekommen zu lassen. Denn die beiden Väter besprachen Geschäftliches. Das sah sie an ihren ruhigen, zufriedenen Mienen.

Sie irrte sich nicht. Der Müller erzählte, dass man seine Wiesen in eine Aktiengesellschaft umwandeln wollte. Aber da hatte man sich an den falschen Ochsen gewandt. Er wusste selbst, wo das Futter wuchs. Berliner Boden war jetzt um nichts schlechter als französischer Wein. Je länger er lagerte, umso wertvoller würde er werden. Wenn man es auch selbst nicht erleben wird. Vor seinen Enkeln sollte man einmal katzenbuckeln.

Und da es nicht seine Art war, sich mit Dingen zu beschäftigen, die nur in der Einbildung existieren, kam er jetzt auf das Brautpaar zu sprechen. Er riet zu einer baldigen Hochzeit.

Da schwenkte Madame Lieschen den Sonnenschirm und schrie, dass sie ein Wölkchen am Horizont sehe. Alle eilten zu ihr. Aber niemand konnte etwas Sonderliches entdecken. Nichts regte oder bewegte sich zwischen dem blauen Himmel und den grünen Wiesen.

Alles andere wäre auch unnatürlich gewesen. Denn der Zug hatte erst in zehn Minuten zu kommen. Man war pünktlich in Preußen. Gewiss. Aber nicht voreilig.

Madame Lieschen blieb unbeirrt auf ihrem Platz. Sie hielt den Sonnenschirm waagerecht und winkbereit und sagte, dass sie nicht begreife, was die anderen für einen Horizont hätten. Sie sähe etwas.

Recht zu bekommen ist nur eine Sache der Ausdauer.

Schließlich sahen alle etwas. Nicht nur ein Wölkchen, sondern einen schwarzen Punkt, der geschwind zu einer laufenden Lokomotive anwuchs. Nun hörte man Räder und roch Rauch. Der Bahnwärter läutete feierlich die Glocke.

Lieschen und Spreemann begannen planlos hin und her zu laufen.

Christian und Annalise blieben eingehenkelt stehen.

Die Müllerin, die sehr stolz auf ihren Schwiegersohn war, sagte:

»Wie anders bei Christian. Ihm der Kaiser und Bismarck voran. Und hier die rauchige Poltermaschine.«

»Jeder Wind mahlt anders«, knurrte der Müller.

Inzwischen war der Zug herangerollt.

Aus einem Wagen jener ersten Klasse, über die Madame Lieschen eben noch ihre eigensten Gedanken gehabt, winkte ein eleganter Herr mit einem großen Taschentuch aus Seide.

Diese großen Formate werden nur in prima Qualität angefertigt, fuhr es freudig durch Spreemanns Kopf. Obwohl es sich hier nicht um seine eigene Branche handelte.

Hans hatte sich vorgenommen, mit der ganzen kühlen Ruhe des Briten aus dem Wagen zu steigen und seine Berliner Familie mit einer englischen Redewendung, formvollendet, zu begrüßen.

Aber das deutsche Herz machte ihm durch dieses vornehme Programm einen Querstrich.

Als seine guten Augen die einzelnen Gestalten der Wartenden unterscheiden konnten, schrie er ganz einfach:

»Mutter, Mutter.«

Und in den englisch gepflegten Bart kollerten jene ganz gewöhnlichen Salztropfen, die der ärmste Mensch jeder Nationalität kostenlos zur Verfügung hat.

Aber es ging auch so. Man küsste und umarmte ihn trotzdem in stolzester Freude. Und er war auch so vornehm genug.

Schon am Ausgang des Bahnhofs bemerkte Mutter Lieschen den karierten Reisemantel. Das große, prächtige Fernglas, das im hellgelben Futteral, am gleichfarbigen Lederriemen, an seiner Seite hing.

»Deine Augen sind doch nicht schlechter geworden, mein Junge«, fragte sie besorgt. »Dass du ein so großes Augenglas brauchst?«

Hans beruhigte sie. Das Glas gehörte zum modernen Reisekomfort. Mit der Beschaffenheit der Augen hätte es gar nichts zu tun.

»Es macht sich aber gut an dir«, sagte Madame Lieschen und strich mit dem Zeigefinger über das glatte, angenehme Leder.

»Ich dachte, du hast dir einen Futtertrog umgeschnallt«, sagte der Müller und erklärte seiner Frau mit einem gelinden Puff des Ellenbogens, dass er einen Witz gemacht hatte. Sie gehorchte und lachte. Aber sonst niemand.

Man war nicht unzufrieden, dass sich die Müllersleute nun verabschiedeten, und stieg in eine Droschke.

»So zu Vieren war man wie geschaffen für einen Wagen«, sagte Spreemann.

»Aber eigentlich gehört das Annalischen schon zu uns«, sagte Madame Lieschen. Und sie begann, Annalise einige Straßen lang zu loben.

Hans und Christian beobachteten sich schweigend, prüfend. So wie sie als Kinder neue Bekanntschaften begonnen hatten.

»Wie geht es denn bei Slovitzkas?«, fragte Hans. »Ich dachte eigentlich, dass sie auch zur Bahn kommen würden.«

Madame Lieschen belehrte ihn, dass zwischen Freundschaft und Verwandtschaft ein kleiner Unterschied sei.

»Ilka ist sehr schön geworden«, sagte Christian.

Spreemann sah nur stumm auf diese beiden breitschultrigen Kerle.

»Und Co.«, dachte er.

Er musste sich mitten auf der Fahrt eine Zigarre anzünden, um ruhiger zu werden.

Man schwenkte nun um den Dönhoffplatz.

Madame Lieschens Augen streiften die Fenster der Häuserfronten. Vielleicht bemerkte man, wer da heimkehrte. Es konnte keinem schaden, jemanden im modernsten Reisekomfort zu sehen. Zum Glück war es Sonnabend, wo viele die Scheiben putzten.

Auch bei Slovitzkas war jemand am Fenster. Lieschens Augen waren nicht mehr scharf genug, um zu erkennen, wer es war.

Hans sprang aus dem Wagen und lief ins Haus.

Madame Lieschen konnte nicht mehr so eilen als früher. Aber sie erklomm die Treppen doch schneller als je. Denn sie wollte dabei sein, wenn Hans die Rosengirlande entdeckte, die sie um den alten Esstisch gewunden, wo die duftende Bowle und der braungoldene Napfkuchen harrten.

Aber das Zimmer war leer. Hans war eine Treppe höher gelaufen.

Zweites Kapitel

Kein Mensch kennt den anderen. Aber das behagliche Familienleben vertuscht diese Grausamkeit. Man hat sich immer vor Augen, kennt alle Angewohnheiten seines Nächsten, wie kann man sich da fremd sein?

Aber wenn einer zurückkehrt, der sich eine Zeit lang aus dem glatten Kreise verloren hatte, schreckt eine Ahnung der Wirklichkeit die friedlichen Hausmenschen auf.

Der andere kommt ihnen fremd vor. Und nicht er allein. Alle scheinen plötzlich verändert. Man bewegt sich steif und förmlich. Wie mit lahmen Zungen und Händen.

Bis der gutmütige Alltag Mitleid hat und alles wieder glattpoliert.

Wozu oft nur eine ganze Kleinigkeit gehört. Eine bestimmte Art zu niesen, der persönliche Rhythmus eines Verdauungsschluckers können das befreiende Lachen auslösen und die alte sichere Gemütlichkeit wiederherstellen.

Durch diese wenig behaglichen Klippen segelten jetzt Spreemanns.

Man war beim Empfangsschmaus und bot sich mit starrem Lächeln immer wieder die guten Speisen an. Man sprach aufs eifrigste vom großen London, vom neuen Deutschen Reich oder vom Rauch der Eisenbahnen statt von Spreemann und Co., von Annalise und Ilka. Man redete umständlich von den fünf französischen Milliarden statt von Christians zwei verlorenen Fingern. Man war höflich miteinander, wie wenn man bei besonders vornehmen Leuten zu Gast war und nicht um den alten Essstubentisch saß, wo jede Schramme eine Geschichte erzählte.

Bis die wohlgeratene Himbeergrütze endlich Erlösung brachte.

In dem gleichen Augenblick, wo sie auf den Tisch gesetzt wurde, hoben beide bärtigen Zwillinge ihren Teller hoch und sagten ebenso gleichzeitig:

»Mir zuerst, Mutter.«

Ein befreiendes Lachen schallte über den Tisch. Die Fliegenpuschel unter der Lampe begannen zu schwingen.

»Sie sind noch die Alten«, sagte Spreemann und hielt nun auch seinen Teller ohne lange Umstände dem austeilenden Lieschen entgegen.

»Da ist jedes Himbeerchen eigenhändig gepresst«, sagte Madame Lieschen, nun endlich wieder die richtigen Worte findend.

Und als sie zu essen begannen, fragte sie, was denn Himbeer eigentlich auf Englisch heiße oder ob man so etwas Schönes gar nicht dort hätte.

Hans sagte, dass man dergleichen in Hülle und Fülle dort habe.

»Und wie heißt's?«, fragte Madame Lieschen.

Hans räusperte sich.

»Total entfallen, im Augenblick«, sagte er.

»Was nicht zur Branche gehört, behält man natürlich schwer«, sagte Spreemann entschuldigend.

Madame Lieschen meinte, dass es überhaupt nicht zu begreifen sei, warum es so viel verschiedenes Kauderwelsch in der Welt gäbe. Schließlich säße der Mund doch bei allen Leuten an der gleichen Stelle.

Spreemann befühlte jetzt den Stoff von Hansens Anzug und fragte, was er dafür gezahlt habe.

Hans nannte den Preis. Spreemann fand ihn hoch. Um den Vater von der Erstklassigkeit des Gewebes zu überzeugen, zog Hans geschwind den Rock von den Schultern. Nun kam das Gespräch ins richtige Fahrwasser.

Kaffee und Kirschlikör nach gewohnter, vorzüglicher Art spülten den letzten Rest der Entfremdung davon.

Als Lieschen bemerkte, dass es wieder menschlich zuging, holte sie, als die Krümel des guten Mahles abgefegt waren, ihren vollen Flickkorb und setzte sich behaglich vor den Nähtisch.

Spreemann & Co. blieben auf ihren Plätzen, rauchten und näherten sich mit immer rascheren Atemzügen dem Eigentlichen, was sie einander zu sagen hatten.

Lieschen lauschte dem Stimmenterzett, als sei sie bei Bilse im Konzertsaal. Auf die einzelnen Worte hörte sie nicht. Mochten sie ihren geschäftlichen Kram unter sich abwickeln.

Lächelnd fädelte sie ein. Arglos stopfte sie an alten Schäden, während das Schicksal Neues spann.

»Die Hauptsache ist jetzt: vergrößern, lieber Papa«, sagte Hans, nachdem er des Vaters Zigarre abgelehnt und sich eine andere angezündet hatte, die er einem breiten Silberetui entnommen.

Spreemann sagte, dass er das schon getan, und erinnerte an den Slovitzkastiefel.

»Allright, lieber Vater, das ist ein kleiner Anfang. Aber nichts weiter.«

»Wie?«

Spreemann drehte sich ganz zu Hans herum.

Dieser parierte ruhig die scharfen Blicke, die unter den buschigen Brauen drohten. Das viele Silber, das sich in seiner Abwesenheit an des Vaters Kopf geschlichen, übersah er. Denn er dachte an Gold.

In dem klaren, gemessenen Tonfall, den er in den Kontors der Londoner City gelernt, sprach er, ohne sich unterbrechen zu lassen. Man musste zuvörderst das obere Stockwerk hinzunehmen. Diese Wohnung hier, wo sie saßen. Up and Down musste einem gehören. Pelze, Wäsche, Strümpfe mussten geführt werden. Nach und nach alles, was zum Standard des Lebens gehört. Wohlfeile, aber fashionable Ware. Es hieß nicht nur vorwärtskommen, sondern the First zu sein!

»Fürst? Wieso?«, fragte Spreemann.

»Die Ersten zu sein«, übersetzte Hans und fuhr unbeirrt fort.

»Es lag auf der Hand, dass auch Berlin nun nichts weiterdenken und wollen werde als: Make money.«

»Was ist nun das wieder«, fragte Spreemann beunruhigt.

»Geld machen«, sagte Hans fest und deutlich und gab seiner Zigarre neues Feuer.

Spreemanns Gesicht hellte sich auf bei diesen Worten, die ihm verständlich waren.

»Wir wollen doch mehr Deutsch sprechen, mein Junge«, sagte er.

Und wie um zu zeigen, dass auch die eigene Sprache reiche Schätze berge, ergriff er nun selbst das Wort.

Er sagte, dass er selbstverständlich nichts dagegen habe, so viel Geld zu verdienen als möglich. Dass er natürlich gewillt sei, die gute Konjunktur nach Kräften auszunutzen. Aber was Hans da eben vorgeschlagen hatte – eine Vermischung der verschiedensten soliden Branchen –, erregte in ihm Übelkeit wie ein ekler Brei.

Er versuchte zu lachen. So wie er zu den Witzen des Reisenden lachte, die den scharfen Handel milder erscheinen ließen, ohne etwas daran zu ändern.

Hans blieb ernst wie ein Engländer.

»Well my dear«, sagte er. »Ich nehme dir das durchaus nicht übel. Aber es kommt mehr darauf an, ob du die Sache zugibst, dass du uns nicht hinderlich bist, lieber Papa, als wie sie dir gefällt. Denn über kurz oder lang wirst du dich doch vom Geschäft zurückziehen wollen.«

Spreemann zuckte zusammen. Er schlug sich an die Stirn, als hätte ihn eine Mücke gestochen.

»Ich? Wer hat das gesagt?«, stieß er hervor.

Hans zuckte die Achseln und stieß den Rauch in wohlgelungenen Kreisen durch die stille Stube.

Spreemann sah zu Christian, seinem Blonden. Gab er dem anderen da nicht eine Ohrfeige? Mitten ins Gesicht?

Aber Christian blickte mit wachsamer Ruhe vor sich hin. Wie ein Bernhardiner, der im gleichen Augenblick, wo man pfeift, alle Schwerfälligkeit abschütteln und aufspringen würde.

Hans war des Vaters Blicken gefolgt und sagte:

»Christian ist vollkommen meiner Ansicht.«

»Ja«, sagte Christian, »ein ganzes Haus voll bunter Schaufenster mit vielem Licht, das weit über den Platz fällt, gefüllt mit Waren, gedrängt voll Käufer, wenn man das erreichen könnte. Das wäre eine fabelhafte Sache. Im Augenblick, als es Hans mir sagte, hatte ich schon die verschiedensten Pläne. Die Anordnung – die Einteilung könntet ihr mir vollkommen überlassen – ich sehe alles deutlich vor Augen – es müsste mit der Zeit etwas vom Schloss, vom Palast haben.«

Spreemann dachte an Tante Karoline. Sie hatte nicht einmal mehr die Wasserleitung erlebt. Aber sie hatte doch einmal gesagt, dass Christian etwas von einem Künstler habe.

Weiß Gott, dies Gefasel da hatte wirklich etwas Abnormes, Unnormales – man genierte sich ordentlich.

Er zog an seiner Zigarre. Sie war ausgegangen. Diese verdammten Glimmstängel. Bei der Pfeife hatte man wenigstens Zeit zum Nachdenken. Aber diese neumodischen Artikel. Alles im Eiltempo. Ohne Verlass.

Lieschen merkte, dass die Musik eine Pause machte. Lächelnd stand sie auf.

»Ausgeplaudert, neue Firma?«, sagte sie, kam an den Tisch und strich den drei Männern liebevoll über das Haar. Erst dem Blonden, dann dem Braunen und zuletzt dem Grauen.

»Papa wird müde sein«, sagte Hans und stand auf.

»Du wohl auch«, sagte Mutter Lieschen, »du hast seit gestern ein tüchtiges Stückchen Weg hinter dir.«

Sie stellte sich auf die Zehenspitzen und gab jedem Jungen einen Kuss.

Türen klappten. Es wurde still in der Wohnung.

Leise, auf Filzsohlen schlüpfte Lieschen noch einmal in die Küche. Sie sah nach, ob der Gashahn geschlossen. Dann stellte sie die übriggebliebenen Speisen noch einmal in frisches, kühlendes Wasser. Denn es war ein heißer Abend.

Aber je weiter im Sommer, je näher dem Herbst. Es ging schon alles in Ordnung vor sich.

Als sie mit dem Leuchter in der Hand am Zimmer der Jungen vorüberging, hörte sie ihre Stimmen. Sie musste sich zusammennehmen, um die Kinder nicht durch Husten zu erschrecken. Denn der Korridor war gefüllt mit Tabaksqualm. Nun wusste man doch wenigstens wieder, dass man Söhne hatte.

Müde und glücklich ging sie zur Ruhe.

»Nun, Alter«, flüsterte sie durchs Zimmerdunkel, »bist du froh, dass wir ihn wieder da haben, den Großen? Stattlich ist er geworden, das muss uns auch der Neid lassen. Stattlich. Alle beide. Einer wie der andere. Und was Christians Hand betrifft – du hast recht – es sieht auch so sehr gut aus. Es ist alles nur Gewohnheit.«

Sie gähnte.

Spreemann antwortete nichts.

Beides war Lieschen recht.

Zufrieden schlummerte sie ein.

Drittes Kapitel

Je näher der Mensch dem Abend des Lebens rückt, umso weniger Schlaf braucht er. Die Zeit vor dem Dunkelwerden ist die Geschäftigste.

Es war noch still in der Wohnung, noch sonntagsfriedlich auf Platz und Straße, als sich Klaus und Lieschen schon wieder gegenübersaßen und die frische Morgenluft lobten.

Ehe noch der erste Milchwagen mit den blanken Blechkannen und dem kläffenden Köter über das Pflaster geholpert kam, hatte Spreemann Madame Lieschen den ganzen unsinnigen Plan ihrer Jungen auseinandergesetzt.

Es war sonst nicht seine Gewohnheit, mit Lieschen Geschäftliches zu bereden. Erstens verstanden Frauen nichts davon. Der Einblick in Reihen von sehr vielstelligen Zahlen konnte der für sie notwendigen Sparsamkeit hinderlich sein. Und außerdem musste es doch noch einen kleinen Unterschied zwischen Mann und Frau geben.

Aber wenn man sich allein fühlt, ist man nicht wählerisch. Man ist zufrieden, ein willig Ohr zu finden, das einen anhört. Vielleicht sogar versteht.

Madame Lieschen hatte die Augen in einer Bunzlauer Schüssel, in die sie Schoten pellte. Spreemanns Vertrauen ehrte sie, und sie achtete darauf, dass die Hülsen beim Aufspringen möglichst wenig knallten. Sie hörte genau zu.

»Das kommt davon, wenn man mit seinen Kindern zu hoch hinaus will«, sagte Spreemann am Schluss des Berichts. »Aber du musstest ja den Jungen nach London lassen. Hier in Berlin wäre ein Sohn anständiger Leute nicht auf solche Gedanken gekommen. Davon bin ich überzeugt.«

Lieschen schwieg und pellte.

»Schon der Gedanke, uns aus unserem Heim jagen zu wollen, ist doch unerhört. Hier, wo wir gelebt und gespart haben, ehe von diesen Jungen überhaupt eine Ahnung da war.«

Er sah scharf und ärgerlich auf Lieschen.

Zum ersten Mal im Leben, wo ihre Tränen ihm wohlgetan hätten, blieb sie in aller Ruhe sitzen. Als ob sie auf beiden Ohren taub sei. Dazu war man nun dreiundzwanzig Jahre verheiratet.

»Hier, wo Tante Karoline aus und ein gegangen, wo die Jungen zur Welt kamen, während ich unsere Vaterstadt verteidigen ging, hier wo noch der selige Herr Hirschhorn mir die Hühneraugen schnitt, hier wo uns der Laubfrosch gestorben.«

Er suchte aufgeregt in allen Ecken seiner Erinnerung nach neuen Geschossen auf Lieschens Tränendrüsen.

Jetzt tat sie wenigstens den Mund auf.

»Das seh ich nicht ein«, sagte sie friedlich. »Die neuen Wohnungen haben alle hübsche Balkönchen, wo man in Zigarrenkisten Radieschen und Schnittlauch pflanzen, im Sommer selbst drauf sitzen und im Winter das Pökelfleisch hinausstellen kann. Sie haben reizende, helle Küchen und manche sogar Badestuben. Denke nur an Kreisrats Wohnung am Halleschen Tor.«

»Badestube«, schnaufte Spreemann. »Eigene Badestube. Ich weiß nicht, woher euch dieser Hochmutsteufel zwackt. Als ich mein Geschäft gründete, lief man nach den Linden, um zu sehen, wie die Wanne für den König aus dem Hotel de Rome ins Schloss hinübergebracht wurde. Aber meine Herren Söhne müssen eine eigene Badewanne haben. Natürlich.«

Lieschen sagte, dass er sich nicht aufregen sollte und vor allen Dingen sein Geschäftliches bedenken müsse. Das bliebe doch die Hauptsache.

»Ich wundere mich nur, dass du nicht lachst über diesen ganzen Einfall«, rief Spreemann. »Oder wenigstens weinst. Einen kleinen Begriff vom Geschäft musst du doch auch bekommen haben in all den langen Jahren. In der ganzen Stadt gibt es doch nichts Ähnliches.«

»Mir gefällt immer gerade, was kein anderer hat«, sagte Lieschen einfach. »Und dann – du kannst doch nicht behaupten wollen, dass unsere eigenen Jungen dumm sind oder nicht klug im Kopf. Und außerdem, wenn Hans sagt, dass es in London schon so etwas gäbe, dann gibt es doch eben so etwas.«

Spreemann bereute seinen Fehler. Mit Frauen war nicht von Geschäften zu reden. Er hatte es vorher gewusst. Und doch nicht danach gehandelt.

Er sagte es Lieschen geradeheraus und verlangte wütend nach dem Frühstück. Zu etwas mussten die Weiber doch wohl taugen.

Lieschen nahm eilig die Schotenhülsen in die Schürze und die Schüssel in den Arm.

»Wenn's so ganz was Besonderes ist – nachher setzen sie dir vielleicht gar ein Denkmal«, sagte sie. In Gedanken versunken ging sie hinaus ...

Bald darauf setzte das Mädchen angenehm duftenden Kaffee und dampfende Milch auf den fleckenlosen Frühstückstisch, den die Morgensonne mit beweglichen Kringeln schmückte. Auf einen dieser Sonnenringe legte das Mädchen bescheiden einen Brief.

»Herr Slovitzka hat dies geschickt«, sagte sie und ging eilig hinaus.

Spreemann griff hastig nach dem großen Kuvert.

War sein Freund zu fein geworden, um mit ihm zu reden? War er etwa mitten im Sommer Hoflieferant geworden? Das war etwas, wonach Slovitzka strebte wie ein König nach der Krone. Obwohl ihm Spreemann oft genug erklärt hatte, dass man bei Hof doch Zeit genug habe, um Stiefel auf Maß zu tragen, und seine Gummischuhe gar nicht brauchte, da man sogar bei gutem Wetter Equipage fuhr.

Auf dem großen Kuvert war der Slovitzkastiefel abgebildet. Ebenso am Kopf des Briefbogens, den Spreemann jetzt auseinanderfaltete. Spreemann kannte den Stiefel, denn er verdiente 50 Prozent an ihm. Daher hielt er sich nicht weiter bei ihm auf und begann zu lesen.

Er konnte sich nicht gleich in den Inhalt hineinfinden. Nur merkte er sofort, dass der Brief nichts enthielt, was er befürchtet.

Von einer Rangerhöhung verriet dieses Schreiben nichts.

Herr Slovitzka teilte dem geehrten Herrn Spreemann mit, dass er zwar nicht Berliner sei, aber trotzdem seine Tochter Ilka nicht vor der Wohnungstür küssen lasse. Weder auf der Vorder- noch auf der Hintertreppe. Und wenn der betreffende Delinquent nicht umgehend im gebügelten Frack und Zylinder die rückständige Erlaubnis dazu für Zeit und Ewigkeit von dem betreffenden Papa Schuhfabrikant en gros und en détail nachzusuchen käme, würde man die Sache den Gerichten übergeben.

»Dies reibt Ihnen unter die Nase Ihr achtungsvoller Josef Slovitzka«, lautete der Schluss dieses nachbarlichen Schreibens.

Delinquent ist ein Schimpfwort, und außerdem hat man an mich hochachtungsvoll zu schreiben, war das erste, was Spreemann aus der Fülle seiner Erregung aufsprang. Und gleichzeitig kühlte ihn wie ein erfrischender Lufthauch der Gedanke, dass sich sein Freund Slovitzka tüchtig geärgert haben musste. Dieser Böhme!

Lieschen kam herein, goss sich Milch und Kaffee ein und begann Semmel in die große Blumentasse zu brocken.

Das Kuvert mit dem Stiefel schob sie achtlos beiseite. Trotz des morgendlichen Gesprächs hatte sie sich noch nicht daran gewöhnt, Geschäftliches zu beachten.

»Was verstehst du unter Delinquent«, sagte Spreemann.

»Verbrecher«, sagte Lieschen freudig. »Ist wieder was passiert?«

Ihre lebhaften Augen suchten nach der Zeitung.

»Da lies«, sagte Spreemann und reichte ihr den Brief.

Lieschen holte neugierig die Brille aus dem Schlüsselkorb und las.

»Das versteh ich nicht«, sagte sie erregt. »Kann ein Mensch in dieser Weise schreiben, der noch gestern Kalbsbraten bei uns aß?«

»Vorgestern«, verbesserte Spreemann ärgerlich.

»Und wenn auch«, erwiderte Madame Lieschen.

Da kamen Hans und Christian ins Zimmer. Starker Tabakduft ging von beiden aus.

»In meiner Jugend roch man am Morgen nach Seife«, sagte Spreemann, dessen Ärger nun langsam nach oben stieg.

»Das ist jetzt Nebensache«, sagte Lieschen. »Zeig doch vor allen Dingen den Brief.«

Sie wandte sich zu Hans.

»Der Slovitzka nennt dich Delinquent oder so etwas, weil du Ilka schon vor der Tür Guten Tag gesagt hast.«

»Wozu brauchst du sie auch zu küssen, man kann sich doch auch so begrüßen«, brummte Spreemann, »nichts wie Ärger hat man.«

Die ganze Gegend um Hansens wohlgepflegten Bart herum wurde feuerrot.

Er las den Brief und rief:

»Das muss sofort erledigt werden.«

Und eilte hinaus.

»Um Gottes willen«, schrie Madame Lieschen, »schlag ihn nicht tot. Beherrsche dich.«

Sie rannte ihm nach, aber sie wusste nicht, ob er ihre Worte noch gehört hatte. Er zog schon oben die Klingel.

Auch Spreemann war aufgesprungen. Er war ärgerlich auf

Hans gewesen. Aber, um Gottes willen, passieren durfte dem Jungen nichts.

»Willst du ihm nicht nachspringen«, schrie er zu Christian. »Er kann vielleicht einen Soldaten gebrauchen.«

Aber Christian sagte ruhig:

»Dazu bin ich nicht nötig, lieber Papa«, und sah dabei trotz seines Bartes so dumm-traurig aus wie früher, wenn ihm Hans alle bunten Murmeln abgewonnen.

Man hörte oben erregte Schritte. Laute Worte. Jetzt einen dumpfen Fall.

»Er hat ihn erschlagen«, schrie Madame Lieschen. Ihr sauberes Morgenhäubchen saß auf einem Ohr.

Schon jagten eilige Schritte die Treppe herunter.

Alle Türen waren ohnedies offen.

Im nächsten Augenblick standen Hans und Ilka im Zimmer.

»Da ist sie«, rief Hans, sehr rot und glücklich.

»Meine Braut, eure Tochter.«

Weinend fiel Ilka Mutter Lieschen um den Hals. Während die Tassen klirrten, weil jetzt Slovitzka hereingestampft kam.

Er strahlte vor Zufriedenheit. Freundlich klopfte er Spreemann auf die Schulter und sagte:

»Ich nehme die Sache nicht weiter übel, alter Freund. Der Junge hat eben Vorschuss genommen. Unter Geschäftsfreunden schließlich kein Unglück.«

Er lachte dröhnend auf.

»Alle Stühle hat das Mädchen vor Freude umgerissen. Aber die beiden sind auch wie geschaffen für einander.«

»Na, bekomme ich auch von dir einen Kuss?«, sagte jetzt Ilka, die übermütig vor Christian stand.

»Ich verzichte«, sagte Christian steif.

»Annalise führt wohl Buch über dein Herz und deine Küsse?«, neckte Ilka. »Ich stehl ihr einen weg.«

Und sie küsste Christian.

Alle lachten, zufrieden, dem schnellen Atem einen Schwung geben zu können.

»Die Hauptsache ist, dass niemand tot ist«, stammelte Lieschen erregt zu Spreemann, der noch gar nichts gesagt hatte. »Und eine gute Partie ist sie auch«, flüsterte sie leiser hinzu.

»Du hast ganz recht, das muss vor allen Dingen besprochen werden«, fuhr Spreemann auf. »Ganz zum Narren halten lasse ich mich doch nicht.«

Und Slovitzka und Spreemann verschwanden in der guten Stube.

»Zuerst möchte ich für andere vorkommende Fälle bemerken, dass ich im schriftlichen Verkehr auf das Wort Hochachtungsvoll Anspruch mache«, sagte Spreemann gemessen, ehe sie sich setzten.

»Selbstverständlich«, sagte Slovitzka. »Wir sind doch nun sozusagen sogar verwandt. Aber kommen wir zum Wesentlichen.«

»Wie viel also?«, sagte Spreemann. Im Geschäftlichen liebte er keine Umschweife.

»Die Sache ist die, dass ich eine Seifenfabrik gründen will. Auf Aktien. Man nennt mich da Direktor – und außerdem Seife – die höchsten Herrschaften können Seife brauchen – daher bin ich also geneigt, den Slovitzkastiefel ...«

Spreemann unterbrach.

»Alle Achtung vor Ihrem Fabrikat. Es ist nicht schlechter als die meiste Fabrikware. Aber eine Mitgift ist es nicht.«

In diesem Augenblick kam Hans ins Zimmer.

»Meine lieben Papas, ich möchte dabei sein«, sagte er ruhig und schob einen Stuhl zwischen sie.

Slovitzka meinte, dass Väter solche Angelegenheiten lieber unter sich abmachten.

Dies weckte Spreemanns Misstrauen. Er bat seinen Sohn zu bleiben.

»Das einfachste ist, ich sage, was ich wünsche«, sagte Hans ruhig, »uns liegt daran, das Haus hier zu erwerben. Ich weiß, dass es für 30.000 Taler zu haben ist ...«

Mit derselben Fertigkeit, gegen die gestern Spreemann vergeblich gekämpft, widerstand er jetzt dem zweiten Papa.

Slovitzka wischte sich den Schweiß von der Stirn. Dummerweise hatte er seiner Wirtschafterin schon die bevorstehende Verlobung angedeutet. Gewiss war sie mit dem Marktkorb und dieser Nachricht schon von Haus zu Haus gezischt. Auch sonst hatte er schon diesem und jenem Andeutungen gemacht. Sonst wäre er längst aufgestanden. 30.000 Taler!

Er sagte, dass man für diese Summe drei Frauen hundert Jahre hindurch ernähren und kleiden könne. Selbst wenn man nur einen Prozentsatz von 4 1/2 annehmen würde.

Hans machte seine weiteren Vorschläge. Die Stiefel würde man auch ferner führen. Auch die neue Seife mit Beteiligung. Von dem vergrößerten Geschäftshaus sprach er, als säße man schon drin.

Einigkeit macht stark. Schweigen ist Gold.

Spreemann widersprach nicht. Spreemann schwieg.

Man wird dem eigenen Sohn nicht das Geschäft verderben. Jedes Wort von seiner Seite wäre zu viel gewesen.

Aber er siedete, wie wenn er in der prallen Julisonne säße und nicht in einem Zimmer, wo sogar die Vorhänge zugezogen.

Immer häufiger strichen die türkischen Tücher über die heißen Stirnen, wo Jahrzehnte einliniert waren.

Hans hatte nur einmal mit dem großen Gelbseidenen die glatte Bahn über seinen scharfen Augen betupft.

Das war, als er gesagt hatte, dass es Ilka gut haben sollte ...

Der Kaffeetisch war längst abgeräumt. Christian war nach Schöneberg gegangen. Ilka war hinaufgesprungen, um sich schön zu machen. »Wie freu ich mich auf den Ring«, hatte sie gesagt, als sie Mutter Lieschen rasch noch einmal umarmte, ehe sie die Treppe zurücksprang.

Und immer noch verhandelte man dort in der guten Stube.

Mutter Lieschen eilte mit dem Staubtuch von einem Zimmer ins andere. Was lange währt, wird gut. Aber was gar zu lange brät, wird nicht gar.

Endlich ging die Tür.

»Also morgen kommt es in die Zeitung. Beide Familiennamen fett gedruckt«, sagte Slovitzka.

»Ihr seht aus, als hättet ihr eine weite Landpartie gemacht«, sagte Lieschen und sah forschend in Spreemanns Gesicht.

»Wir übernehmen Ilka und das Haus hier«, flüsterte er ihr hastig zu. »Durchaus günstiger Abschluss.«

»Ich sage ja, der Junge ist nicht dumm«, hauchte Lieschen zurück.

Es war ein Tag, wo man nie allein war. Wo nie einer allein sprach, sondern immer mehrere durcheinander. Wo man eigentlich erst abends im Bett begriff, was vorgegangen war.

»Merkwürdig ist die Wirklichkeit«, sagte Lieschen. »Man denkt doch bei Verlobung immer an Flieder und Nachtigallenschlag. Und bei Christian war Annalise nicht einmal selbst da – und heute, die Angst mit dem Delinquenten. Und wenn ich weiter zurückdenke, bei uns selbst …«

Spreemann unterbrach sie. Er wollte Ruhe haben. Er brauchte heute kein Schlafmittel.

»Eine Verlobung ist doch eine ganz normale Sache. Ich weiß nicht, warum es dabei besonders unnatürlich zugehen soll«, brummte er. Legte sich auf die Seite und schlief ein.

Und auch Lieschen blieb nichts anderes übrig, als die natürlichen Dinge natürlich zu nehmen.

Viertes Kapitel

Selbst wer's Gras säet, hört es nicht wachsen.

Wie aus buntem Traum erschreckt, fanden sich Klaus und Lieschen wenige Wochen später allein gegenüber am leeren Esstisch. Überall standen Stühle. Kreuz und quer, wie wenn Kinder Krieg gespielt hätten. Auf dem langen Tisch der guten Stube umstanden Gläser mit Weinresten, zwischen Krümeln und Aschenstaub, den hohen, geplünderten Baumkuchen.

Dämmerung durchdunkelte das Zimmer. Wie damals, als die Fenster hier dauernd verhängt waren, weil sich Lieschen, um die Wette mit den Neugeborenen, gesund schlafen sollte. Diese gute Stube, wo sich, Hansens Plan gemäß, das Seidenlager bald bauschen würde.

»Man sollte anzünden«, sagte Spreemann durch das Dämmer.

»Jawohl«, antwortete Lieschen. Aber sie rührte sich nicht.

Mancher Held verschwindet hinter seinem Werk. Eine Mutter tut es immer.

Nur Lieschens Füße wussten, was sie heute gelaufen waren. In den feinen Goldkäferschuhen aus Slovitzkas Fabrik.

Gewiss, das Essen war vom Stadtkoch gewesen, das Eis vom Konditor. Beim Tafeldecken hatte der Lohndiener geholfen.

Spreemann meinte, dass Lieschen gar nichts zu tun gehabt. Was verstand ein Mann vom Leben?

Und in solchen Tagen haben wohl nicht nur Hände und Füße zu tun. Auch das Herz hat zu schaffen.

Zwei Bräute waren eben zur Tür hinausgegangen. Zwei liebliche Mädchen. Aber sie waren immer nur zu Besuch hier gewesen. Die Jungen dagegen …

Das waren also nun wirklich Männer, die man überall für voll ansah ...

Spreemann wusste nicht, ob die Gläser geklirrt hatten, oder ob der Ton aus Lieschens Halse gekommen.

Er hatte auch ein unangenehmes Gefühl im Hals.

Darum sagte er ärgerlich:

»Jungen gehen eigene Wege. Das hätten wir schon merken können, als sie zu laufen begannen.«

Lieschen fand es trotzdem nicht nötig, dass Hans schon wieder fortgereist war.

Spreemann meinte, dass man dies Ilka wohl in Dresden so eingeredet hätte. Hochzeitsreise nach Italien. Das war die neue Modekrankheit.

»Ob sie da wirklich die Apfelsinen von den Bäumen pflücken können?«, fragte Lieschen nach einer Weile.

»Sie behaupten es wenigstens«, erwiderte Spreemann und gähnte.

»Ich dachte, dass es da hauptsächlich Flöhe gibt«, sagte Lieschen. »Die Kreisrätin erzählte, in dem berühmten Venedig gäbe es nur Gondeln und Flöhe.«

Spreemann gähnte und sagte, dass man vielleicht gar nicht erst Licht zu machen brauche und gleich ins Bett gehen könne.

Lieschen überhörte es, denn sie überdachte den vergangenen Tag.

»Der Rheinlachs war doch vorzüglich«, fing sie wieder an. »Ich habe zwar vergessen, davon zu essen. Aber er sah so aus.«

Nun musste sie auch gähnen.

»Die Füße sind mir schwer wie Blei«, sagte sie.

»Du hattest doch gar nichts zu tun heute«, sagte Spreemann. »Ich dagegen – das Beaufsichtigen der Weinflaschen, das Anbieten der guten Zigarren.«

Er stand auf.

»Übrigens, beinahe hätte ich etwas Wichtiges vergessen – geh nur inzwischen zur Ruhe.«

Mit wichtigen Schritten verließ er das Zimmer.

Er ging an den Geldschrank. Er war unzufrieden mit sich. Diese Tage beständiger Erregung brachten ihn aus aller Ordnung. Es war höchste Zeit, die Reservekasse für Enkelkinder zu erneuern. Sorgfältig verteilte er vier blanke Taler in vier kleine Schachteln.

Das war immerhin ein Anfang.

Fünftes Kapitel

Wieder schob der tägliche Teil der Pflichterfüllung Lieschen durchs Zickzack des Lebens.

Sobald es feststand, dass man das alte Heim verlassen musste, hatte sie auch schon zu kramen und zu räumen begonnen.

Niemand weiß, wie viel er besitzt, ehe er es einpacken muss.

Immer wieder mussten neue Kisten aus dem Lagerraum von Spreemann & Co. heraufgeschafft werden.

Trotzdem ließ sich Mutter Lieschen von niemandem helfen. Die Männer hatten ohnedies genug zu tun. Schon hämmerten unten die Maurer. Schon roch es nach Kalk und Mörtel. Die Schwiegertöchter aber hatten mit dem Aufbau der eigenen jungen Heime zu schaffen.

Wenn sie auf einen Augenblick heraufgesprungen kamen, weil sie in dem Laden nach den neuen Ehemännern geguckt hatten, denn sahen sie mit neugierig verwunderten Augen auf den aufgestapelten Krimskrams.

»Ach, wie viel altmodisches, unnötiges Zeug«, sagte Ilka, die sich sehr elegant und mit einem frauenhaften Kapottehut auf den hübschen Locken in dem vollgefüllten Zimmer herumdrehte.

Sie mochte nicht unrecht haben. Denn Madame Lieschen hatte nie etwas fortgeworfen. Sie war der Ansicht, dass man alles wieder irgendwo oder -wann im Leben gebrauchen konnte.

Alle Dinge sind eben das, wofür wir sie ansehen. Was der eine Kram schilt, kann dem anderen kostbar Gut bedeuten.

Was Ilka dort in der Hand hielt, schien wirklich nur ein Fetzen schwarzer, zerschlitzter Seide zu sein.

Ilka konnte nicht wissen, dass sie hier ein Stück des Schwerseidnen berührte, das Madame Lieschen bei der Taufe ihrer Zwillinge geschmückt hatte. Und das, als das Kleid als solches nicht mehr taugte, in eine Schürze für Tante Karoline umgewandelt worden war. Die diese bis zu ihrer letzten Erkrankung mit schonender Vorsicht getragen.

Auch der altväterliche Fußschemel, an den Ilka mit der Lackspitze ihres Slovitzkastiefels feinster Ausführung tippte, schien recht entbehrlich zu sein. Sicher knabberte schon der Holzwurm drinnen. Selbst Annalise, die längst nicht so leicht mit Menschen und Dingen umsprang wie Ilka, war durchaus dieser Meinung.

Was wussten die lachenden jungen Frauen von dem Tage, wo ein kleiner jüdischer Heilgehilfe dem Herrn Spreemann in den kleinen Zeh schnitt, der dort auf jenem Schemel geruht hatte.

Aber davon sagte Madame Lieschen kein Wort.

Im Gegenteil. Sie sagte:

»Ihr mögt recht haben, liebe Kinder.«

Und nur mit leiser Entschuldigung fügte sie hinzu, dass der Mensch, wenn er alt wird, an seinem Kram hängt. Und dass auch sie dies, will's Gott, einmal erleben würden.

Und sie füllte zwei Gläser mit Obstwein, stellte den Teller mit selbstgebackenem Aniskuchen auf den Tisch und nahm es nicht übel, wenn sie bald wieder die angenippten Gläser forttragen, die Kuchenkrümel abfegen konnte und wieder allein war. Allein mit ihren Schätzen. Und doch nicht einsam.

Erinnerung ist eine große Zauberin. Aus einer alten Schleife lässt sie Augen lächeln, die längst geschlossen. Ein vermodertes Rosenblatt blüht unter ihrem Hauch wieder auf, es duftet und ruft Stunden zurück, die längst dem Nichts verfallen.

Madame Lieschen schnürte, faltete, schichtete Bündel und Ballen, bückte, beugte und wunderte sich, wie viel sie doch, alles zusammengenommen, erlebt hatte.

Wenn ihr das jemand früher erzählt hätte, sie würde gelacht und es nicht geglaubt haben.

Bei den Mahlzeiten versuchte sie, auch Spreemann in diese Reminiszenzen zu verstricken. Aber er hatte keinen Sinn dafür. Er im Gegenteil war nur mit der Zukunft beschäftigt. Mit morgen, übermorgen, in einem Monat, in zwei, in drei.

In zwölf Wochen sollte das neue Geschäftshaus eröffnet werden. Eine ganze Reihe von Gasflammen sollte die neue Fensterfront auch von außen beleuchten.

»Wenn du wüsstest«, sagte Spreemann, aus seinem schweigenden Kauen heraus.

Und im stillen fügte er hinzu:

»Was die Jungen alles mit mir vorhaben.«

Aber er hütete sich, es laut zu sagen.

Im Hause wenigstens wollte er seine Machtstellung behalten.

Lieschen musste es als große Gnade ansehen, dass sie den Umzug aus eigenen Kräften leiten durfte.

Aber Lieschen hatte sich über so vieles zu verwundern, dass sie auch über dieses Warum der raschen Wirklichkeit nicht weiter nachgrübelte.

Ebenso wie sie über die nicht geahnte Reichhaltigkeit der Schübe und Schränke überrascht gewesen, musste sie nun staunen, wie rasch sich die Zimmer leerten, sobald man mit dem Davontragen der Möbel begonnen.

Wieder zeigte es sich, dass äußerer Besitz viel schneller schwindet als innerer.

Kaum dass die großen handfesten Kerle die Treppen hinaufgestampft waren und an den Möbeln zu rücken anfingen, waren die Stuben auch schon leer. Nur der Fuselatem der schweißtriefenden Träger, Streu und Staub drehten sich zwischen den Wänden. Zwischen den Fenstern und Tapeten, wo ein Leben lang kein Staubkörnchen geduldet worden.

Aber die Räume sahen jetzt noch einmal so groß aus. Wie wenn sie zeigen wollten, dass auch sie mit ihren höheren Zwecken zu wachsen verstanden. Dass sie sich auch als stattliche Geschäftshallen zu benehmen wissen werden.

Madame Lieschen bemerkte es mit einem raschen, erstaunten Blick. Viel Zeit hatte sie nicht dazu. Alles in Berlin vergrößerte sich, aber die Minuten waren kürzer geworden.

Lieschen seufzte. Nicht ungern hätte sie ihren alten Klaus herausrufen lassen, um das Wachstum der leeren Wohnung bewundernd zu besprechen und manches wieder wachzurufen, was sich zwischen diesen Wänden abgespielt. Wo man nun nichts zurückließ als ein paar rostige Nägel.

Aber die Zeiten langsamer Behaglichkeit schienen ein für alle Mal vorbei.

Das Gestampf neuer Schritte brachte Lieschen schnell wieder in Bewegung und Tätigkeit. Die Maurer zogen schon mit ihren klecksenden Werkzeuggeräten in die Küche ein. Wo auf dem kalten Herd die guten Lampen und die große Vase aus Berliner Porzellan in Sicherheit gebracht waren. Eilig stürzte Lieschen zu ihrer Rettung davon.

Und bald saß sie mit ihnen in der Droschke. Auf dem Bock neben dem Kutscher saß das Dienstmädchen, die letzten Besen als hochgehaltenes Banner zwischen die Knie geklemmt. Alles bereit zur Abfahrt.

Man hatte stets auf die alten Berliner Droschken gescholten. Die Jungen sagten, man hätte den Pferden nie ansehen können, ob sie liefen oder ständen. Möglich, dass sie zwischen diesen beiden Tätigkeiten keinen großen Unterschied gemacht hatten. Dafür waren sie brave Gäule, die niemand in Lebensgefahr brachten.

Dieses neumodische Pferd zog so rasch an, dass es Lieschen glühend heiß vor Schreck wurde. Ihr Kapottehütchen rutschte aufs linke Ohr, die Lampen klirrten, die Vase zitterte, die Besen schwankten, und Lieschen hatte so viel zu halten, zu fassen und zu umkrampfen, dass sie erst weit unten in der Leipziger Straße bemerkte, dass sie ihr altes Heim für immer verlassen.

Nicht Zeit zum Nachdenken zu haben, spart manche Träne.

Daher hätte Vater Spreemann gar nicht in die entferntesten Lagerräume zu fliehen brauchen, sobald man die Droschke heranpfiff. Aber er fürchtete den Abschied. Er war fest überzeugt davon, dass sich Lieschen von der Jungfrau von Orleans anstecken lassen würde. Dass sie sich ein Beispiel nehmen würde an jenem tränenreichen Lebewohl der bewässerten Wiesen, das sie noch immer auswendig konnte.

Er war nicht wenig froh, als Hans ihn endlich in seinem Versteck aufstöberte, um ihm vergnügt zu erzählen, dass Mamachen so besorgt um zwei lange Lampen und eine dicke Vase gewesen, dass sie ganz vergessen hatte, sich zu verabschieden.

Er wurde ganz gerührt vor Freude.

»Gott gebe, dass sie gesund und heil mit all dem zerbrechlichen Zeuge anlangt«, sagte er. »Sie ist eine tüchtige Frau.«

Es war Tischzeit. Sowohl Hans wie Christian baten ihn, mit nach Haus zu kommen.

Lieschen hatte schon am Morgen jede Einladung abgeschlagen. Sie sagte, dass sie heute nicht ruhig genug wäre, um sich an einen gedeckten Tisch zu setzen. Sie wollte vor allen Dingen in Ordnung kommen.

Und zwar ohne Hilfe.

Sie hatte ein schlechtes Gewissen. Denn nicht nur die alte Seidenschürze und der wurmstichige Fußschemel waren sorgfältig eingepackt worden, auch manches andere von der Zeit Zermürbte sollte auch unter dem neumodischen Dache wohlbehütet ein neues gesichertes Obdach finden.

Alte Leute haben ihre Grillen.

Auch Spreemann nahm keine der Einladungen an.

Er ging nicht gern zu den Söhnen. Er hatte sich noch nicht an diese neue Situation gewöhnt. Er fand es dumm, dass er neben seinen eigenen Zwillingen sitzen sollte, ohne das Recht auf Befehle zu haben. Dass er stillschweigend essen sollte, was ihm die jungen Dinger von Schwiegertöchtern vorzusetzen beliebten.

Darum dankte er und ging in die nahe Weinstube.

Man bediente ihn, wie es einem Manne zukommt, der im Begriff ist, sich um ein ganzes Stockwerk zu erhöhen.

Spreemann war müde von dem guten Mahl und dem gediegenen Wein, als er wieder über den Platz nach Hause schritt. Ein Viertelstündchen auf dem Sofa würde gut tun. Da sah er die kahlen, geöffneten Fenster. Er war nicht mehr zu Haus hier. Irgendwo draußen vor den Toren würde er heute Nacht schlafen.

Einen Augenblick lang erinnerte er sich eines müden Jungen, der auf der Landstraße laufen musste, ohne zu wissen, wo er heute Nacht seinen Strohsack zur Ruhe finden würde. So wie einem plötzlich einige Sätze aus einer alten, vergilbten Geschichte einfallen, zuckten diese Gedanken unter seinem seidenen Hutfutter hindurch ins Straßengewühl. Da verschwanden sie.

Vor dem Laden stand schon der Baumeister, der Herrn Spreemann zu einem Gang durch die Wohnung aufforderte. Denn die Arbeiten mussten sofort in Angriff genommen werden.

»Als ob wir gestorben sind«, musste Spreemann denken, als er das ausgeräumte Schlafzimmer betrat, wo seine Schritte widerhallten. Er dachte gewiss nicht gern etwas Unangenehmes, aber dieser üble Gedanke ließ ihn nicht los.

»Jetzt erst bekommt man einen richtigen Begriff von der Sache«, sagte der Baumeister zufrieden. »Daraus werden wir ein paar ganz konkurrenzlose Geschäftsräume zaubern, Herr Spreemann.«

Und er schwang die Papierrolle in seiner Rechten wie einen Zauberstab durch das ausgestorbene Zimmer.

Spreemann lächelte sein höfliches Geschäftslächeln, wenn der Baumeister vor ihm stand. Von der Seite warf er ihm böse Blicke zu. Das war auch einer, der nicht geruht hatte, bis die Mauern um die Stadt zerhackt waren, der nicht ruhen würde, bis man ganz Berlin auf den Kopf gestellt hatte.

Aber das waren Privatgedanken. Dem Baumeister gegenüber war man Geschäftsmann. Er lächelte …

Indessen werkelte und schaffte Mutter Lieschen zwischen frischen, fleckenlosen Tapeten.

Die neue Wohnung lag vor dem Potsdamer Tor, kurz hinter der Brücke. Wenn Lieschens geschäftige Blicke ungewollt durchs Fenster fuhren, zuckte sie jedes Mal erstaunt zusammen. Da war kein Dönhoffplatz zu sehen, sondern ein fremder Hausgiebel neben einem Kastanienbaum. Kurios, dass man hier draußen in Berlin sein sollte.

Aber sie hatte zu tun, zu tun.

Der gute Klaus sollte heute Abend das Wundern lernen.

Die brave Annalise, die ein Huhn brachte, das in Reis und Brühe ruhte, wurde so bald als möglich wieder fortgeschickt.

»Heute Abend sollt ihr alle kommen und staunen«, sagte Lieschen eifrig und ein wenig atemlos vom beständigen Bücken.

Annalise musste nur rasch noch den hübschen Balkon bewundern und den kleinen Garten, auf den er hinausführte. Hier wie dort hätte man sofort Petersilie, Schnittlauch, Radieschen und sogar auch Blumen pflanzen können, wenn es nicht gerade zum Winter gegangen wäre. Aber im nächsten Frühjahr würde man damit beginnen.

Annalise bekam schon einen Teil der Ernte versprochen, aber einstweilen musste sie gehen.

Lieschen begleitete sie bis auf die Treppe hinaus und rief ihr noch tausend Grüße für Christian nach. Da klirrte drinnen ein Glas, und mit einem Aufschrei stürzte sie zurück in die Wohnung.

Die Gardinen und die neuen Kronleuchter für das Gas hingen bereits. Das gab dem Ganzen schon ein gemütliches Ansehen.

Mit geheimnisvollem Lächeln füllte Lieschen aufs neue ihre Schränke. Ein kleiner Schuh – es war der erste, den Hans getragen, oder war es der von Christian? – klemmte sich immer wieder ein, hinderte das Schließen des Schubes und verursachte einen kleinen, unnützen Zeitverlust.

Als man gerade in diesem Augenblick die Klingel zog, schrak Lieschen zusammen wie eine ertappte Sünderin.

Es war die Fädelfrieda. Neugierde und die nicht zu tadelnde Neigung für einen kleinen Nebenverdienst hatten sie hergeführt. Sie bot ihre Hilfe an und begann sogleich zuzugreifen, indem sie ein dickes Leinenpaket in den Arm nahm und dem Wäscheschrank zutrug.

Lieschens Rücken schmerzte schon reichlich. So erteilte sie schweigend die Erlaubnis dazu.

Die Fädelfrieda hielt Umschau.

In der Küche konnte sie kaum das starre Lächeln bewundernder Höflichkeit aufrechterhalten.

Hier war alles so niedlich und lecker wie für ein junges Ehefrauchen.

Und zu diesen rechnete die Fädelfrieda auch solche, die sich eventuell erst um die fünfzig herum zur Ehe entschließen würden.

Bei den Sprüngen unserer Träume kommt es auf den Zeitraum einiger Jahre nicht an.

»Hübsch, nicht wahr?«, fragte Lieschen in argloser Freude.

Die Fädelfrieda bejahte es und sagte, wenn Spreemanns erst Equipage hätten, würde es auch gar nicht mehr so weit sein. Jetzt wäre es ja noch eine kleine Landpartie, aber gewiss sehr gesund.

Dann häufte und band sie wieder Wäsche zusammen, wobei sie beständig schwatzte.

»Der Krieg war mein Unglück«, sagte sie. »Jetzt will der lumpigste Berliner etwas Besonderes vorstellen. Jeder dünkt sich fein genug für ein eigenes Piano und eine Nähmaschine. Kommt man nach Arbeit fragen, heißt es, dass man selbst eine Maschine hat. Gut, sage ich, nähen Sie sich ihre Wäsche selbst, aber eins weiß ich, Neuigkeiten erfahren Sie dadurch nicht. Hab ich nicht recht?«, fragte sie und holte endlich Atem. Der Tropfen von ihrer Nase fiel wie ein schweres abschließendes Siegel nieder.

Lieschen brummte ohnedies der Kopf. Was gingen sie die Pianos und neuen Nähmaschinen an. Sie wollte jetzt die kräftig gebürsteten roten Sammetmöbel auf drei Zimmer verteilen, um Spreemann zu überraschen. Der Abend war nicht mehr weit.

Aber sie sollte selbst überrascht werden.

Auf der Treppe knackte und polterte es.

»Wie wenn ein Sarg kommt«, sagte die Fädelfrieda und lachte, als hätte sie etwas Reizendes gesagt.

Man brachte ein Klavier. Aus poliertem Nussbaum mit gelben Messingleuchtern, wie es jetzt das Allerneueste war. Und dahinter kam eine dazu gehörige Salongarnitur. Alles prima Mode und Qualität.

Lieschen schwor, dass dies alles ein Irrtum sein müsse. Die Träger aber versicherten, dass alles seine Richtigkeit habe. Und sie im Auftrage der jungen Herren Spreemann handelten. Sie rollten den Teppich auf und gruppierten alles in wenigen Augenblicken.

Und nun fuhren draußen schon Droschken vor, und bald war die ganze Familie vereint. Zwischen den neuen Salonmöbeln.

Lieschen umarmte Söhne und Schwiegertöchter mit ihren von Arbeit steifen Armen, bedankte sich unaufhörlich und sagte zu Hans, dass das Klavier aber wirklich eine Verschwendung sei, denn sie kenne doch keine Note noch Taste.

Hans aber sagte, dass ein Klavier jetzt zum guten Ton gehöre, dass man vielleicht Geschäftsfreunde zu bewirten haben werde und dass das alles für den Senior von Spreemann & Co. notwendig sei.

»Nun«, sagte Madame Lieschen, »da müsst ihr euch wenigstens alle photographieren lassen, damit ich etwas auf das Klavier zu stellen habe. Und es nicht ganz unnötig dasteht.«

Und sie bedankte sich wieder.

Ilka brachte nach altem Berliner Brauch Brot und Salz. Aber das Brot war Kuchen und das Salz Zucker. Das war die Erfindung des neuen Konditors.

Lieschen fand dies sehr poetisch. Nur meinte sie, dass für alte Zähne, die oft sogar nicht einmal mehr da waren, natürliches Brot gesünder sei.

Aber sie schnitt den Kuchen gleich an, goss Ungarwein ein und bot ihren guten Kindern immer wieder an. Auch die Fädelfrieda bekam ein großes Stück in die Morgenzeitung gewickelt, womit sie sich zufrieden auf den Weg machte.

Lieschen war schon sehr müde, als Herr Slovitzka noch kam und zwei Kupferstiche brachte, die grüne und die silberne Hochzeit von Knaus.

Diese Bilder gefielen besonders Spreemann senior.

»Das ist doch mal was Hübsches«, sagte er und setzte sich nachdenklich davor.

Trotzdem Lieschen und er niemals zusammen getanzt hatten, auf dem Bilde sich aber sogar das Silberpaar noch zu einem Tänzchen anschickte, fand er eine große Ähnlichkeit zwischen den Knausschen Gestalten und sich.

Als er hörte, dass der Urheber der Bilder in Berlin lebte, sagte er:

»Der Mann muss oft über den Dönhoffplatz gekommen sein, ich bin fest überzeugt davon.«

Endlich erinnerte man sich, dass Mutter Lieschen sehr müde sein musste. Man ging. Man hatte es nun nicht mehr so nah zueinander.

Christian und Annalise wohnten in der Stadt, nahe bei der Jerusalemerkirche. Annalise hörte so gern Glockengeläut, und da sie draußen auf dem Lande groß geworden, hatte sie sich sehr gewünscht, nun recht in die Stadt hineinzukommen.

Man will mit der Ehe eben gern etwas erreichen, was man vorher vermisste ...

Hans und Ilka aber wohnten noch weiter draußen als Vater und Mutter. Ihre Wohnung lag, wo einstmals Moritzhof gewesen. Hans hatte eine Badestube für Ilka einrichten lassen, in der sie jeden Morgen ein laues Bad nahm.

Ein Umstand, den Spreemann jedes Mal spöttisch erwähnte, sobald er mit Ilka zusammentraf.

»Ich bin überzeugt, unsere alte, ehrwürdige Kaiserin würde sich da nicht hineinsetzen«, hatte er gesagt, als er zum ersten Mal die neue Wohnung seines Sohnes besichtigte.

Auch jetzt konnte er sich beim Abschied, trotzdem er über die Geschenke zufrieden und gerührt war, nicht enthalten, Ilka zu ermahnen, sich nicht im Morgenbade zu erkälten.

Man hörte Ilka noch auf der Treppe lachen.

Dann schlug die Haustür zu. Die wartenden Droschken rüttelten fort, und das alte Ehepaar begab sich zur ersten Ruhe unter dem fremden, neuen Dache.

Es war merkwürdig still. Man hörte den fremden Kastanienbaum rauschen.

Madame Lieschen musste an Grab und Kirchhof denken.

Sie war sehr müde. Und das Herz schlug wieder schwer und langsam.

Sie dachte an die neuen Möbel. An das stumme, blanke Klavier. An die viele Arbeit, die sie hinter sich hatte.

»Eigentlich hat das alles nur Sinn, wenn man jung ist und das Leben noch vor sich hat«, sagte sie zu Spreemann, den sie im anderen Bette wusste.

»Unsinn«, sagte er. »Wir sind noch nicht alt. Sechzig Jahre sind kein Alter. Dass du mich den Jungen nicht etwa als alt hinstellst. Ich verbitte mir das. Wir sind in den rüstigsten Jahren.«

Lieschen wunderte sich, dass Spreemann so viele Worte um eine einfache Sache machte. Ihr war es gewiss recht, noch nicht alt zu sein. Und noch eine Strecke vor sich zu haben.

Die Kinder sollten die große Ausgabe für die neuen Möbel doch nicht ganz umsonst gemacht haben ...

Der Kastanienbaum rauschte.

Sie gähnte.

Sie war eingeschlafen.

Sechstes Kapitel

Man schläft im eigenen Bett ein, man wacht im eigenen Bett auf und befindet sich doch nicht mehr auf dem gleichen Punkt im Weltenraum. Denn ohne Ruhe wandert unsere Erde. Gleich, ob wir schlafen oder wachen.

Früher würde Madame Lieschen gesagt haben, dass solche Gedanken zu dem wissenschaftlichen Kram gehörten, den sie nicht verstehe und der sie nichts anginge.

Aber heute packte sie selbst die Ahnung eines Zusammenhangs zwischen Wechsel und Beständigkeit.

Es war ihr eigenes altes Bett, in dem sie sich schlaftrunken aufrichtete, der Morgenschein fiel durch dieselben sauberen Mullgardinen, an denen sie jeden kleinen Stopfer kannte.

Aber draußen plätscherte nicht der Marktbrunnen, und kein Milchwagen holperte übers Pflaster. Es war still. Nur der fremde Kastanienbaum neigte und verbeugte sich vor dem scharfen Morgenwind.

Ein Wunder, dass Lieschen trotzdem zur gewohnten Stunde erwacht war. Was sie doppelt zu schätzen wusste, denn sie hatte abscheulich geträumt.

Sie rieb sich die Augen und war zufrieden, Spreemann im gewohnten, friedlichen Schlummer zu sehen. Sein leises, pustendes Schnarchen zu hören, dessen Melodie sie schon gekannt hatte, als sie noch seinen Schlummer nur durch das Schlüsselloch bewachen durfte. Ruhig und friedlich ging sein Atem. Als läge er unter dem Dach am Dönhoffplatz.

Er merkte nichts von dem Quietschen des Kastanienbaums, der immer stärker ächzte und stöhnte, weil ihm der Herbstwind die Blätter ausriss.

Er hatte es wohl die ganze Nacht so getrieben. Und damit Lieschens schweren Traum verursacht, der ihr noch lähmend in den Gliedern und als bitterer Geschmack im Munde saß.

Sie war zweispännig in den Himmel gefahren. Gleich am Eingang hatte die Frau Kreisrätin gestanden, neben ihr der alte Herr Jung mit einer großen Taube auf einem Ohr. Und hinter ihr die Fädelfrieda, die der Ankommenden die Zunge herausstecke.

Aber als sie die Droschke nun bezahlen wollte, hatte sie kein Geld in der Tasche. Sie suchte und suchte vergebens. Die alten Bekannten grinsten höhnisch. Ihr wurde siedend heiß. Sie konnte sich auf einmal nicht mehr besinnen, ob sie noch das kleine Waisenmädchen oder die reiche Frau Spreemann war. Zwei Taler forderte der Kutscher und knallte unentwegt mit der Peitsche. Sie fand dies einen horrenden Preis für eine einfache Fahrt mit nur einer Person. Er lachte laut auf und sagte, dass der Weg weit genug gewesen wäre. Aber sie fand die beiden Taler nicht. Und hätte sie gewiss nie gefunden, wenn sie nicht auf einmal aufgewacht wäre und nun wieder im eigenen Bett saß.

Was einem im Traum alles passieren kann.

Sie sah noch deutlich das ungebührliche Benehmen der Fädelfrieda, dieser neidischen Nähmamsell.

Vielleicht war nur sie schuld an dem ganzen gottlosen Geträume.

Wie scheinheilig sie gestern gesagt hatte, dass sie dem neuen Kaufhause alles Glück wünsche, obschon in der Bibel stehe, dass, wer sich erhöht, erniedrigt werden sollte.

Lieschen hatte getan, als ob sie gar nichts gehört hätte. Aber gefallen hatte ihr das Gerede nicht. Nicht nur dass sie den Bibelworten von jeher Gewicht gegeben, sie hatte selbst oft genug recht ähnliche Gedanken gehabt. Dieses gar so Hochhinaus von Hans beunruhigte sie längst. Schaufenster nach Schaufenster, Schritt für Schritt. Aber gleich zwei Stockwerke höher zu springen schien ihr vermessen.

Doch da man sie nur auslachte, wenn sie dergleichen vorbringen wollte, behielt sie dies alles für sich.

Schließlich mussten es die Jungen und auch Klaus, der doch mit allem einverstanden war, wohl besser wissen als sie.

Das neue Klavier fiel ihr ein und die neuen Möbel. Sie war neugierig, alles bei Tageslicht zu sehen. Wenn das Dienstmädchen nur nicht mit einem harten Lappen über die glatte Politur wischen würde.

Rasch war sie aus dem Bett, und als ihr freundliches Runzelgesicht wieder aus dem tiefen Waschbecken auftauchte, waren alle bösen Träume fortgespült.

Als Spreemann aus seinem sanften Altmännerschlaf erwachte, fand er den Kaffeetisch genau so gedeckt wie immer. Alles stand auf dem weißen Tuch in derselben Ordnung und im gleichen Abstand von seiner großen Kaffeetasse, die mit dem breiten Goldrand, den Rosen und dem kleinen Erker für den Bart, der damit vorm Nasswerden geschützt wurde, auch immer noch die alte war. Nur das Gold war seit einigen Jahren etwas verblasst. Vielleicht nur aus Anpassungsvermögen. Denn auch der Bart, der sich morgens und nachmittags dagegen drückte, versilberte mehr und mehr.

Alles stand am Platz. Aber Spreemann frühstückte nicht mit der gewohnten, pedantischen Ruhe, sondern mit der Uhr in der Hand. Er wollte nicht die nächste Pferdebahn versäumen, die in längeren Abständen am Hause vorüber kam. Wichtig eilte er fort, als ihr Klingeln näherkam, und als er mit der Zeitung vor Augen der Stadt zufuhr, fühlte er sich als junger, moderner Mann.

Das musste man der neuen Zeit lassen, sie verjüngte. Sie zeigte jedem, dass man mit sechzig noch nicht alt war.

Im Hause wie im Geschäft vervollkommnete man sich.

Lieschen sammelte schon Zigarrenkisten, in die sie im

Frühjahr Petersilie säen würde. Und die Müllersleute brachten ihr schon in kleinen Tüten den Samen dazu. Sie kamen jetzt öfters, um hier auf halbem Wege mit Annalise zusammenzutreffen. Lieschen war es recht, denn bei dem nasskalten Herbstwetter wagte sie sich nicht viel hinaus. Und sie vermisste den Markt sehr. Die Pferdebahn kam zu selten, um eine wirkliche Zerstreuung zu sein.

»Da hatte man vom Fenster das ganze Leben vor sich«, sagte sie zu der Müllerin.

Und als die Zeit der Gänse kam und sie sich von Annalise diese prachtvollen, reichhaltigen Vögel einkaufen lassen musste, weil ein Schneesturm sie nicht bis in die Stadt kommen ließ, saß sie gramvoll am Fenster, starrte auf den kahlen Kastanienbaum und sagte:

»Keiner ahnt, was ich entbehre.«

Annalise und Ilka fanden das drollig. Und auch als sie es den jungen Ehemännern erzählten, wurde über Mutters großen Kummer gelacht.

Hans, der in allem eine Gelegenheit zur Verfeinerung herausfand, schlug vor, dass man der Mutter eine Gesellschafterin mieten solle, die ihr auf Stunden vorlas. Zum Beispiel *Kinder der Welt* von Heyse, das Ilka jetzt in drei Prachtbänden mit Goldschnitt, auf dem Sofa liegend, las.

Aber Mutter Lieschen wehrte sich energisch gegen diesen vornehmen menschlichen Ersatz für ihren Gänsemarkt.

»Lasst nur gut sein, Kinder. Wenn ich lesen will, hab ich Schiller und die Zeitung. Alte Leute können nicht mehr umlernen«, sagte sie.

Und dann sah sie sich erschreckt im Zimmer um, ob sie auch Spreemann nicht gehört hatte. Denn sie waren ja noch nicht alt, sondern in den besten Jahren. Zu dumm, dass sie es immer wieder vergaß.

Mein Gedächtnis ist nicht mehr so wie früher, entschuldigte sie sich bei sich selbst. Und merkte nicht, dass sie damit einen neuen Verstoß gegen Spreemanns Machtbefehl begangen.

Glücklicherweise beachtete sie Spreemann gar nicht. Er sprach mit Christian über das Geschäft und rauchte flott, wenn auch sich öfters räuspernd, eine Zigarette.

Aber auch ohne Romane sollte Lieschen schließlich Trost und Zerstreuung finden. Auf den natürlichen Wegen, auf denen sie zu Hause war.

Sowohl Annalise wie Ilka glaubten sicher zu sein, dass es auch fernerhin Kompagnons für das neue, wachsende Kaufhaus geben würde.

Diese frohe Neuigkeit gab Lieschens Händen, Herzen und Gedanken genug zu schaffen. Sie nähte und häkelte, dachte sich schöne Knabennamen aus, war überzeugt davon, dass diese Enkelkinder Hoflieferanten werden würden, und passte genau auf, dass sich auch nicht eine kleine Masche in den Wickelbändern verzog, die für so feine Herren bestimmt waren.

Sie bedauerte Spreemann und auch die künftigen jungen Väter, dass sie Seife, Stiefel und das neue Konfektionslager im Kopf hatten, statt auf Lieschens und der Frauen hübsche Gedanken eingehen zu können.

»Was verstehen die Männer vom Leben? Nichts«, sagte sie mehr als einmal zu ihren Schwiegertöchtern. Und fügte hinzu, dass sie dieser Wahrheit die Ehre geben müsse, so lieb sie ihren Mann und ihre Söhne habe.

Trotzdem war sie auf das neue Kaufhaus sehr neugierig. Und je näher seine Eröffnung rückte, umso weiter verloren sich auch ihre schwarzen Bedenken.

Als sie am Tage vor der Einweihung auf ihrem Kalender las, dass Neid und Dummheit die Feinde alles Vorwärtsstrebenden sind, war sie vollkommen beruhigt. Sie hatte nun eine Erklärung für die Redensarten der Fädelfrieda. Sie ließ sich nun nicht mehr in Schrecken versetzen. Wie ein Kunstkenner vor einem Gemälde saß sie stundenlang vor der großen Ankündigung in der Zeitung, die ein ganzes Blatt von oben bis unten füllte. Es sah wunderschön aus, dieses Spreemann & Co. in ganz großen dicken und schwarzen Buchstaben. Es musste selbst bei Hofe auffallen, sobald der Lakai die Zeitung auf goldenem Teller hereinbringen würde.

Sie sah ihr Spiegelbild in der blanken Politur des sorgsam verschlossenen Pianinos, gegen das sie das prächtige Zeitungsblatt aufgestellt hatte, und fühlte deutlich den starken und rechtmäßigen Zusammenhang zwischen sich, dem Lakaien mit goldenem Teller, dem König und der ganzen Stadt Berlin.

Spreemann & Co., wovon jeder jetzt sprach, waren ihr eigener Mann und ihre eigenen, selbständig von ihr geborenen und erzogenen Kinder.

Als die Müllerin kam, sagte sie ihr das laut und deutlich. Sie lehnte das Zeitungsblatt gegen die hohe Kaffeekanne und fügte hinzu, dass sie nicht stolz sei, aber die Wahrheit nicht hinter das Licht stellen wolle.

»Ehre, wem Ehre gebührt«, sagte die Müllerin.

Und erinnerte daran, dass auch sie zur Verwandtschaft gehöre.

Sie bewunderte das schwarze Seidenkleid, das Lieschen morgen anziehen sollte und das an Hals und Ärmeln mit echten Brüsseler Spitzen verziert war.

Hans hatte sie aus England mitgebracht.

»Nur schade, dass sie nicht alle wissen werden, wie teuer so etwas ist«, sagte die Müllerin. »Auf Schmucksachen versteht man sich leichter. Ich werde meine ein und einen halben Meter lange Kette aus zusammengeschmiedeten Napoleons umhängen.«

»Tu das«, sagte Lieschen kurz und bürstete den Sammetkragen von Spreemanns schwarzem Gehrock energisch aus. Trotzdem ihre beiden neuen Mädchen, die sie nicht mehr

Madame, sondern gnädige Frau nannten, dies schon zweimal hatten besorgen müssen.

»Sie ist sehr schwer. Später bekommt sie Annalise einmal. Ich werde sie der ganzen Länge nach umhängen«, sprach die Müllerin ernst und nachdenklich weiter.

»Tue das«, wiederholte Lieschen freundlich.

Sie bedauerte diese arme Frau, die trotz jener langen goldenen Kette morgen so wenig als heute die Mutter dieser großen Firma sein würde. Sie tat ihr leid. Denn Lieschen war nicht hartherzig.

Aber auch schmerzliche Gedanken können wohltun …

Siebentes Kapitel

Wer sieht nicht gern in Hülle und Fülle vor sich, was er gern haben möchte.

Kein Wunder, dass sich die Berliner durch die Türen des neuen Geschäftshauses drängten, von dessen bunter Reichhaltigkeit die lange Reihe der Schaufenster einen Vorgeschmack gab.

Hier lag nichts eingeschachtelt und eingewickelt wie eine Rarität. Hier türmte sich in Haufen, was man sich wünschte und brauchen konnte.

Das war etwas Neues. Etwas Praktisches. Etwas Großstädtisches. Und dass es von dem soliden Herrn Spreemann ausging, erhöhte das Vertrauen.

Hier bekam man etwas zu sehen, ohne gleich mit dem Portemonnaiedeckel knipsen zu müssen.

Bunte Pyramiden aus Seifenstücken, Ketten aus Seidenschlipsen, Soldatenzelte aus Bleistiften und Taschentüchern.

Ein Weihnachtsmarkt für Erwachsene.

Das war Christians Werk.

Jeder hat ein Talent, er muss es nur herausfinden.

Christian mit seinem spielerischen Sinn und dem praktischen Blut der Väter war der geborene Dekorateur. Er hatte gebaut und getürmt. Unermüdlich und verblüffend.

Sein Hauptwerk war ein Spreekahn aus Gummischuhen, mit einem Stiefelknecht als Steuer, zwei Schuhanziehern als Ruder. Die Fracht bestand aus kleinen Büchsen aus Perleberger Wichse. Die nur einen Groschen kosteten und die sich jeder, traumverloren und überwältigt, kaufte. Denn hier staute sich die Menge staunend von früh bis Abend.

Der Berg billiger Pantoffel, der sich neben jenem heimatlichen und doch phantastischen Kahne aufstapelte, war im Handumdrehen ausverkauft und musste immer wieder neu aufgeschüttet werden. Wie die Kohlen auf einer Lokomotive.

Und ebenso ging es mit der »Konkurrenzkrawatte«. Sie war dreifarbig wie die neue deutsche Fahne und verkaufte sich wie warme Semmeln in den Hungerjahren.

Man konnte sich bei ihrem langen Namen alles und nichts denken.

Aber Hans erklärte ihre Bedeutung.

»Hoch effektvoll, meine Herrschaften«, sagte er, die Konkurrenzkrawatte mit geschicktem Griffe bindend und wieder aufknotend.

»Effektvoll und billig.«

In tadellosem Gehrock lächelte Hans seine kauflustigen Mitbürger an. Ließ er die verkauften Seidenstreifen von einem eifrigen kleinen Lehrling, der stets in erwartender Ehrerbietung neben ihm stand, überschnell in buntes Papier wickeln, um sie dann selbst Käufern oder Käuferinnen mit vornehmer Verbeugung zu überreichen.

»Effektvoll und billig«, tönte es immer wieder über der sich drängenden Menge.

Genauso wie Spreemann senior stets jedem an gleicher Stelle »reell und billig« versichert hatte.

Geschäft bleibt Geschäft. Nur die Wände tüncht man neu. Nur kleine Nuancen färben das Zeitkolorit.

Spreemann selbst stand zwischen Tür und Kasse. Im gut sitzenden Gesellschaftsrock wie seine Söhne. Den grauen Bart gebrannt und gekräuselt. Er bekam manchen beglückwünschenden Händedruck, er stand gerade und gemessen da, aber es entging ihm kein Geldstück, das der Kassierer einnahm oder wechselte.

Auf den Stufen vor dem Privatkontor, auf der neuen Treppe, die zu den Räumen führte, wo sie ein Leben lang geschaltet und gewaltet hatten, stand Mutter Lieschen im Schwarzseidenen mit echten Spitzen wie eine Göttin auf einem Piedestal. Ihr zur Seite grüßten die beiden jungen Frauen Spreemann, in etwas locker gearbeiteten Kleidern, in die Menge.

»Wie ein Museum«, sagte Lieschen immer wieder und atmete schwer vor Erregung.

»Wie ein Museum. Ich bin überzeugt, der Kaiser kommt selbst, um sich das anzusehen.«

Und schon stieß sie einen lauten Ruf der Überraschung aus und verbeugte sich grüßend weit über das Geländer.

Die jungen Frauen folgten in vorsichtiger Neugier ihrem Beispiel.

Was man da sah, gehörte zwar nicht zum Kaiserlichen Hof, aber es war auch stattlich und nicht alle Tage im Spreemannschen Gesichtskreis sichtbar.

Es war Mariechen aus Dresden, die da mitten im Gedränge einen tüchtigen Raum des Geschäftslokals beanspruchte.

Ilka, die seit ihrer Pensionszeit im schriftlichen Verkehr mit ihr geblieben, hatte ihr so viel von diesem An- und Auf- und Zubau geschrieben, dass sie kein Wort davon geglaubt hatte. Aber doch neugierig geworden war. Sie hatte also ihrem Manne gesagt, dass sie das begreifliche Bedürfnis habe, wieder einmal das Grab ihrer Mutter zu besuchen, und war abgereist. Ihr Gatte hatte ihr gern die Erlaubnis erteilt. Denn ihre eheliche Gemeinschaft bestand hauptsächlich darin, dass Mariechen ihm sein Furunkel im Nacken verband. Und das war im Augenblick vollkommen geheilt.

So stand also Mariechen mitten in Spreemann & Co. Sie war sprachlos über die großartige Veränderung um sie herum und hätte sicher einen der starken Gallensteinanfälle bekommen, an denen sie schon seit Jahren litt, wenn sie sich nicht sofort gesagt hätte, dass Hochmut vor dem Fall kommt. Dass diese prahlerische Aufmachung nicht gut ablaufen konnte. Wer sollte all diese tausend verschiedenen Sachen auf einmal kaufen? Da musste über kurz oder lang die Vergeltung kommen.

Wie ein Gebet hatte sie diese Einkehr in sich wieder aufgerichtet.

Und mit einem Lächeln echter Herzlichkeit keuchte sie nun die Stufen empor, Lieschen und ihren Schwiegertöchtern entgegen.

Trotzdem sie den Wert der Brüsseler Spitzen sofort erkannte, gab sie Lieschen einen verwandtschaftlichen Kuss und küsste auch Ilka und Annalise.

Sie erzählte, dass sie gekommen wäre, um Tante Karolines teures Grab zu besuchen, und erstaunt und beglückt sei über die großartige Veränderung, die sie hier unvermutet vorgefunden.

Aber dann fühlte sie doch eine Art Übelkeit in sich heraufsteigen von dem Geräusch des beständigen Geldgeklappers, das von der Kasse her hinausklirrte. Sie sagte, dass sie die Ermüdung der Reise fühlte; und man führte sie in das Privatkontor, wo zur Feier dieses Tages ein kleines Frühstück vorbereitet war.

Lieschen, erfüllt von freudiger Erregung, war glücklich, dass Tante Karolines Tochter an diesem denkwürdigen Tage zugegen war. Sie schenkte ihr Wein ein und bot ihr Mayonnaise, Lachs und Pute auf einmal an.

Mariechen sagte, dass ihr der Arzt leider das Essen ganz und gar verboten habe, und legte sich, wahrscheinlich in gedankenloser Ermüdung, eine große Portion Hummermayonnaise auf den Teller.

Aber zu Lieschens Beruhigung, die, wie alle guten Hausfrauen, nicht sehen konnte, dass etwas umkam, aß sie auch alles, bis auf das letzte Stückchen, auf. Auch Lachs und Pute verschmähte sie nicht. Nur des Vergleichs halber kostete sie davon. Denn sie wollte sehen, ob man jetzt in Berlin anders koche als in Dresden.

Wenn man sein Wissen bereichern will, muss man an den Geist und nicht an den Körper denken.

Mariechen ging sogar so weit in ihrem Wissensdrang, dass Mutter Lieschen schon beunruhigt wurde, dass die überanstrengten Herren nicht mehr genügend vorfinden würden, um sich stärken zu können.

Aber um die Mittagsstunde vergönnten sie sich, einer nach dem anderen, ein halbes Stündchen Ruhe. Man aß, trank und stieß mit dem Gast und unter sich an. Auch Herr Slovitzka fand sich auf ein oder zwei Gläser ein.

Man hörte auch hier, wenn auch gedämpft, das Geraune der Kauflustigen, das Geklirr der Kasse.

Der Laden wurde den ganzen Tag lang nicht leer.

Lieschen wollte nicht eher fort, als bis sie die neue Beleuchtung gesehen. Endlich stand der erste Stern am klaren Winterhimmel. Die lange Reihe der Gasflammen leuchtete auf. Es war wie eine Illumination.

Lieschen musste an die Schlacht bei Sedan, an Christians Heimkehr, an viele königliche Geburtstage denken, und die Tränen kamen ihr in die Augen.

Ganz benommen ließ sie sich in einen Wagen packen, wo sie neben dem schweren Mariechen gerade so viel Platz hatte, um sitzen zu können.

Erst als man durch das Potsdamer Tor kam, richtete sie sich erschreckt auf und sagte:

»Mit der Pferdebahn hätte es ein Fünftel gekostet.«

Aber Mariechen erwiderte:

»Ich wundere mich, dass ihr noch keine Equipage habt.«

Lieschen wusste nicht, ob dies Spott oder Ernst war, aber sie musste plötzlich wieder an den Kutscher denken, der sie in den Himmel gefahren, ohne dass sie ihn bezahlt hatte.

Sie war todmüde vor Aufregung. Aber sie war gewohnt, nicht viel Wert auf sich zu legen. Kaum dass sie zu Hause war, sorgte sie für den Tee, weil Mariechen danach verlangte.

Nicht um Umstände zu machen, sondern weil sie es einmal gewohnt war.

Anderen Gutes zu tun belohnt sich.

Der Tee belebte auch Lieschen.

Als sich nach Schluss dieses großen Geschäftstages Spreemann & Co. und Schwiegertöchter einfanden, war Lieschen wieder munter und für jeden hör- und hilfsbereit wie immer.

Selbstverständlich musste das stattliche, liebe Mariechen ihr eigener Logisgast werden.

Spreemann meinte, ob sie nicht besser täte, zu Herrn Slovitzka überzusiedeln. Er wohnte jetzt sehr elegant, Unter den Linden, hatte stets Mariechen für eine Weltdame erklärt und ihr auch eben noch eine elegante Schachtel mit Deikes Katharinenpflaumen überreicht, weil er gehört, dass diese starken Leuten besonders bekömmlich sein sollten.

Aber als er den Vorschlag vernahm, strich er seinen dicken Schnurrbart, der allen Leuten zum Trotz unverändert schwarz geblieben war, und sagte, dass er mehr als glücklich sein würde, Frau Mariechen als seinen Gast zu sehen, dass er aber als einzelner Herr nicht einer einzelnen Dame einen solchen Vorschlag machen dürfe, ohne ihren Ruf zu gefährden.

Mariechen bedauerte, dass ihr Gatte nicht diese edlen Worte mit anhören konnte, und versuchte, ihre 120 Kilo in eine kokett graziöse Haltung zu zwängen.

Spreemann machte nun auf Ilkas Badewanne aufmerksam. Das war gewiss etwas, was Mariechen in Dresden noch entbehrte.

Aber Mariechen sagte, dass sie im Winter keinen Wert auf Bäder lege. Es war ihr genug, dass ihr hier ein Klavier zur Verfügung stände. Seit sie keinen Dackel mehr habe, wäre Musik ihre einzige Zerstreuung.

Darauf wusste niemand mehr etwas zu sagen. Musik, das zarte Bindemittel verwandter Seelen, hatte entschieden.

Mariechen blieb. Am Tage schwatzte sie asthmatisch neben

dem häkelnden Lieschen, und am Abend sang sie, soweit ihr Atem ausreichte.

Am ersten Tage war eine kleine Verwirrung entstanden. Trotzdem der Arzt Mariechen jedwedes Essen verboten, blieb von dem guten Mittagsmahl nichts für die Dienstboten übrig. Auch am Abend war es noch knapp.

Lieschen schalt sich und dachte erschreckt, ob sie das Wirtschaften verlernt hätte, seit die Jungen aus dem Hause waren.

Aber als sie dieselben Portionen kochen ließ wie zu der schönen Zeit, wo die Zwillinge im größten Wachstum waren und wie Löwen fraßen, reichte es und alles war in Ordnung.

Das Lieblingslied Mariechens hatte einen wehmütig schwermütigen Refrain, wie er zu einem vollen Herzen – wie nahe sitzt das Herz beim Magen – passte.

»Ja, es lacht oft der Mund,
S' ist oft heiter das Gesicht,
Wenn das Herz dabei weint,
Wenn das Herz dabei bricht.«

So hieß dieses immer wiederkehrende Ende vom Lied, das Mariechen wie ein von der Zeit schon etwas mitgenommener Leierkasten, aber langsam und deutlich hervorfauchte.

Spreemann und seine Söhne waren jetzt daran gewöhnt, ihre geschäftlichen Angelegenheiten zu besprechen, auch wenn Geräusch und Lärm um sie her war. Sie achteten gar nicht darauf.

Ilka und Annalise aber bekamen hinter dem breiten Rücken der Sängerin solche Lachanfälle, dass der Gesang bei ihrem augenblicklichen Gesundheitszustand beinahe eine Gefahr für sie bedeutete.

Lieschen, die Mariechen schon in der Jugend hatte singen hören und den Abstand nicht so groß fand, sagte, dass die jungen Frauen kein Pietätgefühl hätten und dass sie froh sei, dass ihr neues Klavier ein bisschen zur Geltung käme.

Trotzdem weinte die leicht Gerührte nicht, als Mariechen von Heimreisen zu sprechen begann. Sie wollte zu Weihnachten zu Hause sein. Ihr russischer Gatte, dessen Furunkel noch immer heil unter einem großen Pflaster ruhte und der sich seine freien Stunden sehr hübsch zwischen Pikett- und Whistpartien einzuteilen verstanden hatte, schrieb zwar, dass sie ruhig fortbleiben könne, so lange sie wollte.

Mariechen aber sagte, dass sie dieses Gattenopfer nicht annehmen wolle, denn sie wusste, wie sehr ihr Alexander sie vermisste.

So verließ sie einen Tag vor dem Weihnachtsfest Verwandte und Vaterstadt. Sie hatte sich ausgerechnet, dass sie hier mindestens sieben Personen hätte beschenken müssen. Das war ihr zu viel. Sie hätte natürlich selbst auch Geschenke erhalten, aber sie kaufte sich lieber selbst, was sie brauchte.

Alle begleiteten sie zur Bahn.

Einen Verwandten abreisen zu sehen, galt dem Berliner stets als Familienfest.

Mariechen war nur schwer durch die Türöffnung des Eisenbahnwagens zu schieben. Zumal sie noch in jedem Arm ein Paket mit Mundvorräten geklemmt hatte.

Aber es gelang doch schließlich, und niemand ahnte, dass es ihre letzte Reise sein sollte. Dass niemand sie wiedersehen würde.

Und doch war es so.

Sie aß am Silvesterabend so reichlich Grünkohl, dass es ihrem immer zu neuer Arbeit gehetzten Magen zu viel wurde. Er wollte auch einmal wissen, was Festtag sei. Er gab ihrem gewiss nicht bösen, aber schwerfällig gewordenen Herzen einen wütenden Puff. Vor Schreck darüber vergaß es zu atmen und legte sich unter dem schweren Hügel von Grünkohl zur Ruhe.

Spreemann, der am wenigsten Notiz von Mariechens Anwesenheit und Abreise genommen hatte, war von ihrem raschen Ende mehr erschüttert als alle anderen.

Er war in dem gleichen Alter als Mariechen.

»So fortgerafft in der Blüte der Jahre«, sagte er bewegt und war viele Tage ernstlich verstimmt und bedrückt.

Lieschen hatte gehofft, dass vielleicht irgendjemand im Testament bedacht sein würde. So etwas kam doch manchmal vor in guten Familien.

Aber das erwies sich als falsche Vermutung.

Mariechen hatte bestimmt, dass, was ihr an Geld persönlich gehörte, zur Gründung eines Entbindungsheimes für Dackel verwendet werden sollte.

»Gott hab sie selig«, sagte Lieschen, als sie schluchzend von diesem Vermächtnis erfuhr.

Sie hatte keinen Abscheu vor Dackeln. Wenigstens lange nicht so wie vor Ratten und Mäusen. Und die Toten soll man ruhen lassen.

Aber trotz alledem konnte sie Mariechens letzten Willen nicht billigen.

Achtes Kapitel

Jedoch es ist nun einmal so im Leben: Auf die Dauer kann uns nur der eigene Zustand betrüben oder Freude machen.

Nicht lange nachdem die verschiedenen immergrünen Kränze nach Dresden abgegangen waren, drehten sich die Gedanken der Familie Spreemann wieder den eigenen Angelegenheiten zu.

Jeder hatte genug mit sich selbst zu tun.

Die jungen Frauen, die sich jetzt oftmals nicht wohlfühlten, sollten, wie Mutter Lieschen befahl, überhaupt nur an Heiteres denken. Sie sollten sich um nichts anderes als um sich selbst und die glückliche Erwartung der Zukunft kümmern.

Sie besuchte sie abwechselnd mit Eingemachtem, frisch gebackenem Kuchen oder irgendeiner Leckerei vom Konditor.

»In solchen Zeiten müssen es junge Frauen gut haben«, sagte sie.

Wer weiß, wo sie das gelernt haben mochte. Denn als sie selbst in diesem Zustand gewesen war, hatte sich niemand besondere Mühe um sie gegeben.

Aber ein Mutterherz kommt ohne Vorstudien zu mancher Weisheit.

Lieschen kam mit ihren Süßigkeiten und tröstete unermüdlich, wenn man ihr klagte, dass die jungen Ehemänner von früh bis spät im Geschäft wären. Dass sie auch zu Hause nur vom Geschäft und wieder vom Geschäft sprächen.

Sie sagte, dass sie es selbst ihr Leben lang nicht anders gewohnt gewesen und von anderen Frauen gehört hätte, dass man damit viel glücklicher daran sei, wie wenn man seinen Mann immer zu Hause hocken habe.

Ihr Ehrgefühl verlangte, dass sich die Frauen ihrer Söhne glücklich fühlten.

Obwohl auch ihr Entzücken für das neue Geschäftshaus nicht mehr so grenzenlos war.

Ja, wenn sie den ganzen Tag auf dem Dönhoffplatz hätte stehen können. Die vielen Schaufenster, das Aus und Ein der Menge beständig vor Augen haben könnte. An jedem Abend dies feierliche Geflimmer der Gasflammen hätte beobachten können.

So aber saß sie hier draußen und war viel allein.

Oft blieb Spreemann des langen Weges und der vielen Arbeit halber über Mittag in der Stadt.

Und wenn er des Abends heimkehrte, war er auch meist knurrig und brummig.

Sagte Lieschen, dass er schön müde sein müsse, fragte er, ob das wieder eine Anspielung auf sein Alter sein sollte.

Wenn sie fragte, ob der Laden wieder voll gewesen, fragte er zurück, ob sie glaube, dass all der Plunder nur für den eigenen Privatgebrauch aufgehäuft sei. Natürlich waren Käufer dagewesen.

Lieschen wusste recht gut, dass Spreemann nur brummte, wenn ihm nicht wohl zu Mut war.

Sie wurde unruhig, und als sie Hans einmal unter vier Augen sah, fragte sie, ob es nicht denselben Effekt machen würde, wenn man nur jede zweite der vielen Gasflammen anstecken würde. Es müsse sich doch viel dabei sparen lassen.

Er aber lachte, gab ihr einen Kuss und sagte, dass sie sich um solche Dinge nicht beunruhigen solle. Sie brauchte keine Angst um die Butter fürs Brot zu haben.

Und er lachte so siegesgewiss und sah so englisch und elegant aus, dass es Lieschen wieder ganz warm und ruhig ums Herz wurde.

Wirklich war ihre Besorgnis auch auf falsche Wege geraten.

Was Spreemann heftig und erregt machte, war gerade der Erfolg.

Erfolg macht ruhelos.

Nicht der gesunde, gemächliche Fortschritt, der, wie die Natur selbst, in Sommer- und Wintersaison eingeteilt gewesen. Bei dem man rauchen und überlegen konnte. Sondern dieses übereilige Vorwärtsspringen. Hinweg über Zeit und Zahlen. Wo sollte das hinführen? Wo sollten alle die Neuigkeiten herkommen? Wieder und wieder?

Spreemann frühstückte mit der Uhr in der Hand, er war stets der erste von den drei Chefs, der sich am Morgen einstellte.

Und doch musste er jedes Mal erfahren, dass sich Hans die Genehmigung zu irgendeinem Plan schon wieder vorweg genommen hatte.

Hans hatte unaufhörlich neue Gedanken, die beunruhigten.

Auch Christian. Aber seine waren anderer Art. Bei ihnen lag es klar zu Tage, dass sie das Geschäft förderten. Da hatte er wieder aus den gewebten Wollstrümpfen einen Berliner Bären aufgebaut, der sich sehen lassen konnte. Er war der reine Künstler. Und zwar ein Künstler, den man sich gefallen ließ. Der trotz alledem normal blieb.

Aber mit Hans konnte sich Spreemann nicht verstehen. Sein lächelnder Anblick schon reizte ihn, trotzdem ihn alle Geschäftsfreunde zu dem Genie seines Sohnes, der der echte Nachkomme solchen angesehenen, tüchtigen Vaters war, beglückwünschten.

Er nahm die Segenswünsche mit freundlichem Knurren in Empfang. Es ist besser, beneidet als bemitleidet zu werden. Aber innerlich fand er Hansens Geschäftsart nicht genial.

Da hatte er einen ganz großen Ballenlager Tuch gekauft, das einen Webefehler hatte. Das konnte man billig verschleudern, aber es würde für den Käufer nicht den geringsten Schneiderlohn wert sein. So etwas kaufte man nicht als geborener Berliner. Und das verkaufte man nicht in einer anständigen Stadt wie Berlin. Vielleicht machte man das so in England. Wo ein ganzer Stadtteil der Hauptstadt ein Verbrecherviertel war.

»Das ist ein Schmutzgeschäft«, sagte er zornbebend.

»Das einen Reingewinn abwerfen wird«, parierte Hans mit Berliner Geschicklichkeit.

Spreemann hob die Hand. Aber als er aufsah, ließ er sie in seinem eigenen grauen Bart halt machen. Diesen fremden feinen Herrn da im Gehrock konnte er wohl nicht schlagen.

Aber er ließ es doch nicht zu, dass die schlechte Ware zum Verkauf kam. Sie wurde mit Schaden weitergegeben.

Hans zuckte die Achseln und sagte, dass der Vater hoffentlich wisse, was er tue, wenn er sein eigenes Geschäft schädige und hindere.

Und weil Spreemann es wusste und noch immer sehr gut zu rechnen verstand, musste er dafür an anderer Stelle wieder ein Auge zudrücken. Oder besser seine Ohren verschließen.

Hans hatte versucht, zum Frühjahr fertige Überzieher einzuführen. Ein Gedanke, der sich als glücklich erwies. Von diesen englischen Mänteln, die nach einem Londoner Modell gearbeitet wurden, konnte kaum genug in den engen Schneiderstuben, die nach dem Hof hinauslagen, fertiggestellt werden.

Sie brachten einen kräftigen Überschuss.

Und darum kniff Spreemann seine Lippen schweigend zusammen, wenn Hans zu den Kunden sagte:

»Mit diesem Mantel ziehen Sie die Internationalität selbst an. Kein Mensch in der Welt wird Sie darin für einen Berliner halten.«

Man sollte es nicht glauben. Aber man war jetzt stolz, für einen Ausländer gehalten zu werden.

Darauf wäre Spreemann nicht im Traum gekommen.

Er im Gegenteil hatte den alten Spruch erneuern lassen wollen:

»In London nicht, noch in Paris,
In Brüssel nicht, noch Wien,
Kleiden Monsieur sich und Madame
So schick wie in Berlin.«

Er hatte sogar gedacht, ihn, von einem richtigen Maler gemalt, in die Mitte des neuen Hauses zu hängen.

Aber Hans hatte gesagt, dass dies eine Kulturblamage wäre. Man würde es für einen Spott halten.

Und er hatte für diese Stelle die Bilder des Kaiserpaares, Bismarcks und Moltkes bestimmt.

Und da Spreemann in diesen Bildern etwas Imponierendes fand, hatte er nachgegeben.

Sich wehren oder nachgeben aber war nun sein Tagewerk. Und er sagte sich selbst immerfort, dass er jung war, weil ihn die Angst quälte, was alles man noch aus seinem Geschäft machen würde, wenn er nicht mehr Wache hielt.

Wollte Hans doch sogar mit den neuen Aktien hantieren, die jetzt überall durch die Luft flogen und die reich machen sollten, ohne den Schweißverlust der Arbeit.

Slovitzka hatte sich schon eine Villa in Babelsberg davon gekauft. Dicht neben dem Schlösschen des Kaisers.

Besonders mit gewissen Eisenbahnaktien war geradezu Gold zu scheffeln.

Aber Klaus Spreemann blieb unerbittlich.

»So lange ich lebe, wird nicht spekuliert.«

Nicht einmal weil er fürchtete, sein Geld zu verlieren.

Trotz seiner Erbitterung konnte er sich eines Gefühls der Hochachtung vor Hansens schlauer Geschicklichkeit nicht erwehren.

Aber er wollte nicht zugeben, dass man Geld mühelos erwarb. War sein ganzes Leben umsonst gewesen? Hatte man erst heute das Glück erfunden?

Hans schmeichelte sich bei der Mutter ein. Sie sollte dem Vater zureden, nicht das Glück ihrer Kinder mit Füßen zu treten. Das Glück ihrer Enkel. Heute heimsten die Berliner ein, was Jahrhunderte vorgearbeitet hätten. Ein Narr, wer tatenlos dabei stände und andern das Glück in den Schoß fallen ließ.

Lieschen wurde sehr beunruhigt. Sie hatte gedacht, dass sie schon durch das Geschäft so viel verdienen würden. Gewiss wollte auch sie, dass die Enkel reiche und angesehene Leute werden würden.

Aber mit dem Vater zu sprechen wagte sie nicht. Doch natürlich, in all den langen Jahren hatte sie sich auch ein bisschen erspart.

Sie gab es Hans mit glücklichem Lächeln. Sie wollte keine Zinsen, wie er ihr gerührt versprach. Er sollte es ihr nur wiedergeben, wenn er damit das viele Geld verdient hatte. Und auch das nur der Ordnung halber. Weil doch ihrem Christian einmal die Hälfte davon zukam.

Ehe Hans fortging, fragte sie noch, für welche Bahn es denn wäre.

»Tilsit – Insterburg«, sagte er.

»Kenne ich nicht«, sagte Lieschen. Aber als sie zu sehen glaubte, dass über Hansens Gesicht ein Schatten lief, wie wenn er in ihren Worten ein Zeichen des Misstrauens gefunden, fügte sie eilig hinzu, dass es also gewiss eine schöne Gegend sei.

Und sie streichelte liebevoll über Hansens klugen Kopf und gab ihm einen Abschiedskuss.

So war es Sommer geworden.

Auf Lieschens Balkon sprießte pflichtgetreu aus allen Zigarrenkisten nutzbringendes Suppengrün.

Der unruhige Kastanienbaum trug seine Blütendolden wie Hochzeitskandelaber und brachte Schatten und Duft.

»Wie rasch man mit solchem Baum vertraut wird«, sagte Lieschen. »Rascher als mit einem Menschen.«

Sie war so recht voll freudiger Erwartung.

Annalise saß oft hier auf dem Balkon. Und die Müllersleute scheuten nicht den heißen, staubigen Weg, um sie hier zu sehen. Ihr Wohlbefinden zu bewundern und ihr weitere gute Ratschläge zu geben.

Ilka kam selten. Sie wohnte ja selbst im Freien. Und außerdem war sie oft missgelaunt. Ihr Zustand war ihr unausstehlich. Sie kam nun um die Sommerreise. Auf Slovitzkas Drängen und in Hinsicht auf die immer steigenden Aktien schaffte ihr Hans wenigstens eine Equipage an. Da fuhr sie auf den Tiergartenkorso, kam auch Hans aus dem Geschäft abholen und fand Zerstreuung und Aufheiterung.

Diese Equipage machte die Eltern Spreemann gleichzeitig stolz wie misstrauisch.

Allerdings sah man jetzt viel Leute im eigenen Wagen, die früher, auch sonntags, zu Fuß gegangen waren. Und Droschke fuhren sogar schon die Maurer.

Aber so viel Aufwand, noch ehe Kinder im Haus. Was sollte da erst später werden. Slovitzka aber sagte, das sind Zeiten, wie sie nicht wiederkommen werden. Hans aber sei der Mann seiner Zeit.

Das beruhigte Lieschen sehr, denn Slovitzka verstand etwas von Geschäft und Leben.

Sie sagte zu Spreemann, dass sie auf ihre Söhne stolz sein könnten.

Aber dann kamen Tage, wo sie sich wirklich nicht um das Geldverdienen da draußen kümmerte.

Schlimm genug, dass die Herren sogar in diesen Tagen nur rasch laufende Boten von den erregenden Vorgängen in ihren Heimen Nachricht erhielten.

Nur weil die Reisesaison auf der Höhe war.

Lieschen aber kam in diesen Tagen und Nächten nicht zur Ruhe.

Sie fuhr in Ilkas blau ausgeschlagener Equipage vom Tiergarten nach der Kochstraße und wieder zurück, ohne die vornehme Position, in der sie sich befand, überhaupt zu bemerken. Sie stand zitternd vor Ilkas Zimmer, in das niemand hereingelassen wurde und wo die allerneuesten Ärzte über Baldrian lächelten und mit Chloroform hantierten.

Sie näherte sich auf den Fußspitzen Annalises Schmerzenslager, an dem die Müllerin ihr größeres Anrecht in einem breiten Sessel behauptete.

Nur ihr Herz durfte helfen mit Beten und Segenswünschen.

Aber alles kommt einmal in Ordnung.

Endlich war der Abend da, wo sie Spreemann alter Großpapa nannte. Ohne dass er über dieses böse Beiwort zu schelten begann, wo sie sich als doppelte Großmutter todmüde zu Bette legte.

Alles war gut gegangen. Nur Ilkas kleiner Spreemann war zu aller Verwunderung ein winziges Mädchen geworden.

Mutter Lieschen, die sich unter Neugeborenen immer nur Knaben vorgestellt hatte, war zu Tränen gerührt, als sie sah, wie zart und zierlich kleine Mädchen waren, wenn sie den schwierigen Lebenslauf begannen. Sie empfand beinahe Hochachtung vor dem eigenen Geschlecht.

Das fand Spreemann übertrieben.

Er leugnete nicht die Notwendigkeit des weiblichen Geschlechts. Es hatte sozusagen zur Grundlage seines ganzen Geschäfts gehört. Aber für seine eigene Person hätte er sich mit Töchtern niemals gefreut.

Lieschen hörte aus den Worten ihrer Angehörigen stets nur das Angenehme heraus. So freute sie dies als nachträgliches Lob und streckte sich zufrieden im Bett aus. Zwei Nächte lang hatte sie nur für kurze Augenblicke geruht.

Spreemann aber brummelte weiter.

»Da haben sie nun eine Hochzeitsreise nach Italien gemacht«, sagte er. »Haben ein echtes Ölgemälde und sogar eine Equipage. Und was ist die Folge von allem? Ein Mädchen von noch nicht drei Kilo.«

»Dreieinhalb«, verbesserte Lieschen in eifrigem Gerechtigkeitssinn.

Spreemann aber überhörte dies.

Er lobte Anneliese mit vielen Worten der Anerkennung und sagte, dass er es sich nicht ausreden ließe: Berliner Blut sei Berliner Blut.

Lieschen sagte, dass sicher etwas Wahres an seinen Worten sei.

Aber dass man sich nicht versündigen solle, denn alle konnten doch nun einmal nicht Berliner sein.

»Wohl dem, der es ist«, sagte Spreemann fest. Und damit schlief das neue Großelternpaar ein.

Neuntes Kapitel

Das Jahrhundert zählte nun eine hohe Jahreszahl. Es hatte viele neue Bequemlichkeiten gebracht. Aber jeder kleine Mensch, der hinzukam, musste doch wieder mit allem von vorn anfangen.

Mutter Lieschen lernte mit Staunen die alte Weisheit, dass alles schon dagewesen. Dass sich alles gleich blieb, wie fein man auch selbst inzwischen geworden, wie groß und verändert auch ringsum die Stadt.

Es war die gleiche Sorge um die Beschaffenheit des Windelinhalts, um Bad und Puder, um Festigkeit von Gaumen und Beinchen, wie vor bald fünfundzwanzig Jahren. Ja, wahrscheinlich wie zu Anfang der Welt. Ausgenommen vielleicht die Zeit des Paradieses, wo vermutlich auch in dieser Beziehung alles leichter und einfacher gewesen.

Aber Lieschens Erfahrungen kamen nun zur Geltung. Selbst Ilka hatte jeden Tag einen ängstlichen Rat von ihr zu erfragen und war glücklich zu hören, dass auch Hans und Christian manchmal Nächte lang durchgeschrien hatten, ohne dass es etwas Schlimmes bedeutet hatte. Nur zum Vergnügen.

Lieschen fühlte, dass eine Großmutter nötig war auf der Welt. Das gab ihr auch Spreemann gegenüber wieder etwas von der alten Festigkeit. Auch äußerlich begann sie wieder in die Breite zu gehen. Oder kam das nur davon, dass sie wieder ein großkariertes Kleid trug wie vor Jahren?

Jedenfalls bewegte sie sich durch Herbst und Winterkälte in gleicher emsiger Zufriedenheit. In ihrer Küche duftete es stets nach Lakritzensaft oder Fenchelsirup.

Denn wenn den Kindern erst etwas fehlte, war es zu spät. Vorher mussten die Medizinen genommen werden. Oder doch mindestens bereit stehen.

Sie nahm es sehr gleichgültig hin, dass auch dieses Weihnachtsfest dem neuen Kaufhaus einen großen Kassenerfolg brachte. Tausendmal mehr erstaunte es sie, dass Ilkas zarte kleine Paula schon nach fünf Monaten einen festen Vorderzahn aus echtem Elfenbein hatte.

Sie war ein wenig parteiisch für diese kleine Paula.

Auch die besten Frauen neigen zum Widerspruch.

Annalises dicker Junge lachte noch mit leerem Gaumen.

Er war Otto getauft worden. Zu Ehren Bismarcks, der Christian beim Einzug von Paris die verstümmelte Hand gedrückt hatte und für den Christian und auch der Müller und somit auch Annalise ohnedies die echte Verehrung hegten.

Auch Spreemann war stolz über diesen Otto.

Er hatte ihm zu Weihnachten eine silberne Sparkasse geschenkt. Es war ein aufrecht stehender Bär, der einen Spruch hinter den Ohren hatte.

»Spare in der Zeit, so hast du in der Not«, stand da eingeritzt.

Lieschen fand diese Worte etwas ernsthaft für einen Säugling, besonders im Hinblick auf den erneuten Kassenerfolg.

Aber sie bestellte doch in aller Heimlichkeit das gleiche Geschenk für die kleine Paula. Gerechtigkeit muss sein.

Es war derselbe Bar.

Aber hinter seinen Ohren stand:

»Spare in der Zeit, so hast du in der Not die Großmama.«

Der Juwelier hatte einen Punkt vergessen. Oder auch sparen wollen. Denn Lieschen hatte ein wenig vom Preise heruntergehandelt. Aus alter, guter Gewohnheit.

»Nun«, sagte sie, »man wird auch so wissen, was es heißen soll.«

Das gab ein stolzes Weihnachtsfest in diesem Jahr. Bei Spreemanns und überall. Ganz Berlin schien in Gold zu schwimmen.

Kein Mensch schmückte jetzt noch grüne Papierpyramiden, die Jahr für Jahr dauerten, da sie nicht welken konnten, weil sie niemals geblüht hatten. Große Tannenbäume mit dem würzigen Duft des deutschen Waldes standen an allen Straßenecken und fanden reißenden Absatz. Was machte es, wenn sie schon bald nach dem Fest nadelten und verbrannt werden mussten. Anderes Jahr, andere Bäume. Und noch höhere.

Slovitzka hatte einen Tannenbaum aus seinem eigenen Villengelände. Und seine Gabe an Ilka waren Ohrgehänge und ein Halbmond aus Diamanten, die, wie er sagte, nicht aus böhmischem Glas gemacht waren.

»Du hast Diamanten und Perlen, hast alles, was Menschen Begehr«, trällerte Hans, wenn er in den Feiertagen die kleine Paula, satt und zufrieden, auf den Knien schaukelte.

Das war ein Vers, den ein wirklicher Dichter gemacht.

Ein wenig aus Spott, weil er, wie die meisten Dichter, immer ein wenig zwischen Lachen und Weinen schaukeln musste.

Aber jetzt pfiff es jeder Berliner Schusterjunge. In gläubigem Ernst.

Denn nicht nur ein Schusterjunge musste daran glauben und eine Ahnung des allgemeinen Reichtums bekommen, wenn aus allen Häusern, und wie viele neue waren nicht in diesem Jahr aus dem Boden gewachsen, der solide, den Magen wie das Selbstgefühl befestigende Dampfgeruch guter Soßen und guter Braten quoll. Wenn einem bei jedem Schritt der süße Duft backender Napfkuchen und siedenden Marzipans in die Nase stieg.

Selbst in den Kellerwohnungen tauchte man in Kaffee und Zichorie sein Stück Streuselkuchen, weil man's dazu hatte.

Oder doch morgen schon auf dem gleichen grünen Zweig sein konnte wie der Nachbar.

Das neue Geld setzte keinen Rost mehr an. Das bewegte sich und machte Bewegung.

In allen Taschen hörte man es klappern. Auf den Straßen und Treppen, die jetzt schnellere Schritte zu fühlen bekamen als früher.

Vorwärts hieß es.

Man war nicht dumm. Man ließ sich nicht dumm machen. Was dem einen recht, ist dem anderen billig. Berliner war Berliner.

Die Habgier der Masse war erwacht.

Ein sehr effektvoller Weihnachtsartikel von Spreemann & Co. war ein neuer Aschenbecher gewesen. Um eine imitierte Messingschale lief ein Kranz von munteren Schweinen. Diese Schweine aber trugen sowohl im Maul wie an Körperteilen, die sonst Leute, die fein sein wollen, nicht mit einem Blicke würdigen, schöne, täuschend nachgemachte Goldstücke.

Diese Neuheit hatte Aufsehen erregt und großen Beifall gefunden. Man hatte sich darum gerissen.

Sie kosteten den Fabrikanten drei Groschen das Stück. Er gab sie für fünf Groschen an Spreemann & Co. ab, die sie für den fabelhaften Preis von nur zehn Groschen verkauften.

Als man am Heiligabend die Ladentüren schloss, waren hunderttausend Stück davon abgesetzt worden. Aber es war ein Artikel, der das ganze Jahr gehen konnte.

Dabei ließ sich's schon leben und leben lassen.

Selbst Spreemann hatte an diesem Tage eine kleine Aktie gekauft. In der er keine Spekulation sah. Es war eine Zoologischer-Garten-Aktie, deren Zinsen im freien Eintritt zu den wilden Herrlichkeiten dieses Unternehmens bestanden. Daran konnte kein Betrug sein. Spreemann legte sie in die

Sparkasse für Otto und künftige Geschwister und konnte kaum die Zeit erwarten, wo er seinem runden Enkel zeigen würde, wie man eigenhändig die Löwen füttert.

Der Müller, als gleichberechtigter Großpapa dieses Otto, billigte dieses Verfahren. Er hatte selbst zwei Aktien der Pferdebahn in Bereitschaft. Aber alle anderen Unternehmungen erklärte er für Schwindel. Er glaubte immer noch nur an das, was er sah.

Er sagte höhnisch zu Hans, dass er selbst, trotz seines Alters, noch nicht weitsichtig geworden. Und bestärkte damit einen alten Argwohn, den Vater Spreemann schon lange hegte, wenn er an die Zeit von Hansens Reise nach England zurückdachte.

Es war sonderbar, dass man nicht einmal seine eigenen Kinder kannte, die man doch vor Augen gehabt, ehe sie ein Haar auf dem Kopfe und einen Zahn im Munde hatten.

Lieschen allerdings schien besser mit ihnen Bescheid zu wissen.

Aber sie war eben arglos und vertrauensselig wie alle Frauen. Vom Leben verstand sie im Grunde nichts.

Das war also die gleiche Meinung, die Lieschen von ihm hatte. Ohne Übereinstimmung keine echte Ehe …

Aber Übereinstimmung im Großen hindert nicht Zwiespalt im Kleinen.

Es gab jetzt viel Konzerte und Theatervergnügungen in der Stadt. Lieschen und die jungen Frauen wollten bei vielem dabei sein. Auch die Müllerin. Weniger aus Vergnügungssucht oder Kunstverlangen, sondern weil sie ihre goldene Kette umhängen wollte.

Spreemann aber nannte jede Art von Kunst noch heute: geschwollenes Zeug.

Obwohl man zu den bekannten und beachteten Bürgern der Stadt gehörte.

Lieschen versuchte, im Verein mit den Kindern, diesen

Mangel des Familienoberhauptes so viel wie möglich zu vertuschen. Man erfand vor den Bekannten ein Waffenlager von Ausreden für sein Fernbleiben.

Man konnte doch nicht sagen, dass er an Abenden, wo Pauline Lucca sang, den schlafenden kleinen Otto besuchte und sich ihn anguckte, als hätte er noch nie ein Kind gesehen. Oder dass er um diese Zeit einfach zu Bett ging und zu Lieschen, die sich schmückte, ärgerlich sagte, dass alle diese Menschen, die jetzt ausstaffiert in die Theater fuhren, nicht wert wären, ein Bett zu haben.

Das konnte man nicht weitererzählen. Ebenso wenig aber durfte es so aussehen, als käme er nicht mit, weil man ein teures Billett hatte ersparen wollen.

Aus diesem Grunde musste ihn Lieschen eines Tages einfach zwingen, ein Konzert zu besuchen, das besonderes Aufsehen erregte. Beim alten Bilse. Wohin sich Spreemann schon manchmal hatte hinlocken lassen, weil er dort wenigstens Bier trinken und Leberwurstschnitten essen konnte und außerdem sehr häufig Pause zwischen den Musikstücken war.

Diesmal aber sollte es nichts zu trinken und zu essen geben. Die Plätze kosteten das Zehnfache. Dafür aber sollte der ganze Hof anwesend sein.

Der neue Musiker Richard Wagner, von dem man überall so viel Lärm machte, sollte das wohlbekannte Berliner Orchester dirigieren. Das nur Stücke spielen sollte, die er selbst gemacht hatte.

Wer nur halbwegs auf sich hielt, musste hier dabei sein.

Spreemann wollte nicht begreifen, warum man gerade an einem Abend gehen sollte, wo derselbe Platz zehnmal so viel kostete wie sonst. Musik war wohl Musik. Immer die gleichen Töne, nur jedes Mal ein wenig anders durcheinander geschüttelt.

Und gerade dieser Wagner? War das nicht derselbe, dessen

Nürnberger Geschichte man neulich im Opernhaus nicht einmal zu Ende hören wollte? Der Musik daraus gemacht hatte, dass ein Nachtwächter ein paar Kerle durchgeprügelt?

Das hieß doch geradezu das Geld zum Fenster hinauswerfen.

Lieschen sagte, dass er der Sache nicht auf den Kern käme. Und dass das alles nebensächlich wäre. Man ging hin, weil alle hingingen. Alle da sein würden. Und man jetzt dazu gehörte. Zeigen musste, dass man dazu gehörte. Sie begriff diese Ansicht der Kinder vollkommen. Woher sollte Otto sonst einmal Hoflieferant oder sogar Kommerzienrat werden? Die Zukunft kann nichts bringen, was man nicht selbst gesät hat. Das sollte er selbst wohl am besten wissen.

Der geschickte Hinweis auf Otto verfehlte nicht seine Wirkung.

Die Billette wurden gekauft. Da auch Slovitzka und die Müllersleute gingen, waren es neun Plätze. Sie kosteten ein kleines Vermögen.

Schon das sich Zuraunen dieser Summe brachte die festlich gekleideten Damen in Stimmung.

Der beliebte Saal war mit eleganten Leuten bis in alle Winkel gefüllt.

Auch der Kaiser und die Kaiserin waren mit ihrer ganzen Familie erschienen.

Genau wie Spreemann.

Wenn sich Lieschen nicht irrte, hatte der Kaiser mehrmals zu ihr und Ilka hinübergesehen.

Er gehörte wohl vor allen anderen zu denen, die etwas von echten Spitzen und Diamanten verstanden.

Ein wenig enttäuscht wurde man nur, als der berühmte Musiker das Podium betrat. Das war ein lächerlich kleiner Mann. Wie stattlich war dagegen der alte Bilse mit seinen vielen Ehrenzeichen auf der Brust. Es war einem ordentlich peinlich vor Spreemann.

Aber der kleine Dirigent gab sich wirklich Mühe. Er regte sich furchtbar auf, der Taktstock flog nur so durch die Luft.

Als das erste Stück zu Ende war, zeigte es sich auch, dass er es allen recht gemacht hatte. Alle klatschten und riefen ihm Beifallsbezeugungen zu. Und so blieb es den ganzen Abend über. Auch Blumen fielen in Hülle und Fülle auf den kleinen beweglichen Mann, der immer erregter zu werden schien.

»So viele Blumen. Und im Februar«, flüsterte Lieschen der Müllerin zu.

Beide waren stolz, dabei zu sein.

In der Pause sagte Spreemann, dass er nicht viel von Musik verstehe, dass es ihm aber vorkomme, als ob diese neue Musik viel lauter wäre als die alte, an die man schon einigermaßen gewohnt wäre.

Er hatte auch nicht gesehen, dass sogar der Kaiser zweimal geklatscht hatte.

Was Lieschen bestimmt behauptete.

Aber er war nicht schlecht gelaunt. Die Nähe des Hofes übte eine wohltuende Wirkung auf sein echtes Berliner Gemüt.

Nur eins beeinträchtigte etwas den Genuss. Slovitzka war nicht gekommen. Sein teurer Platz blieb leer.

»Sündhaft«, sagte Lieschen. »Wie mancher wäre glücklich über diesen Kunstgenuss.«

Sie sagte es zu Hans. Der aber kaute an seinem Bart und schien ihre Worte gar nicht gehört zu haben. Ebenso wenig wie er über die Abwesenheit seines Schwiegervaters nachzudenken schien.

Auch über die Musik sagte er kein Wort.

Lieschen musterte ihn besorgt. Erst jetzt fiel es ihr auf, wie schlecht er aussah. Geradezu alt. Ihr junger Junge. Er überarbeitete sich gewiss.

Sie wollte in diesen Tagen ernstlich mit ihm reden. Erst kam die Gesundheit und dann erst das Geld.

Spreemann und sie hatten es stets so gehalten und waren trotzdem zu etwas gekommen.

In leiser Zärtlichkeit strich sie über Hansens Ärmel.

Guter, gediegener Stoff, dachte sie dabei.

»Was mag Papa verhindert haben?«, fragte Ilka und beugte sich zu Hans.

Er starrte über sie hinweg und sagte, dass Slovitzka kein Wickelkind wäre und diese Besorgnis lächerlich sei.

In Ilkas Augen traten Tränen.

Nur Christian hatte diesen Zwischenfall bemerkt.

»Was hast du, Hans«, fragte er erstaunt und rückte vorsichtig den Spitzenschal auf Ilkas Schulter zurecht.

»Beunruhige dich nicht, lieber Christian«, sagte Ilka, schon wieder gefasst und in ihrem gewohnten spöttischen Tone. »Das hat dein Bruder manchmal so an sich.«

Auf Christians gutes, gesundes Gesicht kam ein Ausdruck besorgter Nachdenklichkeit.

»Waren Hans und Ilka nicht glücklich? War es möglich, mit Ilka nicht glücklich zu sein?«

Aber da setzte diese laute, aufpeitschende Musik wieder ein.

Alles verstummte. Nur die heimlichen Gedanken tanzten doppelt erregt nach diesen Tönen, die oft mit einer Dissonanz ineinander kreischten.

Dann war das Konzert zu Ende.

Aber der Dirigent musste noch einige Worte des Dankes sprechen.

Er sächselte.

Spreemann hatte sich und Lieschen längst gesagt, dass dies kein Berliner war.

Aber die übrigen waren trotzdem mit ihm zufrieden. Der Beifallsjubel wollte kein Ende nehmen.

Und immer wieder flogen neue Blumen aufs Podium. Viele Rosen. Im Winter.

Lieschen musste an Christians Heimkehr denken. An Karolines Beerdigung.

Wie merkwürdig, immer wieder die gleichen Blumen.

Nur zu anderen Zwecken. Und für andere.

Aber unleugbar dieselben Blumen, der gleiche Duft, der an so viel Vergangenes erinnerte.

Zehntes Kapitel

Manche glauben an Träume. Vermuten Ahnung, Wahrheit und Prophezeiung in ihnen. Sehr möglich, dass sie recht haben. Die Schwierigkeit dabei liegt nur in der rechten Deutung. Meistens laufen da Irrtümer unter. Die selbst den schönsten Traum zu nichts, ja gefährlich machen können.

Was nützt es, wenn man von vielem Geld träumt und nun mit Freuden annimmt, dass einem Reichtum zugedacht ist. Eine Deutung, die ebenso natürlich wie naheliegend scheint. Man wird wagemutig werden, und es wird ein doppelt unangenehmes Erwachen geben, wenn es sich herausstellt, dass man den Traum von der verkehrten Seite aufgefasst hatte. Dass er uns nur hatte warnen wollen. Uns liebevoll das Geld gezeigt hatte, das wir verlieren sollten.

Der arme Mensch irrt selbst im Traum.

Besser daher gar nichts geträumt, gar nichts gedeutet. Und einfach gearbeitet.

Zu dieser alten Einsicht sollten auch die Berliner zurückkommen.

Als es zu spät war.

Die guten Vorsätze kommen immer nachgehinkt. Sie sind nun einmal nichts Normales. Der Wahrheit die Ehre.

Man kann immer nur gewinnen, wenn sich der andere verrechnet hat. Hier aber hatten sich alle verrechnet.

Die große Seifenblase, die aus dem Gebrodel dieser überstürzten, sozialen, wirtschaftlichen und moralischen Umwälzungen goldschillernd aufgestiegen, war plötzlich zersprungen. Wie wenn jemand zu stark geblasen hatte. Weil man sie gar zu groß hatte haben wollen.

Krach, hatte sie gemacht und war zerplatzt. Und nichts mehr war da von allem, was geglänzt und gefunkelt hatte und jedem greifbar und nahe schien. Nur bitterer Schaum war zurückgeblieben.

Spreemann triumphierte.

Es tat ihm leid, dass es nun in vielen Familien einige Tage recht traurig zugehen würde, dass auch Slovitzka wohl ein aufgeregtes Stündchen bevorstand, aber es war ihm doch seit langem nicht so wohl zu Mute gewesen als in diesen Stunden, wo er in seinem Privatkontor diese Neuigkeiten studierte.

Da hatte der alte Vater doch wieder einmal recht behalten mit seinen umständlichen, altmodischen Ansichten. Am Ende waren die Alten doch noch ein wenig nötig in dieser neuen Zeit.

Er suchte erregt nach seinen Söhnen. Ein bisschen Anerkennung wollte er doch haben.

Im Schuhwarenlager schluchzte das Fräulein wie eine getretene Katze. Er fragte sie, ob die Mutter gestorben wäre. Aber sie weinte nur, weil sie eine Aktie gehabt. Von Christian wusste sie nichts.

Der junge Mann in der Konfektionsabteilung lehnte matt an dem Ständer mit den Frühjahrsnovitäten. Er sah aus, als ob er die Gelbsucht hätte. Da brauchte man sich nicht erst zu erkundigen. Dem sah man an, dass er eine Aktie hatte.

Aber der Chef fragte ihn nach Hans.

Der junge Herr war da gewesen, aber nur auf einen Augenblick. Um sich einige Schlüssel zu holen. Gesagt hatte er nichts.

Auch Herr Christian war schon hier gewesen. Und hatte wie sonst zu arbeiten begonnen. Aber dann hatte ihn ein Bote abgerufen.

Spreemann wunderte sich ein wenig.

Vielleicht brauchte Slovitzka Hansens Rat.

Christian war wohl von Annalise gerufen worden. Der

kleine Otto hatte seit einigen Tagen Schnupfen, und da gab es immer ein großes Hin und Her zwischen Geschäft und Haus.

So nahm er eine große Zigarre und setzte sich wieder in seinen Bürostuhl.

Es war noch früh. Und außerdem würden wohl nicht viele Lust und Zeit haben, sich neue Stiefel und Aschenbecher zu kaufen.

Die Jungen würden vielleicht besorgt sein um den künftigen Geschäftsgang. Er konnte sie beruhigen. Das waren immer nur wenige Tage, wo der Stadt der Atem stockte. Er hatte drei Kriege, Cholerajahre und alles mögliche hinter sich und reiche Erfahrung geholt. Merkwürdig genug, aber es blieben bei allen Unglücksfällen immer noch genug da, die kaufen und das Leben genießen wollten.

Ruhig kräuselte sich der Rauch über dem grauen Kopf mit den scharfen, vergnügten Äugelchen hinter der Brille.

Nie könnten wir froh sein, wenn wir alles wüssten ... Christian war nicht auf dem Wege zu Weib und Kind. Ilka hatte ihn rufen lassen.

Er hatte die unruhige Stadt hinter sich und fuhr im Wagen durch die morgenstille Tiergartenstraße. In den Bäumen zwitscherten die Vögel. Aus den Zweigen, aus Erde und Gehölz quoll der feuchte, kühlende Atem des arbeitenden Frühlings. Mancher Strauch hatte schon grüne Spitzen.

Christian war überzeugt davon, dass ihn Ilka um ihres Vaters willen hatte rufen lassen. Wenn sich die Börse nicht wieder erholte, musste es schlimm um Slovitzka stehen.

Aber Christian freute sich ein wenig, dass ihn Ilka brauchte.

Nun stand er vor ihr.

Sie trug ein weißes Morgenkleid und hatte die dunklen Haare gar nicht zu den langen Lockenpuffen gedreht, wie man sie an der eleganten Frau Spreemann von Spreemann & Co. gewohnt war. Sie waren hastig zusammengeflochten und hingen wie zwei dicke Schulmädchenzöpfe über die runden Frauenschultern.

Christian musste an einen fernen Tag denken, wo er Ilka einen Aufsatz über die Bedeutung des Goldes gemacht hatte.

»Was geht mich das Gold an, mein blonder Christian«, hatte sie gesagt und ihn am Ohrläppchen vor ihr Schulheft gezogen, in das er nun geduldig und langsam eine Abhandlung über die Bedeutung des Goldes eingetragen hatte ...

»Nur du kannst mir helfen«, sagte jetzt Ilka. »Ich bin euch allen fremd geblieben, ich weiß es. Nur dir nicht. Es kann nicht anders sein.«

Christian wurde rot. Da war viel Wahres dran. Aber was sollte das jetzt? Und warum sprach man so etwas aus?

Ilka gab ihm einen Brief.

Er war von Slovitzka.

Die aufgeregte wirre Schrift enthielt viele böhmische Worte. Aber Christian verstand doch daraus, dass Slovitzka fliehen wollte, weil er mit den Gerichten in Konflikt kommen würde, wenn man ihn nicht mit einer großen Summe deckte.

»Dein Vater hilft nicht, das weiß ich. Aber du hast die Aussicht auf Annalises Erbe – ihr seid reicher als wir alle ...«

Christian schwieg und überlegte.

Des Müllers ehrliche Taler für Slovitzkas Spekulationen. Der Gedanke war Wahnsinn.

»Siehst du, wie schlau von dir, dass du nicht mich geheiratet hast, blonder Christian«, sagte Ilka mit scharfer Stimme.

»Du wolltest mich doch gar nicht, Ilka«, antwortete Christian.

Er sah auf, und ihre Blicke trafen sich. Und blieben ineinander haften. Nur eine Sekunde lang. Oder war es eine Ewigkeit?

Jedenfalls war es lange genug, um Christian zu seinem Entschluss zu verhelfen.

»Ich werde deinen Vater zu stützen versuchen«, sagte er. Seine Zunge war ihm unangenehm schwer.

»Aber wo ist Hans?«

Die Unruhe in ihm verstärkte sich plötzlich.

»In seinem Zimmer. Er ist böse auf mich«, sagte Ilka.

Sie hatte Christians verstümmelte Rechte mit beiden Händen umfasst. Christian hatte immer geglaubt, dass sie Ekel davor empfinde.

Da öffnete sich die Tür von Hansens Zimmer. Hans trat heraus. Er wollte offenbar in das Kinderzimmer eilen, wo man die kleine Paula weinen hörte. Er war ohne Kragen. Die Haare fielen ihm unordentlich in die Stirn.

So wie ihn Christian oft genug gesehen, wenn sie nebeneinander bei der Morgentoilette gewesen.

»Du bist da?!«, sagte Hans. »Ist schon alles bekannt?«

Er schnellte zurück in das Zimmer. Aber Christian war ihm gefolgt.

Er hatte durch die Tür einen Revolver auf dem Schreibtisch liegen sehen. Hans verstand überhaupt nicht mit Waffen umzugehen. Er hatte ein Grauen davor. Was bedeutete das also?

Hans versuchte sich hinter Grobheiten zu verstecken.

Aber da fand Christian ganz gedankenlos das richtige Wort.

»Bruder!«, sagte er. »Bruder!«, wiederholte er langsam.

Hans schluchzte auf. Wie damals, als er aus England zurückkam und, fein und stolz geworden, die Mutter wiedersah …

Ilka vertraute fest auf Christian. Ihre Sorge lichtete sich. Sie blickte in den Spiegel und ärgerte sich ein wenig, dass Christian sie unordentlich und gar nicht vorteilhaft vor Augen gehabt. Daher gab sie der kleinen Paula ein Zuckerbeutelchen zu saugen und benutzte die friedliche Stille, um sich zu frisieren und anzukleiden. Wenn sich die Herren verabschiedeten, sollte sie Christian wieder ein wenig hübscher zu sehen bekommen.

Aber als sie eine Stunde später die wohlgelungene Lockenfrisur durch die Tür des Herrenzimmers streckte, war das Zimmer leer.

Die Herren hatten vergessen, sich zu verabschieden.

Christian hatte mit fest verschlossenem Munde jedes Wort von Hansens erregtem Bericht in sich aufgenommen.

Dass der Mutter Ersparnisse fort waren, schien ertragbar. Sie würde sie nicht brauchen. Und verzeihen würde sie auch.

Und sie erinnerten sich gegenseitig daran, wie viele dumme Streiche sie ihnen schon im Laufe des Lebens verziehen hatte. Und kamen dabei bis auf eine Flasche Himbeersaft zurück, die Hans als Sechsjähriger aus dem Büfett entwendet hatte und die sie zusammen ausgetrunken.

Wie ein sanfter, kühlender Wind koste es aus diesen Erinnerungen um ihre angstheißen Stirnen.

Aber als Hans endlich auch über die Lippen bekommen hatte, dass er das Vertrauen des Vaters, hinsichtlich der Kassenschlüssel, ausgenutzt hatte – nur für zwei Tage sollte es sein – dann wäre das Geld verdoppelt, verdreifacht wieder am Platze gewesen – stöhnte Christian auf, wie damals, als ihn die Kugel getroffen.

Aber gerade die Erinnerung an Schlachten und Sieg half ihm weiter.

Vor seinen verschwommenen Augen tauchten die Türme von Paris auf. Die Finger, die nicht mehr da waren, schmerzten ihn auf einmal.

Er war aufgestanden. Und während er endlich zu antworten begann, entlud er, wie gedankenlos, den Revolver.

»Papas Geld muss zurück. Das wäre sein Tod«, sagte er langsam.

Es war keine Zeit zu verlieren.

Er musste hinaus zum Müller.

Er wusste, dass der Müller im Grunde Spreemann nicht liebte. Weil er ihn um seine beiden lebendigen Söhne beneidete, er, der seinen eigenen in fremder Erde verscharrt wusste.

Aber er würde Annalise nicht ins Unglück kommen lassen.

Christian musste die Schuld auf sich nehmen.

Dass Hans das erfuhr, war einstweilen nicht nötig.

Er zwang Hans, ins Geschäft zu gehen und vor den Augen des Vaters Ruhe zu behalten.

Alles würde wieder in Ordnung kommen. Er verbürgte sich dafür.

Hans gehorchte. In der Betäubung und ängstlichen Gewissenhaftigkeit, mit denen man dem Arzt gehorcht, wenn man in Lebensgefahr ist.

Christian aber fuhr nach Schöneberg.

Es war nun Mittag geworden. Aber er spürte keinen Hunger.

Ruhig, gleichmäßig rollte die Droschke an der Mutter Fenster vorüber. Um diese Zeit legte Lieschen wohl die letzte Hand ans Mittagessen und war in der Küche. Die Balkontür stand offen. Niemand war zu sehen.

Christian schloss die Lippen noch fester zusammen.

Nun hörte das Straßenpflaster auf, und der Landweg begann. Der Wagen schaukelte. Aus dem Trab wurde Schritt. Als folgte man einem Sarge. Endlos war der Weg. Die Vorfrühlingssonne stach wie mit Mückenrüsseln.

Endlich sah Christian die Mühle. Sie stand. Ihre Flügel streckten sich wie ein schwarzes Kreuz gegen den hellen Mittaghimmel.

Merkwürdig viel Menschen waren um das daneben liegende Haus beschäftigt.

Der Kutscher drehte sich um.

»Da scheint ein Unglück geschehen«, sagte er und zeigte mit dem Peitschenstiel gegen die Mühle.

Christian sprang aus dem Wagen und lief voraus.

Die Müllerin stürzte ihm entgegen und fiel ihm schreiend um den Hals.

»Tot«, schrie sie, »tot!«

Auf Christians erregte Fragen und Vermutungen wurde sie ausführlicher.

Die Freude hatte den Müller getötet. Vor kaum einer Stunde erst war die Zeitung bis nach hier hinausgekommen.

Als er sie zu lesen begann, hatte ihn ein richtiger Lachkrampf gepackt.

Er war zur Müllerin gelaufen und hatte ihr gesagt, dass die Aktien des Eisenbahnkönigs jetzt ebenso viel Wert hätten wie Wurstpapier.

Dann hatte er wieder fürchterlich zu lachen begonnen, hatte sich verschluckt, und ehe die Müllerin noch wusste, was ihm und ihr geschah, hatte der starke Mann tot am Boden gelegen.

Diese Freude, groß und unerwartet, hatte ihn dahingerafft.

»Ein schöner Tod«, sagte die Gärtnerfrau von nebenan, die mit einer grünen Gießkanne in der Hand den Bericht mit offenem Munde angehört hatte.

Christian aber führte die Müllerin ins Haus hinein.

Elftes Kapitel

Vieles, was uns geschieht, erscheint uns sinnlos, grausam und ohne Zweck. Erst lange nachher sehen wir ein, wie notwendig alles war, wie klar das Schicksal wusste, was es tat. Dass es gar nicht hätte anders verfahren können, wenn es uns trotz aller Wirrnis gewaltsam auf den rechten Weg schieben wollte.

Mit beschämter Bewunderung sehen wir, aufatmend, zurück und doppelt mutig vorwärts. Um, im Vertrauen auf die gütige Vorsehung, neue Dummheiten zu begehen.

Aber so weit waren Hans und Christian noch nicht.

Sie glaubten noch in einem sinnlosen Wirbel zu drehen. Sie suchten, triefend vor Angstschweiß, das Gleichgewicht zu finden zwischen Tod und Leben, zwischen Vergangenheit und Zukunft.

Vater Spreemanns Freude über den großen Zusammenbruch hatte nicht lange dauern dürfen.

Die Nachricht vom Tode des Müllers hatte ihr bald ein Ende gemacht.

Denn obwohl er in den besten Lebensjahren war, erschütterte ihn jeder rasche Todesfall. Er war erschreckt und niedergeschlagen, und als er hörte, dass allzu große Freude den Müller dahingerafft hatte, murmelte er entsetzt:

»Was alles vorkommt. Man kann nicht vorsichtig genug sein.«

Er fürchtete, dass auch ihm die durchaus nicht kleine Menge Freude von heute Morgen geschadet haben könnte. Er fühlte sich gar nicht wohl. Er hatte einen üblen Geschmack im Munde und ließ einen Arzt rufen. Trotzdem er früher gar nicht für die Ärzte gewesen war.

Aber der elegante, junge Mann, der seit der Ankunft der Enkel mit dem Hause Spreemann in Verbindung stand, fand Puls und Herz und alles, was diese beiden Apparate in Gang zu halten hatte, in vollkommenster Ordnung.

Da war nichts zu verschreiben. Nur anzuraten, dass man in diesen etwas aufgeregten Zeiten Ruhe bewahre.

Nachdenklicher wurde der Blick des Arztes, als Lieschen ins Zimmer kam. Sie sah in dem neuen Trauerkleide auffallend blass und schmächtig aus.

Aber sie wollte nicht untersucht werden. Sie mühte sich zu einem Lächeln und sagte, dass sie ganz gesund sei. Mit dem Atem hapere es manchmal ein bisschen. Aber es hätte ja immer noch ausgereicht.

So nahm der Arzt seinen silbernen Krückstock und ging. Er hatte in diesen Tagen genug zu tun.

Spreemann wäre es lieber gewesen, wenn er ihm ein Medikament verschrieben hätte, das man aus der Apotheke fertig holen lassen konnte.

In diesen Tagen »Ruhe« zu verschreiben, war kein Kunststück. Sie zu finden war schwerer.

Es brannte an allen Ecken.

Slovitzka war fort. Und sein Geld auch. Trotzdem er es nicht mitgenommen hatte. Es war ihm nicht mehr zu helfen gewesen. Ilka lag krank und fieberte. Annalise weinte um den Vater. Hans sah sehr schlecht aus. Der Tod des Müllers schien ihm merkwürdig nah gegangen zu sein. Ob er sich nicht gesund fühlte? Christian hatte nur mit Erbschaftsregulierungen zu tun und gab auf die einfachsten Fragen ausweichende Antworten.

Wozu das alles? Warum musste das alles auf einmal kommen?

»Wer weiß, wozu es gut ist«, antwortete Lieschen.

Weniger aus Einsicht und Überzeugung, als weil sie es im Waisenhaus so gelernt hatte.

Bei allen Unglücksfällen erwachte die demütige Waise in ihr.

Die Jugend stempelt den Menschen.

Spreemann war gewohnt, das Unangenehme mit dem Fuße beiseite zu schieben. Aber diesmal schienen Hände und Füße kaum ausreichen zu wollen.

Am liebsten war er bei Annalise und dem kleinen, kraftstrotzenden Otto. Da war es hell und friedlich. Denn Annalises Schmerz milderte die Zärtlichkeit, die ihr Christian in diesen Tagen bewies.

Wenn Christian Annalises blonden Kopf erblickte, fühlte er jedes Mal die qualvolle Schuld, Hans mit dem Erbe ihres Vaters geholfen zu haben. Das machte ihn über alle Maßen sanft und zärtlich zu seiner Frau.

Der blonden Annalise die Wahrheit zu sagen, kam ihm gar nicht in den Sinn. Er sprach mit ihr fast immer in dem harmlosen Tändelton, mit dem er sein Söhnchen beschwichtigte.

Das Richtige ist wohl auch das Rechte.

Annalise war glücklich dabei.

Wenn er doch einmal vom Geschäftlichen reden wollte, hielt sie sich die Ohren zu oder unterbrach ihn bald, indem sie ihn auf eine reizende Grimasse des kleinen Otto aufmerksam machte, den sie stets auf dem Schoß hielt.

Dieser häusliche Frieden tat Spreemann in diesen Tagen wohl. Er fühlte das Berliner Blut in Annalise und Otto.

Mutter Lieschen hatte schweigend das schwierigere Teil erwählt. Sie pflegte Ilka, die missgelaunt, ungeduldig und rücksichtslos war.

Sie verbrachte die Maitage im verdunkelten Krankenzimmer und dachte oftmals, dass sie ihren neuen Freund, den Kastanienbaum, kaum noch einmal in neuer Blüte sehen würde. Aber dann schob sie die trüben Ahnungen den dunklen Vorhängen zu, die alle Sonne aussperrten, und freute sich an der kleinen Paula, auf deren Gesicht sich jedes Mal ein Lächeln einstellte, wenn die Stimme der Großmutter zu hören war. Die trotz der Erregung um sich herum ein weißes Zähnchen neben das andere setzte und schon viel von der unbeirrbaren Sanftheit echter Weiblichkeit verriet.

Lieschen hatte mancherlei zu denken. Ihre Augen hatten mehr erblickt, als sie gesehen zu haben schienen.

Hans hatte ihr jene Ersparnisse getreu zurückerstattet. Aber sie hatte das Zittern seiner Hände bemerkt. Es entging ihr nicht, dass Hansens Hände jetzt immer zitterten, sobald sie Geld berührten.

Sie sah den Schatten, der über Christians Stirn fiel, wenn ihn Annalise anlächelte oder die Müllerin breit und schwerfällig von dem gewichtigen Erbe sprach.

Sie wusste alles, ohne dass ihr jemand ein Wort gesagt hätte.

Aber sie wagte nicht einmal, mit sich selbst davon zu reden. Nicht einmal in der Dunkelheit der Nacht sich diesen Gedanken hinzugeben. Aus Furcht, dass Spreemann ihre Gedanken fühlen konnte.

Genug, dass alles wieder in Ordnung zu kommen schien.

Hier wie anderswo. Ganz Berlin schien wieder auf die Beine gekommen zu sein.

Wo man ging und fuhr, tönte der ruhige und feste Hammerschlag der Arbeit.

Man hatte sich von dem ungeübten Hasardspiel in die alte Gewohnheit gefunden.

»Offiziell verliert der Berliner keine Schlachten. Unser Bär hat ein dickes Fell«, hatte Christian mit ruhigem Lachen gesagt, als Lieschen neulich im Geschäft war und sich wunderte, wie viele sich wieder zur Reise rüsteten und sich kauflustig und schwatzend zwischen den gehäuften Warenständen drängten.

»Gott geb es«, hatte sie ihm dankbar geantwortet.

Und war mit neuem Mut zu Ilka zurückgekehrt. Die sich zu erholen begann. Und endlich durch eine Badereise den

Kummer über das Geschick ihres Vaters zu lindern und zu heilen suchte.

Ganz allmählich war man wieder ins alte Geleise gekommen.

Auch Spreemann sagte, dass er sich wieder wohler fühle, obgleich niemand gewusst, dass ihm etwas gefehlt hatte.

Aber dem geschickten Arzt, der ihm Puls und Herz genau behorcht hatte, war doch etwas entgangen: das Misstrauen, das auch in Spreemann gearbeitet hatte.

Wenn Klaus auch nicht so hellseherisch und so feinhörig war wie Mutter Lieschen, blind und taub war er doch nicht.

Er hatte wohl empfunden, dass irgendetwas mitschwirrte, was nicht zu dem Tod des Müllers oder Slovitzkas Bankrott gehörte.

Die stille Bescheidenheit, die über Hans gekommen war, gefiel ihm nicht. Er sagte sich, dass alles in der Welt seine Ursache hat.

Als man ihm den Tod des Müllers mitteilte, hatte Hans sogar versucht, ihm die Hand zu küssen. Das hatte er natürlich nicht zugelassen. Selbst nicht im Schreck.

Erst nachher war ihm diese merkwürdige Begebenheit aufs neue eingefallen und wieder lebhaft vor Augen gekommen. Voll Misstrauen sagte er sich, dass sich die Menschen in nur ganz besonderen Fällen so exaltiert benähmen wie die Leute auf der Bühne. Dahinter musste also etwas verborgen sein.

Aber weil er in dem Tod des Müllers eine Warnung sah und wohl wusste, dass Schreck ebenso gefährlich sein konnte wie Freude, folgte er der Vorsicht des Arztes und verhielt sich ruhig.

Erst als ihm seine Ahnung sagte, dass die größte Gefahr vorüber sei, wagte er sich wieder hervor.

Genau und durch zwei scharfe Brillen prüfte er Bücher und Kasse. Alles stimmte. Nichts fehlte.

Er schalt sich einen Narren. Und überlegte, ob seine Gesundheit nicht doch geschädigt sein müsse, wenn er sich auf so übertriebene Weise von der allgemeinen Unruhe konnte anstecken lassen.

Denn diese letzten Wochen waren nicht schön gewesen. Daher kam es ihm sehr gelegen, dass der Arzt, der Lieschen täglich bei Ilka sah, sehr zu einer Erholungsreise riet. Er verordnete einen Kuraufenthalt im Bad Nauheim, zur Stärkung von Lieschens Herzen.

Lieschen wollte nichts davon wissen. Sie fand es lächerlich, dass ihretwegen so viel Umstände gemacht werden sollten. Dass man, um sich ein bisschen neuen Atem zu holen, eine lange Eisenbahnfahrt machen sollte.

Aber Spreemann stellte sich ganz auf die Seite des Arztes. Der erklärt hatte, dass Luftveränderung selbst Gesunden heilsam sei.

Schließlich sah Lieschen ein, dass es Spreemann wohl gut tun könne, einmal auszuspannen. Das Leben war jetzt lauter und anstrengender als früher. Und wenn er es auch nicht wahrhaben wollte, so war er doch nicht mehr einer der Jüngsten. Einige Wochen Ferien waren ihm gewiss zu gönnen.

»Das hätte ich auch nicht gedacht, dass wir Alten uns noch einen Koffer zulegen sollten«, sagte sie stolz, als sie in einen praktischen, braunen und buckligen Behälter viele vor Kälte, Hitze, Regen und allen sonstigen Wetterumschlägen schützende Gegenstände für sich und auch Spreemann sorgfältig und faltenlos packte.

Was neu ist, gefällt.

Die Eisenbahnfahrt verlief ganz behaglich. Man hatte sich reichlich mit Essen versehen und auch am Bahnhof noch so viel Körbchen und Schächtelchen von den guten Kindern mit auf den Weg bekommen, dass für Zerstreuung reichlich gesorgt war. Ganz abgesehen davon, dass man nur zu den Fenstern hinauszusehen brauchte, um jedes Mal etwas anderes vor Augen zu haben.

Die Enttäuschung für Spreemann folgte erst später.

Man meint es gut mit sich. Und trifft doch nicht immer das Richtige.

Nicht, dass ihm der saubere und elegante Kurort missfallen hätte. Es war nichts an ihm auszusetzen. Nur die Tage waren hier noch einmal so lang als in Berlin. Unnatürlich lang.

Schon am zweiten Tage fragte er Lieschen, wie lange sie noch hier zu bleiben hätten. Ob sie noch viele Bäder zu nehmen, noch viele Becher zu trinken habe.

Und als es am dritten Tage gar regnete, sagte er, ob er nicht recht hätte mit seiner Behauptung, dass es in Berlin am schönsten sei. Da hatte man sein Geschäft, da hatte man seine Wohnung und seine Familie.

Lieschen sagte, dass die Reise doch sein eigener Wunsch gewesen wäre und dass sie ihm auch gut bekomme; denn er habe schon viel rosigere Backen.

Das besänftigte ihn ein wenig. Er ging zum Barometer und fand, dass es gestiegen war.

Trotzdem regnete es auch am folgenden Tage, und Spreemann sah von neuem bestätigt, dass es Frauen viel leichter im Leben haben als Männer.

Lieschen empfand keine Langeweile. In der Früh hatte sie schluckweise Brunnen zu trinken. Dann musste sie sich ruhen. Dann nahm sie ein kohlensaures Bad und musste sich wieder ruhen. Wobei sie sich aber mit der Badefrau unterhielt und täglich etwas Neues erfuhr. Sie wusste bald, wie viel Bäder schon der russische Großfürst genommen, der die schöne versteckte Parkvilla bewohnte. Dass er seine vielen Orden mit in die Badezelle, aber nicht ins Wasser nahm. Dass neulich ein Kurgast ein Bein gebrochen habe. Dass die blonde Dame, die stets am Arm des graubärtigen Herrn zum Brunnen kam, weder seine Frau noch seine Tochter oder Schwester wäre. Kurzum, sie hatte Zerstreuung.

Spreemann ging derweil im Park spazieren. Unter den

alten, schattigen Bäumen. Und weil er gewohnt war zu rechnen, rechnete er sich dann und wann aus, wie viel Becher Lieschen noch zu trinken, wie viel Tage und Nächte sie hier noch zu verbringen hatten.

Auf einer Bank am Schlossteich pflegte er sich auszuruhen und den Schwänen zuzusehen, die ihr Gefieder glätteten und träge hin und her schwammen.

Er beobachtete sie und dachte, dass man mit so viel tausend kleinen Federn allerdings genug mit sich zu tun haben könnte, sonst würde es solch ein Schwan auch wohl kaum aushalten können vor Langerweile.

Eines Morgens setzte sich ein Herr neben ihn. Er mochte wohl im gleichen Alter sein wie er selbst. Aber Spreemann legte doch die Hand an die Uhrkette. Außerhalb Berlins traute er keinem Menschen.

Der andere musterte ihn ein wenig.

Dann sagte er:

»Muskel oder Klappe?«

»Wie?«, sagte Spreemann verlegen und befangen.

»Ich frage, ob Muskel oder Klappe?«, wiederholte der andere höflich.

Jetzt verstand ihn Spreemann. Er war schon eine Woche hier und hatte einige Erfahrung in den hiesigen Fachausdrücken gewonnen.

Der andere fragte nach dem Krankheitszustand seines Herzens. Hier sah jeder im Nächsten einen Leidensgefährten.

»Klappe«, antwortete also Spreemann. »Aber nicht ich – sondern meine Frau.«

»So, so«, sagte der Fremde und sah ihn neidisch an. »Ich bin leider nicht verheiratet.«

Dann schwiegen beide und sahen dem Schwan zu, der wieder seine Federn zählte.

»Auch ich habe einen Klappenfehler«, sagte der Fremde nach einer Weile. »Aber was tut es? Man lebt danach. Dann ist keine Gefahr. Man kann zehnmal länger leben als mancher, der kerngesund ist. Der zum Beispiel unter einen Bierwagen kommt. Das sage ich mir täglich zum Trost. Und das können Sie sich auch zum Trost für Ihre werte Frau Gemahlin gesagt sein lassen.«

Er schöpfte Luft. Und hatte nun eine ganze Weile zu tun, ehe er seinen Atem wieder in Ordnung gebracht hatte.

Spreemann benutzte diese Pause, um dem Fremden seinen Namen zu sagen. Weil er das für fein und angebracht hielt.

»Spreemann«, sagte er, »von Spreemann & Co.«

»Ah«, hustete der andere. »Das neue Warenhaus in Berlin. Sehr interessant.«

Er stellte sich als Geheimrat aus Frankfurt vor.

Aber mehr konnte er für heute nicht sagen. Er lebte genau nach der Uhr. Es war Zeit für ihn zurückzukehren. Beim Gehen aber durfte er nicht sprechen.

Immerhin hatte der kleine Zwischenfall Abwechslung in Spreemanns Leben gebracht.

Er war neugierig, ob sich der Herr Geheimrat morgen wieder einfinden würde.

Geheimrat war schließlich eine angesehene Position.

Der Wohlgepflegte mit dem Klappenfehler kehrte wirklich am anderen Morgen zurück. Auch an den nächsten Tagen. Es gab einige angenehme Plauderminuten. Der Herr Geheimrat, der seit Jahren herkam, wusste viele hübsche Wege zu empfehlen und auch dieses und jenes von manchem Vorüberkommenden zu erzählen.

Man begrüßte sich bald wie alte Bekannte, und Spreemann suchte im geheimen schon nach einem Vorwand, um auch am Nachmittag mit ihm zusammentreffen zu können.

Da kam man unglücklicherweise auf Berlin zu sprechen. Nicht einmal direkt.

Der Ärger sucht sich immer auf Umwegen an uns heranzuschleichen.

Der Herr Geheimrat hatte das Kurhaus getadelt und erklärt, dass dort vor dem deutsch-französischen Kriege viel und hoch gespielt worden war. Er selbst wäre in jungen Jahren oft dabei gewesen, denn ein Süddeutscher hätte immer ein wenig Wein im Blut. War leicht zu Passionen geneigt.

Spreemann hatte darauf nicht zu erwidern gewusst, was der andere aber als schweigenden Tadel auffasste. Denn er war ohnedies der Ansicht, dass alle Gesunden eingebildet seien.

»Das verachten Sie als Berliner natürlich. Sie spielen selbstverständlich nur Sechsundsechzig zu einem halben Pfennig.«

Er hatte damit den Nagel auf den Kopf getroffen.

Aber der Ton, in dem diese Wahrheit hervorgebracht worden, gefiel Spreemann nicht.

Er sagte:

»Ich bin weder geizig noch verschwenderisch. Und kümmere mich nicht um anderer Leute Spiele. Aber es gefällt mir nicht, wenn einem Geld fortgenommen wird, ohne dass man es will. Was bei Glücksspielen häufig vorkommen soll.«

»Sie sprechen als echter Berliner«, sagte der andere.

Spreemann wollte schon für die Schmeichelei in höflicher Abwehr danken, als der Frankfurter fortfuhr und sagte, dass es bei solchen Ansichten doppelt verwunderlich gewesen, dass sich die Berliner eine Zeit lang alle miteinander, wie man sagt, dem Hasardspiel hingegeben hätten. Wahrscheinlich hatten sie zu viel Champagner in Frankreich genascht.

An diesem Rausch würden sie noch eine ganze Zeit lang zu knabbern haben.

Sehr erregt erwiderte Spreemann, dass zum Beispiel er selbst und seine Söhne jeder Spekulation fern geblieben wären und mit ihnen mancher echte Berliner. Dass es sich außerdem längst gezeigt habe, dass der kleine Aderlass nach der großen Siegesfreude der alten Berliner Arbeitskraft ganz vortrefflich bekommen sei.

Jetzt werde alles seinen kräftigen, gleichmäßigen Gang gehen.

Er werde es mit seinem eigenen Warenhause beweisen.

Der Gesunde hat immer recht.

Spreemann konnte ohne Unterbrechung reden und sich erregen, denn der arme Frankfurter war von dem Vorhergehenden viel zu sehr angestrengt, um schon wieder sprechen zu können.

So kam Spreemann von einer guten Eigenschaft Berlins auf die andere, bis er zuletzt sogar bei der Wissenschaft anlangte, obwohl ihn eine dunkle Empfindung stets ahnen ließ, dass die Wissenschaft nur für wenige da sei.

Er sagte, dass man in Berlin jetzt so weit wäre, dass ein berühmter Arzt neulich sogar noch eine halbe Stunde mit einem eben Verstorbenen gesprochen hätte.

Der Frankfurter hatte wieder Atem gefunden.

Er riss erstaunt und voll Interesse die Augen auf und fragte hastig, was der Tote geantwortet habe.

»Leider gar nichts«, sagte Spreemann ruhig und vertrauensvoll. Und schrak zusammen, als sein Nachbar in ein Gelächter ausbrach, das selbst den sich glättenden Schwan aufflattern ließ.

»Großartig«, rief er dabei aus.

Aber nun verschluckte er sich und kam erst wieder nach langer Zeit zu Atem.

Spreemann war froh, als er sich endlich, wenn auch noch röchelnd, erhob und davonhumpelte.

Seit diesem Tage sahen sie sich nicht wieder.

Spreemann war der Aufenthalt verleidet worden.

»Warum sind hier fast gar keine Berliner?«, fragte er Lieschen.

»Weil Berlin die gesündeste Stadt der Welt ist.«

Und er überredete Lieschen, auf zwei oder drei Bäder, die ihr noch gebührt hätten, zu verzichten.

Lieschen lächelte milde und nachsichtig.

Und so fuhren sie wieder heim.

»Siehst du, nun waren wir also auch verreist. Nun wissen wir, wie es ist«, sagte Spreemann zufrieden, als Sand und Kiefern die vertraute Nähe Berlins verrieten.

Zwölftes Kapitel

Man schildert die Dinge viel lieber, wie man sie wünscht, als wie sie in Wirklichkeit sind.

Man macht damit sich und anderen Freude.

So hatte Lieschen in allen Briefen an ihre Kinder die Annehmlichkeit ihres Badeaufenthaltes, die Behaglichkeit und Stille des ländlichen Lebens gerühmt. Und stets aufs neue von den Fortschritten ihrer Gesundheit zu berichten gewusst.

Sie hatte im Eifer ihrer Mutterliebe nicht bedacht, dass die Wahrheit immer an den Tag kommt.

Als sie blass und noch um vieles schmaler als vor ihrer Abreise aus dem Wagenfenster winkte, half auch ihr glückliches, gütiges Lächeln nicht, die Wirklichkeit zu vertuschen.

So sehr sich alle über Spreemanns Aussehen freuten – man sah ihm an, wie gut ihm die Luft der Salinen, ja selbst die gesunde Langeweile bekommen waren – so sehr erschrak man über Mutter Lieschens Leichtheit und Blässe.

Hans, der sie aus dem Wagen gehoben hatte, sagte den anderen, als man allein war und seine schmerzlichen Besorgnisse austauschte, dass er sie kaum im Arm gefühlt habe. Wie ein Wölkchen wäre sie gewesen.

Annalise schluchzte. Ilka trommelte gegen die Fensterscheiben.

Christian saß schwer wie an seinen Stuhl geleimt mitten im Zimmer.

Spreemann sah unruhig von einem zum andern.

»Was habt ihr denn?«, fragte er. »Die Mutter ist ein wenig müde von der Reise. Das ist alles. Ich bin doch jeden Tag um sie gewesen.«

»Eben darum«, sagte Hans. »Da verliert man den Blick dafür.«

Er war in bitterer Erregung. Er hatte immer gefürchtet, dass von irgendwoher noch eine Vergeltung kommen würde. Die ganze Zeit hatte er geahnt, dass die Mutter alles wisse, dass dieses Geheimnis sie aufzehre.

Von Unruhe getrieben verließ er das Zimmer.

Leise klinkte er die Tür des Schlafzimmers auf, wo sich Lieschen niedergelegt hatte, um von der langen Reise auszuruhen.

»Hast du gerufen, Mutter?«, fragte er verlegen.

»Nein«, antwortete Lieschen. »Aber setz dich nur zu mir, mein Junge.«

Behutsam ließ er sich auf dem Stuhl an ihrem Bette nieder.

Er musste wieder an jenen Kinderstreich mit der Himbeerflasche denken. An jenen Abend, wo er sich weinend vor Scham und Reue im Bette herumgewälzt, bis sich die Mutter an sein Bett gesetzt hatte und alles wieder gut geworden war.

»Woran denkst du?«, fragte Lieschen.

»An ein Unrecht, das ich begangen«, sagte er zögernd.

Und nach einer beklemmenden Pause begann er seine Kindererinnerungen zu erzählen.

Lieschen unterbrach ihn. Sie fasste seine Hand.

»Lass das«, flüsterte sie. »Ich weiß, was dich grämt. Schüttle es nun ab. Keiner wird gescheit geboren. Du wirst dafür künftig doppelt vorsichtig und verständig sein. Den Müllersleuten ist ja kein Leid geschehen. Ihr werdet es bald wieder erarbeitet haben und alles zurückgeben. Das musst du mir versprechen.«

Hans kniete vor dem Bette nieder und bedeckte die feuchte, heiße Hand mit Küssen.

»Weiß Gott, das werden wir«, schwor er.

»Aber, Mutter – woher weißt du alles?«

Lieschen lächelte.

»Ihr seid doch mein eigen Fleisch und Blut«, sagte sie. Und ihr Lächeln vertiefte sich.

Hans saß noch eine Weile stumm neben dem Bett. Dann ging er leise hinaus.

Die Mutter schien zu schlummern ...

Hans hatte gehofft, dass diese geheime Unterredung die Mutter ebenso stärken würde wie ihn selbst.

Wirklich sah es auch zuerst so aus.

Lieschen war am anderen Morgen aufgestanden und hatte am Vormittag der kleinen Paula und am Nachmittag dem kleinen Otto die hübschen Spielsachen gebracht, die sie auf der Reise für sie eingekauft hatte.

Sie hatte die Tage darauf alles, was im Koffer und in der Fremde gewesen, aufgefrischt und ordentlich wieder dem Haushalt eingereiht, die Teppiche wieder aufrollen, die verhüllten Lampen und Vasen wieder auswickeln und behutsam reinigen lassen.

Aber als sie die Gewissheit hatte, dass in der ganzen Wohnung kein Staubkörnchen lag, waren ihre Kräfte zu Ende.

Sie musste sich niederlegen. Nur für einige Tage. Um dann wieder umso kräftiger zu sein.

Ehe Spreemann ins Geschäft fuhr und, mit der Uhr in der Hand die Pferdebahn erwartend, an ihrem Bett stand, sagte er jedes Mal, dass es sehr vernünftig von ihr sei, auch heute im Bett zu bleiben. Draußen versäume sie nichts. Es wäre das richtige Herbstwetter.

Jeder, der Lieschen besuchen kam, klagte über dieses nasskalte Wetter.

Lieschen dachte es sich nicht so schlimm. Es gab doch Regenschirme und Gummischuhe, und alle Straßen waren jetzt gut gepflastert.

Sich bewegen zu können und frische Luft zu atmen, war wohl kein Unglück.

Aber sie wollte die anderen nicht kränken und bedauerte

sie alle, ermahnte jeden, vorsichtig zu sein und weder Gummischuhe noch Wollzeug zu vergessen.

Alle Kinder zeigten Liebe und Herzlichkeit. Sie kamen täglich, und nie mit leeren Händen.

Jeder brachte ihr, was er selbst am liebsten aß.

»Beraubt euch doch nicht meinetwegen«, sagte Lieschen sanft. »Ich habe jetzt gar keinen Appetit. Bis ich wieder gesund bin, sind die Sachen verdorben.«

Und sie wickelte den Kaviar, den ihr Ilka brachte, für Annalise ein und das Weingelee von Annalise für Ilka. Sie ließ die Gänseleberpastete, die ihr Hans brachte, für Spreemann auf den Abendbrottisch stellen und den Aal in Gelee, den Christian geschickt hatte, in der Speisekammer verwahren.

Der Arzt kam jeden zweiten Tag.

Heute sagte er, dass Lieschen gar nichts fehle, und übermorgen, dass ihr Befinden bedeutend gebessert sei.

Angenehmen Worten geht man nicht unnütz auf den Grund. Lieschen glaubte ihm und fühlte sich nach jedem seiner Besuche eine Zeit lang munterer.

Die ganze Familie schwor auf seine Tüchtigkeit.

Als er wieder einmal versichert hatte, dass Lieschen gar nichts fehle, hatte sie ihn gefragt, ob sie bald aufstehen dürfe. Weihnachten rücke nun näher, und sie liebte es, ihre Einkäufe mit Ruhe und Überlegung zu machen.

Der Arzt sagte, dass sie noch ein wenig Geduld haben solle.

Lieschen fragte, ob ihr auch wirklich nichts Ernsthaftes fehle, und fügte gleich selbst zur Beschwichtigung dieser Frage hinzu, dass sie doch diese Atembeschwerden seit Jahren habe und es trotzdem immer weiter gegangen wäre.

Der Arzt sagte, dass sie mit diesen kleinen Beschwerden in aller Bequemlichkeit achtzig Jahre alt werden könne.

»Achtzig«, wiederholte Lieschen. »Nicht neunzig?«

Der Arzt runzelte die Stirn über diesen neuen Einwand und sagte, dass er auch gegen neunzig nichts einzuwenden habe.

Wie ungenügsam sich selbst die Bescheidensten in gewissen Fällen erweisen.

Lieschen, die ihn beobachtet hatte, fürchtete, seinen Missmut erregt zu haben. Sie sagte, dass der Herr Doktor sie nicht für besonders vergnügungssüchtig halten solle. Es wäre nur ein wenig Neugierde. Es gab so vieles, was man noch gern hätte sehen mögen. Zum Beispiel die neue Stadtbahn, die sie da zu bauen begonnen. Rund herum um Berlin. Wie ein Karussell für Erwachsene. Und dann, wenn der kleine Otto das erste Mal zur Schule gehen würde, wenn man die kleine Paula am Ende gar noch als Braut sehen könnte und …

Sie hörte auf.

Beinahe hätte sie die Pläne der Söhne verraten.

Wenn der Doktor hätte hören können, was alles hier im Zimmer gesprochen wurde, wie man Spreemann & Co. nach und nach zu vergrößern dachte, ein Glaspalast, ein Märchenschloss voll Waren und Lichter, er würde sich auch wünschen, das alles noch zu erleben.

Aber sie erinnerte sich zu rechter Zeit, dass alles auf das Geschäft Bezügliche Geheimnis sein musste. Das hatte sie schon als Mamsell bei Spreemann gelernt.

So brach sie ab und sagte:

»Ich langweile Sie gewiss, Herr Doktor.«

Und fügte in ihrer höflichen Bescheidenheit hinzu, dass er ganz recht habe und sie sich gewiss auch mit achtzig begnügen könne.

Der Arzt, der inzwischen die altmodische Einrichtung des Schlafzimmers gemustert und sich überlegt hatte, wie einfach früher die reichen Leute gewesen, stand nun auf und sagte freundlich, dass die Hauptsache Geduld und Mut sei. Auch ein Arzt sei kein Zauberer. Der Patient selbst müsste zu seiner Besserung beitragen.

Das wollte Lieschen gern. Wenn sie nur gewusst hätte, wie man das anstellte.

Aber es gibt eine Macht, die sich durch keine schönen Worte, durch keine Schmeichelei und keine Verstellung beirren lässt.

Eines Morgens war Lieschens matte Lebensflamme verlöscht, ohne dass sie es selbst gemerkt hatte.

»Es ist nicht möglich«, sagte Spreemann.

»Es ist nicht möglich«, wiederholten seine Kinder.

»Die reiche Frau Spreemann«, sagten die Nachbarn, die alten am Dönhoffplatz und die neuen um den Kastanienbaum. »Sie hatte Glück, sie hat ein leichtes, sorgloses Leben gehabt.«

Dasselbe sagte auch ihr Leichenstein.

Dieser prunkvolle Obelisk, der schwarz und schwer auf dem Grabe des kleinen Waisenmädchens stand.

Alles was Lieschen im Leben gewesen, war mit deutlichen goldenen Buchstaben auf dem großen Stein vermerkt und für jeden lesbar.

Alle diese Steine auf weitem Felde erzählen eine liebevolle Geschichte.

Aber mancher ahnt, dass trotz der schönen und erklärenden Worte in jedem Grab ein Geheimnis ruht.

Dreizehntes Kapitel

Am ratlosesten war Spreemann.

Er hatte sein ganzes Leben hindurch erfahren, dass nichts so schlimm verlief, wie es vorher aussah.

Diesmal hatte ihn diese Erfahrung betrogen.

Er war wie vor den Kopf geschlagen. Er konnte nicht schlafen, nicht essen.

Gewiss, er hatte stets ein wenig gebrummt, wenn ihn Lieschen durch ihre Hustenanfälle weckte und er aufstehen musste, um ihr die Medizin zu reichen.

Aber nun konnte er gar nicht mehr schlafen, weil ihn Lieschen gar nicht mehr störte.

Am Morgen kam er niemals zurecht mit dem Frühstück. Nur Lieschen hatte verstanden, die richtige Mischung von Milch und Kaffee zu finden.

Seine Krawatte saß schief, weil Lieschens Hand fehlte, die sie zugleich mit dem Morgengruß auf den richtigen Platz gerückt hatte.

Zu einer Ehe gehören eben zwei.

Am leichtesten ertragbar schien Spreemann dieses grausame Geschick im Geschäft.

Da gab es immer etwas Neues, Vorwärtsdrängendes.

Seine Söhne hatten recht, wenn sie sagten, dass sie ihn noch nötig hätten, dass er sich zusammennehmen müsse.

Ihretwegen wollte er sich zusammenraffen.

Das Leben liebt die Lebenden. Es hält sie wohlweislich so straff im Zaum, dass sie nicht weit und nicht lange zurückblicken können.

Vorwärts heißt es, solange nicht für ewig haltgemacht wird.

Auch Ilka und Annalise hätten Lieschens eigensten Wünschen entgegengehandelt, wenn sie nichts anderes getan hätten als geweint und getrauert. Sie sollten wieder Mütter werden, und ganz als ob Lieschens auf Gerechtigkeit gerichteter Sinn weitergewirkt hätte, bekam nun Ilka einen Knaben und Annalise eine Tochter.

In Lieschens Schreibtisch hatten sich in einem sauber geschriebenen Heftchen die Rezepte für den Lakritzensaft und den Fenchelsirup gefunden.

So ging es auch ohne sie.

Die Kinder gediehen. Der kleine Otto kam in die Schule, und die kleine Paula lernte sogar schon tanzen.

Kinder und Greise sind einsam.

Am Sonntag, wenn um den Kaffeetisch seiner Söhne neumodische Gäste saßen, spielte Spreemann mit seinen Enkeln im Kinderzimmer.

Er bewunderte ihre feinen Kleider und Röcke, dachte an seine ferne Kindheit und war doppelt stolz über das Heute.

Er fragte den kleinen Otto, ob er sich noch auf die Großmama besinne.

Dieser sagte: Nein, schwang sich auf sein Schaukelpferd oder blies in die Trompete.

Die kleine Paula aber nickte auf eine solche Frage und sagte: »Gute Frau.«

Aber es ist sehr gut möglich, dass dahinter nichts weiter steckte als weibliche Schlauheit; denn auf diese Antwort gab es immer einen Bonbon.

Jeden Sommer fuhr Spreemann nach Nauheim, obwohl immer noch Klappe und Muskel in Ordnung waren und der vergnügteste Augenblick seiner Reise auch jetzt noch der war, wenn er sein Berlin wiedersah. Das ihm dann auch jedes Jahr einige Meilen weiter entgegenkam.

Aber er ging gern in den Salinen auf und ab, deren Luft seinem Lieschen einmal das Atmen erleichtert hatte.

Den Herrn Geheimrat aus Frankfurt hatte er nie wiedergesehen.

Aber es kamen jedes Jahr mehr Berliner in diesen Badeort. Entweder weil Berlin nicht mehr so gesund war, oder weil es jetzt mehr Berliner als früher gab.

Beides war möglich. Denn nun zählte man die Einwohner der Spreestadt nicht mehr nach Tausenden, sondern nach Hunderttausenden.

Berlin war eine Millionenstadt geworden.

Aber Wahrheit war auch, dass man viele neue Krankheiten erfunden hatte.

Spreemann sagte oft genug zu Hans und Ilka, in deren Familie immer ein Arzt irgendetwas zu tun hatte:

»Ich weiß nicht, was ihr jungen Leute immer zu medizinieren habt. Zu meiner Zeit ließ man sich einmal die Woche die Hühneraugen schneiden, nahm vielleicht mal nach einem besonders guten Essen ein bisschen Natron, man hörte, dass sich dieser oder jener mal einen Zahn ziehen ließ. Das war aber auch alles.«

Am meisten ärgerte er sich über die Erfindung der Nervosität.

»War mein Lieschen nervös? Oder Tante Karoline?«, sagte er, wenn es bei seinen Schwiegertöchtern nach Eau de Cologne roch und weder er noch die Kinder in die Vorderzimmer gelassen wurden.

Was man früher Ungeduld oder Jähzorn nannte, wurde jetzt vornehm als Nervosität bezeichnet. Mit Tropfen und Pillen behandelt, als ob dergleichen aus der Welt zu schaffen sei.

Nein, alles konnte Spreemann nicht mehr schön finden in seinem Berlin.

Wenn er sich auch äußerlich beherrschte und nichts sagte.

Bis zu dem Tage, wo das erste Automobil um den Dönhoffplatz gerattert kam.

Wenn er auch davon überzeugt war, dass diese Wagen, die ohne Hott und Brr fuhren und die Luft noch verpesteten, nachdem sie gar nicht mehr da waren, immer eine Seltenheit bleiben würden in einer so anständigen Stadt wie Berlin, so konnte er seinen Abscheu davor doch nicht verbergen. Sein Zorn äußerte sich laut.

War es nicht genug, dass eine Eisenbahn um die Stadt rollte?

Wie vorsichtig war Lieschen stets mit dem Benzin umgegangen. Einen ganzen Tag lang hatte ein Gegenstand, der damit behandelt worden war, am Fenster und in den späteren Jahren sogar auf dem Balkon oder im Garten lüften müssen.

Jetzt aber wagte man, Unter den Linden und sogar vor den Königlichen Schlössern nach Benzin zu stinken.

Wenigstens hatte er die Freude, an jedem Morgen in der Zeitung einen Unglücksfall zu finden, den diese neuen, abscheulichen Fahrzeuge verursacht hatten.

»Man wird nicht eher ruhen, bis man alle Berliner, diese ganze neue Million, wieder totgefahren haben wird«, sagte er wütend zu Hans und Christian und schlug mit der Faust auf die Zeitung.

Die Söhne antworteten freundlich und nachsichtig, sodass es aussah, als gäben sie ihm recht. Sie wandten gegen sein Gebrumm und Geknurr schon lange einen sanften, gutmütigen Ton an, den sie an der Wiege ihrer Kinder gelernt hatten. Der der Jugend gegenüber: Nachsicht heißt. Und dem Alter gegenüber: Pietät genannt wird.

So vergingen Spreemann Tage und Jahre zwischen unschädlichem Ärger und gesunder Zufriedenheit. Unbehindert reihten sie sich aneinander.

Und wie man oft im Eifer des Lebens das Fliehen des Sommers nicht früher bemerkt, als wenn schon alles kahl und leer ist, spürte auch Spreemann nicht, wie ihm die Zügel des Geschäfts immer weniger straff zwischen den Fingern hingen.

Er war immer noch des Morgens der erste am Platz. Würdevoll ging er von Lager zu Lager, wo sich das Personal tief vor dem greisen Chef verbeugte.

Er fühlte auf Schritt und Tritt, dass man es zu etwas gebracht hatte.

Besonders bei Hans und Ilka sah es wie bei ganz feinen Leuten aus. Und Paulachen, deren erster Zahn einmal Großmutter Lieschens schönstes Weihnachtsgeschenk gewesen, sprach fünf Sprachen, sang zum Klavier und tanzte Walzer und Menuett.

Trotzdem war Spreemann sprachlos, als ihm Hans eines Morgens im Privatkontor mitteilte, dass ein Graf von Brocken-Brinkdorf um Paulachens Hand geworben.

»Der Mann will uns zum Narren halten«, sagte er nach einer Weile des Schweigens misstrauisch und schüttelte den alten, grauen Kopf, der, wenn er einmal zu schütteln angefangen, stets eine ganze Zeit lang weiter zitterte, wie ein Baumwipfel, an dem der Abendwind rüttelt.

Erst als ihm Hans auseinandergesetzt hatte, dass dieser Graf allerdings ein ganz wirklicher Graf sei, denn auch das wollte der Alte nicht glauben und begreifen, der viele Ahnen, aber keinen Pfennig Vermögen habe, begann er die Angelegenheit wirklich ernst zu nehmen.

»Wir wollen ihn also ernähren, diesen Grafen«, sagte er bedächtig.

»Ich glaube, wir können uns das jetzt leisten, Papa«, sagte Hans stolz. »Eine solche Verwandtschaft kann uns in jeder Hinsicht nützlich sein. Ein Graf Brocken-Brinkdorf ist in Preußen noch nicht verloren. Er muss nur in die richtigen Hände kommen.«

Spreemann nickte immer noch mit dem Kopf.

»Wenn das deine Mutter erlebt hätte«, sagte er. Und im geheimen dachte er auch an seinen Vater. Aus Rücksicht auf den Grafen jedoch unterließ er es, ihn zu erwähnen.

Doch als der junge Graf einige Minuten später das Kontor

betrat, um sich Bescheid zu holen, bemerkte Spreemann, dass diese Zurückhaltung nicht nötig gewesen wäre.

Der junge Mann schüttelte ihm herzlich die Hand und sagte, dass Paulachens Stammbaum auf der Landstraße anfinge und seiner bei den Raubrittern. Er sehe nicht viel Unterschied darin. Wir werden eine Finanzaristokratie gründen, sagte er, denn für die nächsten Jahre wird wohl die einzige Waffe das Geld sein.

Spreemann hatte die zitternde Hand am Ohr, um besser hören zu können, und sein Kopf nickte beständig Beifall.

Sein neuer Enkel schien ein ganz charmanter und liebenswürdiger Mann zu sein. Ein heller Kopf.

Und er nickte noch lächelnd vor sich hin, lange nachdem sich der junge Mann, die Hacken zusammenschlagend, mit respektvoller Verbeugung vor ihm verabschiedet hatte.

Als Christian eine Weile darauf hineinkam, weil er beunruhigt war, dass der Vater gar nicht wieder aus dem Kontor herauskam, klopfte Spreemann ihm gütig auf die Schulter und sagte nachsichtig:

»Wir werden auch für deine Kleine einen Grafen suchen, wenn es so weit ist. Warte nur ab, mein Sohn.«

Christian wurde von der ganzen Familie ein wenig bemitleidet. Annalise war zu stark geworden und gab in den teuersten Toiletten keine gute Figur ab.

Sie war zu hausmütterlich und hinter den Zeitansprüchen zurückgeblieben.

Sie fragte, wenn sie eingeladen war, stets nach den Rezepten der ihr vorgesetzten Speisen. Sie machte jeden, mit dem sie bekannt wurde, mit den Verdauungsschwierigkeiten ihres Jüngsten vertraut.

Ilka sagte, dass man, sobald Christians Frau den Mund öffne, die Mühle in Schöneberg klappern höre.

Trotzdem diese längst verschwunden war und an ihrer Stelle ein vier Stock hohes Mietshaus stand.

Und obwohl es doch für alle einmal ganz gut gewesen, dass diese Mühle einmal geklappert hatte.

Aber der Mensch muss manches vergessen können.

Annalise jedoch brachte es fertig, zu Paulas Hochzeit die goldene Münzenkette umzulegen, die sie inzwischen von ihrer Mutter geerbt hatte.

Ilka glaubte vor Verlegenheit versinken zu müssen, als ihre starke Schwägerin mit der schweren Halskette auf der wogenden Brust in den Kreis der neuen Verwandten von Adel trat.

Zum Glück hatte Ilka damals bei ihres Vaters Bankrott die Porträtsammlung seiner Wirtschafterin retten können. Niemand hatte sie haben wollen. Ilka aber hatte sich gesagt, dass es immerhin Handzeichnungen waren, die man in besseren Kreisen höher schätzte als Öldrucke.

Sie hatte sie zuerst in die Rumpelkammer gestellt.

Aber als sie ihre Wohnung vergrößerten, viele kahle Wände zu schmücken bekamen und Mahagonirahmen merkwürdigerweise wieder Mode wurden, hatte sie die alten Bilder wieder hervorholen und abstauben lassen und in dem halbdunklen Zimmer, das den Speiseraum und Salon verband, aufhängen lassen.

Paulachens neue Verwandten, die gar nicht wussten, dass man ohne Ahnen leben konnte, so wie es viele gibt, die gar nicht ahnen, dass man Brot ohne Butter essen kann, hielten diese getreuen Abbilder der ungetreuen Mamsells für Paulachens weibliche Vorfahren.

Niemand widersprach ihnen.

Man ist nicht verpflichtet, seine Verwandten um eine Freude zu bringen.

Außerdem liegt in jedem Irrtum ein Körnchen Wahrheit.

Schlusskapitel

Es ist nie gut, wenn man den Kopf zu etwas zwingt, wovon das Herz nichts wissen will.

Ilka machte sich Vorwürfe, dass sie ihren alten Vater verhindert hatte, der Hochzeit seiner Enkeltochter beizuwohnen.

Sobald sich das junge gräfliche Paar auf die Hochzeitsreise begeben hatte und ihre neuen Verwandten auf ihre Stammsitze zurückgekehrt waren, schrieb Ilka daher dem alten Slovitzka, dass ihr der Besuch ihres lieben Vaters für die nächsten Wochen sehr willkommen sein würde.

Slovitzka hatte in einem seiner seltenen Briefe den Wunsch ausgesprochen, die Seinen und das veränderte Berlin noch einmal wiederzusehen.

Er nannte sich jetzt Direktor und stand in irgendeiner Beziehung zu der Schweineausfuhr an der ungarischen Grenze. Näheres über seine Tätigkeit oder sein Amt wusste niemand. Er schrieb nur dann und wann, dass seine Geschäfte ausgezeichnet ständen, nur im Augenblick ein wenig gehemmt wären, sodass ihm einige hundert Mark sehr gelegen kämen.

Ilka oder Hans hatten sich daran gewöhnt, stillschweigend seiner Bitte nachzukommen.

Und ebenso waren sie sich ohne viele Worte einig geworden, dass sich als die beste Zeit für den immer wieder verschobenen Besuch des Herrn Direktors diese Sommerwochen eignen würden, wo alle Bekannten auf Reisen waren.

Man selbst wollte diesmal erst im Herbst fortgehen, denn Spreemann & Co. sollte wieder eine große Erweiterung erfahren. Neue Baupläne lagen in dem Kontor und beschäftigten die Köpfe.

Auch Vater Spreemann hatte aus diesem Grunde seine Abreise nach Nauheim ein wenig verschoben.

So sollte Slovitzka doch wenigstens einige der Familienmitglieder wiederfinden.

Er hatte gegen die Einladung seiner Kinder nichts einzuwenden gehabt.

Bald nachdem man ihm das Reisegeld geschickt hatte, war er da.

Er hatte sich sehr verändert. Er sah kleiner aus, ging gebückt und zog den rechten Fuß nach.

Auch sein Schnurrbart versuchte nicht mehr die Zeit zu täuschen. Er hatte seinen schwarzen Glanz verloren und vergessen und schillerte unter der feuchten Nase des Alten in bescheidenem Graugrün.

Slovitzkas Rede hatte jetzt einen singenden, böhmischen Akzent, was Spreemann sehr gefiel. Er hielt sich also nicht mehr für einen Berliner, für den ihn niemand mehr ansehen würde.

Aber er saß nicht ungern mit dem Alten zusammen, der sich noch auf Lieschens Napfkuchen besann und ihn rühmte.

Man hatte überhaupt so manche gemeinsame Erinnerung.

Dass man auch den gräflichen Enkelsohn teilte, war Spreemann weniger angenehm.

Slovitzka rühmte sich damit, obgleich ihn diese ganze Sache nicht einen Pfennig gekostet hatte. Er also nach Spreemanns Meinung wenig Berechtigung dazu hatte.

Slovitzka aber sagte, dass die heiligen Familienbande nicht nach Geld und Ehre fragen, und klopfte sich dabei beteuernd auf den schwarzen Rock, den er von Hans bald nach seiner Ankunft erhalten.

Spreemann, dem bei diesen Worten wieder der neue böhmische Anstrich in Slovitzkas Wesen auffiel, sagte, dass doch Slovitzka, obwohl er kein Berliner wäre, starr vor Staunen über die gewaltige Entwicklung Berlins sein müsse.

Slovitzka strich sich die graugrünen Bartbüschel zu Seiten der nassen Nasenflügel.

Endlich konnte er dem Hochmut des anderen Großpapas ein wenig auf den Rücken klopfen.

Er nahm eine Prise und sagte, dass er in Berlin nicht begraben liegen möchte.

»Warum nicht?«, rief Spreemann, der sich sofort ereiferte.

Worauf Slovitzka antwortete, dass ihm Berlin zu geräuschvoll geworden sei.

Nun entspann sich eine heftige Debatte zwischen den beiden alten Männern, wobei Slovitzka eine ganze Flasche Kirschsaft austrank, trotzdem er nach jedem Schlucke schwor, dass nur der böhmische Klosterlikör etwas tauge.

Der Likör war Spreemann gleichgültig.

Berlin hatte es nie darauf abgesehen, den besten Weltlikör herzustellen. Obwohl anzunehmen war, dass, sobald der Wille dazu da wäre, auch dieses Ziel bald erreicht sein würde.

Aber was Berlin an Fortschritt, Vergrößerung und Selbstentwicklung vor sich gebracht hatte, wollte er von diesem Böhmen anerkannt wissen.

Slovitzka verglich, in der stumpfen Hartnäckigkeit, die ihm Alter und Likör gegeben, alles mit Böhmen, Ungarn und seinem jetzigen Berufe.

Er sagte, dass Berlin noch lange nicht so groß wäre wie Böhmen und die Einfuhr neuer Berliner im Vergleich zur Schweineausfuhr aus Ungarn überhaupt nichts bedeute.

Spreemann verbat sich jeden Vergleich zwischen Berlinern und ungarischen Schweinen und verteidigte seine Vaterstadt mit dem Stolz eines alten Soldaten der Bürgerwehr und mit dem Mut eines jungen Kriegers.

Als der Kirschlikör den Böhmen endlich ins Schwanken gebracht hatte, nahm er ihm das Versprechen ab, schon am nächsten Tage den Rathausturm zu besteigen. Von dort oben wollte er ihm das neue Berlin vor Augen führen.

Man muss das Nützliche mit dem Angenehmen zu verbinden wissen.

Diese Turmbesteigung war schon seit langer Zeit Spreemanns heftiger Wunsch.

Doch hatten ihn seine Söhne stets an der Ausführung seines Planes zu hindern gewusst. Der vielen Stufen halber.

Mit der großen Geheimnistuerei, die Greisen und Kindern alle Unternehmungen erst reizvoll macht, setzte Spreemann nun seinen Plan ins Werk.

Slovitzka musste in einem Café Unter den Linden warten, bis ihn Spreemann abholte, um mit ihm in einer Droschke zum Rathaus zu fahren.

Als Slovitzka die Höhe des Turmes sah, erklärte er sich bereit, die Größe Berlins schon hier unten im vollkommensten Maße anzuerkennen.

Spreemann aber war für Ehrlichkeit.

»Nicht hier«, sagte er. »Warten wir ab, bis wir oben sind.«

Und vorsichtig begannen sie die steinernen Stufen empor zu humpeln.

Nach einer Weile machte Slovitzka halt. Er verpustete sich und sagte, dass dieses Unternehmen nichts für alte Leute sei. Zumal nichts für Spreemann, der doch weit über die achtzig wäre. Jedes Kind könne ihm das nachrechnen.

Spreemann erwiderte, dass achtzig Jahre noch kein Alter wären. Was sollten dann erst die Leute sagen, die mehr als neunzig hinter sich hätten?

Ohne Slovitzka eines Blickes zu würdigen stieg er weiter, die Hand fest am Geländer.

Slovitzka wollte auch nicht als Krüppel hingestellt werden. Ächzend hinkte er nach.

Als er endlich aus dem dunklen Treppengewinde ins Freie trat, stand Spreemann schon oben in Sonne und Sommerwind. Den Hut in der Rechten. Als habe er eben tief vor jemandem gegrüßt.

Er zeigte stumm über das Eisengitter ins Weite.

Alte Augen erkennen Fernes besser als Nahes.

Selbst die matten Augen des müden Trinkers starrten staunend auf das große Siegesfeld hartnäckiger Arbeit und eisernen Fleißes, das sich da unten ausbreitete.

Die alten, schwerhörig gewordenen Ohren spürten doch das Keuchen rastloser Mühsal, das dort über den endlosen Reihen der hohen Häuser, den langen Fensterreihen, den nicht zu zählenden Dächern atmete.

Hörten tausende arbeitende Hämmer zu einem Schlage zusammenklingen, zu dem gewaltigen Pulsschlag der Zeit.

Schienen, Fabriken, Bahnhöfe, Kirchen, Häuser und eiserne Brücken waren dort unentwirrbar durcheinander geworfen. Wie ein einziger, ungeheuer großer Schmiedeofen rauchte und fauchte alles zusammengekettet im sonnigen Mittagsdunst.

Spreemann hatte die Hand fest um das Eisengitter gekrampft.

Er hatte Slovitzka und den Grund seines Hierseins vergessen.

Ein alter Invalide, der alle drei Kriege mitgemacht hatte, erklärte mit zahnlosem Mund das bunte, lebendige Bild. Lächelnd und stolz, wie wenn er selbst alle die Häuser, Bauten und Plätze zu diesem hübschen Panorama zusammengestellt hätte.

Da war die Friedrichstraße, wo man in seiner Jugend noch Stachelbeeren naschen konnte. Das winzige Viereck dort war der Dönhoffplatz. Der einmal Gänsemarkt gewesen und wo jetzt der Freiherr vom Stein in Bronze stand. Was dort rauchte, war die Stadtbahn, die deutlich die Linie bezeichnete, wo einstmals die Grenzmauern strotzten. Ringsum, wo die vielen Schornsteine wie die Lanzen eines Soldatenheers in den Himmel stachen, hatten sich einmal überall Landstraßen durch die Felder gezogen.

Spreemann nickte beständig mit dem Kopf.

Er sah, was er geahnt und doch nicht gekannt hatte.

So sah sie also aus, die Stadt seiner Enkel.

Sie war ihm fremd, wie seine Enkel. Die er doch liebte, weil sie seine Enkel waren. Weil irgendetwas an ihnen ihm doch vertraut schien.

Seine Blicke suchten die grüne Zeile der Linden, und seine Augen gingen vom Brandenburger Tor zum Schloss …

Hätte Slovitzka nicht Durst bekommen, hätte er das Heruntersteigen ganz vergessen.

So aber erhielt der Invalide endlich sein Trinkgeld, nachdem er noch auf einen Trupp Arbeiter aufmerksam gemacht hatte, die wie ein Schwarm Krähen auf einem Dach mit vielen Stangen und Drähten hockten.

Bedächtig begann man den Abstieg. Langsam kam man dem Erdboden näher und näher.

Bei einer der letzten Stufen stürzte Spreemann plötzlich.

»Hoppla«, sagte Slovitzka und drehte sich um.

Beim Heruntersteigen war er der erste gewesen.

Aber Spreemann stand nicht wieder auf.

Auch auf Slovitzkas ängstliche Frage, ob ihm etwas fehle, ob er sich weh getan, antwortete er nichts.

Man hob ihn auf.

Zufällig hielt das neue Automobil eines bekannten Bankiers vor dem Rathaus.

Spreemann wurde hineingehoben.

Aber ehe seine Wohnung erreicht war, hatte er zu atmen aufgehört.

Christian erfuhr den traurigen Vorfall zuerst.

Er hatte gerade zum Hut gegriffen, um davonzustürzen, als die Tür des Kontors aufgerissen wurde und Hans hineintrat. Er hatte eine Rolle in der Hand, schlug Christian damit auf die Schulter und rief lachend und sprudelnd schnell:

»Der Plan ist perfekt. Junge. Wir können morgen mit dem

Neubau beginnen. Übrigens habe ich Papas Plan mit dem Garten mitten im Haus tatsächlich aufgegriffen. Die Sache ist gar nicht dumm, gar nicht unausführbar und wird die Konkurrenz schlagen. Irgendwo müsste da eine künstliche Nachtigall singen. Na, das ist wieder dein Feld, du Bastler.«

Jetzt gelang es Christian, den Frohen zu unterbrechen.

Er murmelte ihm dumpf das Vorgefallene zu.

Die Rolle flog auf den Schreibtisch.

Beide Brüder jagten in einer Droschke davon.

Die Frauen standen schon weinend um des Toten Bett.

Im Nebenhause spielte ein Leierkasten.

»Dieses Gedudel sollte endlich verboten werden«, dachte Hans, als er mit zitternder Hand die Tür des stillen Zimmers aufdrückte.

Ilka küsste Hans und Christian. Dann fuhr sie in die Stadt, um für alle Trauerkleider zu bestellen.

Annalise blieb zwischen den Brüdern. Flüsternd tauschte man Erinnerungen und versuchte einander zu trösten.

Der Leierkasten wimmerte nun auf der anderen Seite des Hofes und verstummte schließlich ...

Der Zufall ist rücksichtslos.

Sofort nach der Beerdigung des Vaters mussten die Söhne zu einer amtlichen Besprechung, die ihren Neubau anging.

»Wie viel an diesem Plan noch von Papa herrührt«, sagte Hans und trocknete sich die geröteten Augen.

»Er hatte immer ausgezeichnete Gedanken«, sagte Christian und schnäuzte sich laut.

Seufzend sah Hans nach der Uhr und zuckte zusammen.

»Vorwärts, Kutscher«, rief er heftig.

Der Kutscher ließ die Peitsche knallen. Die Pferde griffen aus ...

Immer weiter blieben Grab und Kirchhof zurück, zwischen Staub und Vorstadtlärm ...

So ist es nun einmal.

Zu irgendeiner Stunde müssen wir fort und alles zurücklassen.

Unsere Träume, wie das Erworbene, nimmt eine neue Zeit als Erbe.

Doch gerade daher kommt's, dass niemand umsonst lebt.

Ende

Nachwort

In der Fremde erwacht die Vaterlandsliebe. Das ist eine der vielen Sentenzen, mit denen Alice Berend *Spreemann & Co.* gespickt hat – ein Stilmittel, das sie in all ihren Romanen virtuos eingesetzt hat. Vermutlich galt das auch für die Autorin selbst – wie sie überhaupt viel auf eigenes Erleben beim Verfassen des Romans zurückgreifen konnte. Alice Berend war die Tochter eines Baumwollhändlers, allerdings aus Hamburger Familie. Vielleicht hat ihr Vater Ähnliches zu hören bekommen wie Herr Slovitzka, der so gern ein »normaler« Berliner wäre und es doch nie sein wird, weil er den Zungenschlag seiner böhmischen Heimat nicht ablegen kann. Berends Vater wird als elegant, weltmännisch und verschwenderisch geschildert, die jüdische Mutter als sparsam, streng und humorlos. Auch das sind Eigenschaften, die zum Teil bei den Protagonisten von *Spreemann & Co.* zu finden sind.

Geboren wurde Alice Berend in der Kochstraße nahe dem damaligen Konfektionsviertel, das am Dönhoffplatz begann. Den gibt es heute noch, wenn er auch fast nur noch an der Beschriftung im Stadtplan zu erkennen ist: Die breite Straßenschneise der Leipziger Straße führt über ihn hinweg.

Das Geschäft des Vaters, am Alexanderplatz, lief so gut, dass die Familie zweimal in größere Wohnungen in Richtung Westen umziehen konnte (wie die Spreemanns einmal) und einen gediegenen Wohlstand genoss. Doch wie Hans Spreemann verließ auch er – einmal? – den Boden des reellen Wirtschaftens, spekulierte mit seinem und dem Geld von Freunden und erlebte Schiffbruch. Im Jahr 1900 erschoss er sich.

Vieles in *Spreemann & Co.* scheint aus eigenen Erinnerungen geschöpft – und dann zurückprojiziert ins mittlere und späte 19. Jahrhundert. Aber auch da konnte Alice Berend, die 1875 geboren war, auf eine vermutlich erstklassige Zeitzeugin zurückgreifen: Viele Stunden verbrachte sie als Kind beim Tee im Salon ihrer Großmutter, deren größtes Vergnügen es war, Geschichten aus alten Zeiten zu erzählen.

Und selbst der Gegensatz zwischen der flatterhaften, wenig zupackenden, aber hübschen, temperamentvollen, lustigen und deshalb von allen umschwärmten Ilka und der eher mauerblumigen, schwerblütigen Annalise hat wohl ein reales Vorbild: Er dürfte das Verhältnis zwischen Alice und ihrer fünf Jahre jüngeren Schwester Charlotte widerspiegeln, die der strahlende Mittelpunkt der Familie Berend war. Während Alice von Freunden später als still, unauffällig und »äußerlich hart«, »schwer« und »männlich-robust« charakterisiert wurde.

Anfang der 1890er-Jahre, noch im Teenager-Alter, begann Alice Berend Theaterkritiken fürs *Berliner Tageblatt* zu schreiben, die angesehenste Zeitung des liberalen Bürgertums der Stadt. Sie gehörte zum Gründerkreis des Kabarett-Projekts *Schall und Rauch* und konnte da auch als Autorin reüssieren, weniger allerdings auf der Bühne. Vermutlich hatte sie sogar den Namen erfunden, ein Geistesblitz, der dann aber von Max Reinhardt reklamiert wurde. In den hatte sie sich unsterblich, aber unerwidert verliebt, und auch ihre zweite große Liebe, zum schon damals berühmten Maler Lovis Corinth, blieb einseitig. Schlimmer noch: Ihre Schwester Charlotte »schnappte sich« Corinth und heiratete ihn 1904.

Das wohl schon stark angespannte Verhältnis zwischen den Schwestern wurde zur offenen Feindschaft – und blieb es bis an ihr Lebensende.

Verzweifelt flüchtete Alice nach Italien, heiratete bei einem

Aufenthalt in London den schwedischen Journalisten John Jönsson, über den man kaum etwas weiß – nur dass er keine gute Partie war –, und ließ sich mit ihm und dem inzwischen einjährigen Sohn 1906 in Florenz nieder. Möglich geworden war das durch einen langfristigen Vertrag mit dem Verleger Samuel Fischer. In Florenz entstanden wohl die vier Romane, die zu Bestsellern wurden: *Die Reise des Herrn Sebastian Wenzel*, *Frau Hempels Tochter*, *Die Bräutigame der Babette Bomberling* und als letzter *Spreemann & Co*. Viele Details in Alice Berends Leben sind nicht mehr aufzuklären, und so weiß man auch nicht, wann genau sie *Spreemann & Co.* geschrieben hat. Erschienen ist der Roman jedenfalls zum ersten Mal 1916, ein Jahr nachdem Alice Berend und ihre Familie nach Berlin zurückgekehrt waren – wegen des 1914 ausgebrochenen Krieges waren sie als Deutsche in Italien angefeindet worden.

Die Romanerfolge gaben Alice Berend finanzielle Sicherheit – doch nach einem wirklich glücklichen Leben klingt ihre Biografie nicht. Dennoch, das ist das Erstaunliche: Ihre Romane zeichnet ein unerschütterliches Vertrauen in die Gerechtigkeit des Schicksals aus, sie sind geprägt durch einen gleichsam optimistischen Fatalismus. In Berends Romanen gibt es Krisen und Katastrophen, doch die werden alle mit erstaunlich leichter Hand gemeistert, bewältigt oder ertragen. Aber Alice Berend sieht die Welt nicht durch eine rosarote Brille – dann wären ihre Romane Kitsch. Sie hat vielmehr ein unschlagbares Gegengift gegen alles Negative: den Humor. »Humor ist auch eine Weltanschauung«, schrieb sie selbst 1929. »Und zwar die, dass der Mensch gut ist und nur aus Versehen böse wird.«

Auch *Spreemann & Co.* durchzieht ein wunderbar warmer Humor, es gibt großartige Dialoge und Szenen, lebensecht und zugleich kunstvoll geschliffen wie etwa in der Bierstube. Allein der Name Spreemann ist perfekt gewählt, um auf eine einzige Familie fokussiert die Entwicklung Berlins zur Metropole während des 19. Jahrhunderts zu entrollen. Ein einschneidendes Geschehnis wie der Barrikadenkampf im März 1848 taucht nur kurz im Hintergrund auf, dafür umso prägnanter. Und dass die alten Spreemanns nichts vom Krieg halten, wird auch sehr deutlich – der Roman erschien 1916 wohlgemerkt! *Spreemann & Co.* ist ein vergnüglicher Unterhaltungsroman, der den wachen Lesern aber viel über Berlin, den Menschen und das Leben mit auf den Weg gibt.

Nur kleine Nuancen färben das Zeitkolorit, lautet eine weitere schöne Sentenz im Buch. Und in Nuancen war Alice Berend eine Meisterin.

Kurz sei ihr weiterer Lebensweg skizziert: Noch während des Ersten Weltkriegs »flüchtete« sie vor ihrer Schwester und Corinth erneut aus Berlin, zog mit ihrer Familie nach Bayern, ließ sich in Konstanz nieder und kehrte 1924, nun mit zwei Kindern und zweitem Mann, zurück nach Berlin, wo sie 1931 ein neu erbautes Haus im Zehlendorfer Hochwildpfad bezog. Sie blieb eine erfolgreiche, auch unter Kollegen geachtete Schriftstellerin und Drehbuchautorin. Seit 1933 als »Halbjüdin« geächtet, ging sie 1935 erneut nach Florenz, wo sie am 2. April 1938 mittellos und weitgehend vergessen starb. Ihre Hinterlassenschaften gingen sämtlich verloren, doch immerhin eine Straße in Moabit erinnert heute in Berlin an Alice Berend – die, vom renommierten Kritiker Kurt Pinthus 1932 »als eine Schülerin und Fortsetzerin Theodor Fontanes« bezeichnet, unbedingt wiederzuentdecken ist.

Arnt Cobbers

(Beim biografischen Abriss habe ich mich gestützt auf die Forschungen von Ursula El-Akramy, *Die Schwestern Berend. Geschichte einer Berliner Familie*, Hamburg 2001.)